Das Hofcafé am Deich

AF197508

JOHANNA RITTER

DAS HOFCAFÉ AM DEICH

EIN NORDSEE-ROMAN

BOYENS

Über die Autorin:
Johanna Ritter wurde 1970 in Neustadt a. Rübenberge.
geboren. Viele Jahre war sie in der Welt der Büroange-
stellten zu Hause, bis sie als Gästeführerin in ihrer Heimat-
region ihre Leidenschaft zum Geschichtenerfinden und
Geschichtenschreiben entdeckte. Sie arbeitet als freie
Redakteurin für verschiedene Verlage.

Die Handlung sowie alle Personen sind frei erfunden.
Jegliche Ähnlichkeiten mit lebenden oder toten Personen
wären rein zufällig und sind nicht beabsichtigt.

BOYENS
BUCHVERLAG

ISBN 978-3-8042-1577-1

© 2024 by Boyens Buchverlag GmbH & Co. KG, Heide
Alle Rechte vorbehalten
Umschlag: Foto Ingo Lau
Herstellung Boyens Buchverlag
Druck: cpi books GmbH, Leck
Printed in Germany

www.boyens-buchverlag.de

Fröhlich streifte Friederike durchs hohe Gras der Streuobst-wiese. Ihre blonden schulterlangen Haare trug sie zu einem hohen Pferdeschwanz gebunden, der bei jedem ihrer Schritte auf und ab wippte. Ein paar widerspenstige Löckchen hatten sich aus der Frisur gelöst und umspielten ihr zartes Kinderge-sicht. Jeden Tag kam Rieke, wie sie von allen genannt wurde, hierher und setzte sich auf einen der ausrangierten Gartenstühle im äußersten Winkel des Gartens. Von hier aus beobachtete sie das Treiben von umherschwirrenden und krabbelnden Insekten.

Heute kletterte sie jedoch auf die Gute Luise, ihren Lieb-lingsbirnbaum. Er war geradezu gemacht für die kurzen Beine einer achtjährigen Kletterkünstlerin. In diesem Frühjahr blüh-te Luise wieder üppig und auch an Blattwerk sparte sie nicht. Aber das sollte nichts heißen. Bereits in den vergangenen Jah-ren zeigte sie sich in einem überschwänglichen Blütenkleid, was auf eine reichhaltige Ernte hoffen ließ. Doch mit den Eis-heiligen legte sich Frost über die Halbinsel Eiderstedt, worauf-hin vom Blütenzauber von einem auf den anderen Tag kaum mehr etwas zu sehen gewesen war.

Gerade einmal fünf magere Birnen hatte Luise im vergange-nen Jahr hervorgebracht. Wenn das so weiterging, würde ihr Vater den Baum wohl fällen. Daran ließ er auch in diesem Jahr keinen Zweifel. Bislang hing die Säge allerdings noch im Werk-schuppen, und der Baum stand unangetastet an seinem ange-stammten Platz.

Als sie ihren Platz auf der Astgabel erreichte, lehnte sie sich mit dem Rücken an den von der Frühlingssonne angewärmten

Stamm. Von hier aus hatte sie eine perfekte Sicht in alle Richtungen. Über den Gemüse- und Blumengarten hinweg sah sie ihre Mutter, die gerade mit kräftigen Besenstrichen die Terrasse fegte und auffordernd nach ihr rief. Zur Rechten knatterte ihr Vater mit dem Trecker übers Feld. Zur Linken grasten Schafe auf einer saftig grünen Wiese. Im Rücken spürte sie den nahen Deich, den sie nur sehen konnte, wenn sie sich rittlings auf einen anderen Ast setzte.

Rieke liebte es, still dazusitzen und die Welt um sich herum zu beobachten. Bienen, wie sie in den Apfelblüten nach Nektar suchten, Vogeleltern, die mit Nistmaterial im Schnabel die aufgehängten Nistkästen ansteuerten, Schwalben, die unter dem Dach der alten Scheune ihre Nester bauten. In den Augen ihrer Eltern war ihr Beobachtungdrang jedoch schlicht und ergreifend nichtsnutzige Untätigkeit. Oft genug wurde sie dafür getadelt, was sie allerdings nicht davon abhielt, weiterhin die Tier- und Pflanzenwelt zu erkunden. Am liebsten wäre sie den ganzen Tag auf dem Baum sitzengeblieben. Doch dazu fehlte ihr die Zeit. Schließlich musste sie auf dem Hof die ihr zugeteilten Aufgaben erledigen, selbst wenn sie erst acht Jahre alt war.

Das morgendliche Hühnerfüttern und Eiereinsammeln waren solche Arbeiten. Rieke mochte Hühner. Insbesondere die Küken schloss sie immer sofort in ihr Herz. Mit dem Hahn stand sie allerdings auf Kriegsfuß. Die Schafe auf der angrenzenden Weide fand sie einfach nur kuschelig. Leider gehörten sie nicht zum Hof, sondern zu einer Eiderstedter Schäferei, an die ihre Eltern die Wiese verpachtet hatten. Vor den Kühen, den Schwarzbunten, wie ihre Eltern sie nannten, die ihrer Meinung nach überhaupt nicht bunt waren, sondern lediglich schwarz und weiß, fürchtete sie sich. Die waren ihr unheimlich, und sie verabscheute den Geruch, der von ihnen ausging. Kühe hin oder her, für ihre Eltern stand fest, dass Rieke den Hof eines Tages übernehmen würde. Daher sollte sie auch alles, was das Bewirtschaften eines nordfriesischen Bauernhofes anbelangte, schon als Kind von der Pike auf lernen.

So musste sie heute ihrer Mutter noch beim Einsäen der Erbsen und Bohnen zur Hand gehen. Dass sie darauf keine Lust hatte, sondern viel lieber sofort mit dem Rad zu ihrer Freundin Antje gefahren wäre, um sich die jungen Kätzchen anzusehen, interessierte nicht. Jegliche Widerrede war zwecklos. Wenn sie ihre Freundin heute überhaupt noch treffen wollte, musste sie wohl oder übel runter vom Baum und Erbsen und Bohnen in Löcher stecken. Schließlich sollte einmal eine patente Landwirtin aus ihr werden. Es machte den Anschein, als seien die Weichen für Riekes Leben bereits gestellt und in Stein gemeißelt.

Zwanzig Jahre später

1

Noch ein letzter Handgriff, dann erstrahlte das Schaufenster des St. Peter-Ordinger Fotoladens, in dem Rieke arbeitete, in neuem Glanz. Voller Stolz schaute sie sich ihr Werk an. Zu lange schon war das Fenster nur mit Portraitaufnahmen dekoriert gewesen. Unzählige Male hatte sie sich gefragt, wen solch ein Schaufenster eigentlich anlocken sollte, außer Kundschaft, die ein Passfoto für einen Ausweis benötigte.

Schließlich hatte Lasse Petersen, der Chef und Inhaber von „Meerfoto", eingelenkt und ihr freie Hand für die Gestaltung des Fensters gelassen. Überglücklich mit dieser Aufgabe betraut worden zu sein, entfernte Rieke die komplette Deko, putzte die Auslage und die Fensterscheibe, obwohl das definitiv nicht in ihren Aufgabenbereich fiel. Doch die Junisonne, die derzeit die Halbinsel Eiderstedt zum Leuchten brachte, hätte anderenfalls jeden einzelnen Schmutzpartikel zum Vorschein gebracht. Hieß also, ihr erstes selbstkreiertes Fenster wäre niemals perfekt geworden.

Gedanken, wie sie es kundenfreundlich gestalten konnte, brauchte sie sich nicht mehr zu machen. Darüber hatte sie schon zigmal nachgedacht. Nach getaner Arbeit bewunderte sie ihr Werk aus gebührender Entfernung. Sie war zufrieden. Mehr noch, ein Glücksgefühl machte sich in ihr breit. Schade nur, dass sie nicht immer für derlei Tätigkeiten zuständig war. Wie sie Petersen kannte, würde er sich nächstes Mal wieder selbst an der Auslage zu schaffen machen, und das war gar nicht gut.

„Und? Was sagen Sie?", fragte sie, ohne sich ihrem Chef zuzuwenden.

„Gut", sagte er knapp und ging aus dem Raum.

Eben noch in Hochstimmung, sackte ihre Laune binnen Sekunden in den Keller, und sie wurde sauer. Ein bisschen mehr Interesse hätte sie sich schon gewünscht. Aber so gut wie gar nichts, nicht einmal einen einzigen wertschätzenden Satz, das machte sie wütend. Erstens gehörte sich so ein Verhalten für einen Chef ihrer Meinung nach nicht, egal wie lange man schon zusammenarbeitete, und zweitens hatte Petersen sich nach ihrem Dafürhalten als Inhaber dieses Geschäfts eigentlich für alles und jedes zu interessieren. Schließlich handelte es sich um das erste vernünftig gestaltete Schaufenster, seitdem sie in dem Laden arbeitete. Also seit sage und schreibe knapp zehn Jahren.

Aber vielleicht tat sie ihm auch unrecht. Wie sie wusste, war er nicht der Mann für große Worte oder längere Lobreden. Zudem war er eigentlich bisher immer ein fürsorglicher Vorgesetzter gewesen. Trotzdem brachte sie ihren Arbeitstag nur missmutig hinter sich.

Glücklicherweise war Freitag. Da arbeitete sie nur bis sechzehn Uhr. Als sie die Ladentür hinter sich zuzog, überlegte sie, was sie mit dem angebrochenen Nachmittag anfangen sollte. So schlecht gelaunt wie sie heute war, würde sie wahrscheinlich wieder ihre Wohnung im Ortsteil Böhl ansteuern, sich aufs Sofa oder gleich ins Bett legen und sich die Decke über den Kopf ziehen, wie sie es in letzter Zeit oft tat.

Bereits seit Wochen war ihre Laune auf dem Gefrierpunkt, denn die Arbeit im Fotoladen machte ihr keinen Spaß mehr. Oft fragte sie sich, wozu ihr die Ausbildung zur Fotografin überhaupt genutzt hatte, wenn sie so und so nur an der Kasse stand, Preise einscannte oder für das Fertigen der Passbilder zuständig war. Alles in allem Tätigkeiten verrichtete, die ein Praktikant oder eine Praktikantin nach kurzer Einarbeitungszeit ebenso verrichten konnten. Nicht zu vergessen das Ausräumen der Warenlieferungen. Auch dafür war sie gut genug.

Damals, als die Arbeitsabläufe für sie noch neu und ungewohnt waren, war sie zufrieden gewesen. Nun, nach einem ganzen Jahrzehnt am gleichen Arbeitsplatz, stellte sie sich die Frage nach der Sinnhaftigkeit dieser Beschäftigung. War sie denn etwas anderes als ein Zeitvertreib, mittels dessen sie den Tag verbrachte und ihren Lebensunterhalt sicherte? Wobei das Einkommen, das sie dabei erzielte, sie keine allzu großen Sprünge machen ließ. Der überwiegende Teil ihres Gehaltes wurde von der Miete ihrer Zweizimmerwohnung und den Nebenkosten geschluckt. Auto, Bekleidung und Lebensmittel sorgten dafür, dass nach Abzug aller Kosten nur noch ein verschwindend geringer Betrag übrigblieb, den sie standhaft seit zehn Jahren auf die hohe Kante legte.

Vom Fotoladen im Ortsteil Bad bis zu ihrer Wohnung im Ortsteil Böhl war es für sie mit dem Fahrrad nur ein Katzensprung. Zwar hatte sie ein Auto, doch für diese kurze Strecke wollte sie keinen Sprit verschwenden. Lieber war sie klimaschonend mit dem Fahrrad unterwegs. Zudem hielt sie sich auf diese Weise körperlich fit.

Die Sonne schien, der Himmel strahlte, kein Wölkchen war zu sehen. Cafés und Restaurants, die ihre Fahrtstrecke säumten, waren mit Gästen gefüllt. Gutgelaunte Sprachfetzen drangen an ihre Ohren, herzhafte und süße Düfte in ihre Nase, dass ihr das Wasser im Mund zusammenlief. Im Ortsteil Dorf stoppte sie ihre Fahrt und stellte ihr Rad ab. Für eine kurze Weile lehnte sie sich an eine schattige Hauswand, stand einfach nur da und ließ den sommerlichen Trubel auf sich wirken. Für sie machte es den Anschein, als wäre sie die einzige Person, die diesen herrlichen Tag nicht in vollen Zügen genoss.

In einer Bäckerei holte sie sich einen Coffee to go, schlenderte am Kaffee nippend weiter, sah in einige Schaufenster der Boutiquen, bis ihr Blick an der Auslage eines Buch- und Spielwarenladens hängenblieb. Sie überlegte, wie lange sie schon kein Buch mehr gelesen hatte und wie lange es überhaupt her war, dass sie zuletzt in einem Buchladen gewesen war. Sie wusste es nicht mehr, und das erschreckte sie. Langsamen Schrittes spazierte sie weiter, und mit jedem weiteren Schritt spürte sie, wie sie sich entspannte.

Am Marktplatz setzte sie sich auf eine Bank, schloss die Augen, genoss die Sonnenstrahlen auf ihrer Haut, bis quietschvergnügtes Kinderlachen sie aus ihren Gedanken riss. Sie schaute auf und sah zwei kleine Mädchen in einer Wasserlache zu Füßen der Skulpturen von Jan und Gret herumtanzen. Für die Figuren selbst, Jan, den Schollenfänger, und Gret, die Meeresgetier in ihrem Netz einfängt, interessierten die beiden sich nicht. Sie hatten nur Augen für das erfrischende Nass. Rieke erinnerte sich, dass auch sie früher solch ein übermütiges, fröhliches Kind gewesen war, insbesondere zusammen mit ihrer Freundin Antje, wenn beide mit ihren Rädern die Umgebung erkundet hatten.

Sie überlegte, wie lange sie Antje nicht mehr gesehen hatte. Seit ihrem letzten Treffen waren tatsächlich schon mehrere Wochen vergangen. „Die Zeit rennt", durchzuckte es sie. Wie schön es doch wäre, wenn sie die Jahre nochmal zurückdrehen könnte. Bestenfalls zu dem Zeitpunkt, an dem Antje noch ledig und ohne Kind war. Kaum hatte sie diesen Gedanken zu Ende gedacht, bereute sie ihn. Sie gönnte ihrer Freundin ihr Familienleben. Das stand außer Frage. Auch konnte sie deren Ehemann Leon und den kleinen Jens wirklich gut leiden. In ihren Augen war Antje ein Glückspilz. Sie wohnte mit ihrer

Familie auf dem elterlichen Hof, und allen üblen Vorahnungen zum Trotz klappte das Zusammenleben als Großfamilie bestens. Sogar ihr Bruder Finn wohnte noch dort.

Sie selbst hätte sich nicht vorstellen können, weiterhin auf dem Bauernhof, den ihre Eltern auf Eiderstedt bewirtschafteten, zu bleiben. So war sie wenige Tage nach ihrem achtzehnten Geburtstag zuhause ausgezogen. Anfangs wohnte sie in einer Wohngemeinschaft direkt im Ortsteil Ording. Nach Abschluss ihrer Ausbildung bezog sie eine eigene kleine Wohnung im Ortsteil Böhl, in der sie jetzt noch wohnte.

Einen passenden Lebenspartner hatte sie bislang nicht gefunden. Dafür konnten weder ihre Eltern, noch ihre Freundin, noch sonst irgendjemand etwas. Das war einzig und allein ihr Problem. Wobei sie mit ihren achtundzwanzig Jahren glücklicherweise noch nicht zum alten Eisen gehörte. Und mit ihrem Aussehen konnte sie eigentlich auch zufrieden sein. Sie war groß und schlank, ihre blonden Haare waren ungefärbt, und zudem war sie meist sonnengebräunt. Doch mit gutem Aussehen allein fand sich nicht unbedingt der Partner fürs Leben.

Sie überlegte, wann sie ihre Freundin treffen könnte. Um auf andere Gedanken zu kommen, wäre sie am liebsten sofort zu ihr gefahren. Dann fiel ihr ein, dass Antje ihr kürzlich in einem Telefonat davon erzählte, dass sie mit Leon und Jens einen Kurztrip nach Hamburg machen wollte. Sie meinte sich sogar zu erinnern, dass sie genau dieser Tage dort waren. Leon, der vor der Ehe mit Antje irgendwo in der Nähe von Hamburg gewohnt hatte, wollte seinen Liebsten die Speicherstadt zeigen. Auch von einer Hafenrundfahrt und dem Besuch eines Miniaturmuseums mit Modeleisenbahnen hatte ihre Freundin gesprochen. Also verwarf Rieke den Gedanken und überlegte noch mal von vorne, was sie mit dem angebrochenen Abend anstellen konnte, ohne wieder allein in der Wohnung herumzusitzen.

Sie erwog, ihre Eltern zu besuchen. Doch nach einer Radtour quer über die Halbinsel stand ihr heute eigentlich nicht der Sinn. Nach Autofahren genau so wenig. Wenn sie ehrlich zu sich war, wollte sie ihre Eltern gar nicht besuchen. Zu sehr nagte noch das Streitgespräch mit ihrem Vater vom letzten Besuch an ihr. Dabei war es ihm wieder einmal gelungen, ihr vor Augen zu führen, dass ihr Platz als einziges Kind und Tochter des Hofes nicht in einem Fotostudio oder sonst irgendwo auf der Welt, sondern auf dem elterlichen Bauernhof auf Eiderstedt war. Dabei hatte er keinen Hehl daraus gemacht, was für eine Enttäuschung sie für ihn darstellte.

Doch was konnte sie eigentlich dafür, dass sie ein Einzelkind war und sich nicht im Geringsten für Kühe und Landwirtschaft interessierte? Das war nun wirklich nicht ihr Problem. Schließlich bekam man den Hang zur Tierhaltung und zum Treckerfahren nicht in die Wiege gelegt.

Natürlich wusste sie, dass es ein starker Brocken für ihre Eltern gewesen sein musste, als sie ihnen damals klarmachte, dass sie nicht in den elterlichen Betrieb einzusteigen gedachte. Stattdessen war es ihr innigster Wunsch gewesen, Fotografin zu werden.

Ein Blick auf die kleinen Mädchen, die immer noch mit den Füßen im Wasser herumplantschten, katapultierte sie in die Realität zurück. Sie wischte ihre grauen Gedanken fort und überlegte neu, wohin es sie auf ihrem Fahrrad heute noch treiben konnte.

Im St. Peter-Ordinger Kunsthaus war sie schon längere Zeit, besser gesagt, in den vergangenen sechs Monaten, gar nicht mehr gewesen. Für solch einen Besuch wurde es also wieder einmal Zeit. Nur kurz überlegte sie, ob sie ein Bad in der Nordsee vielleicht vorziehen sollte, entschied sich aber letztlich für die Kunst. Selbst wenn das Kunsthaus nur noch eine gute Stunde geöffnet hatte, war ein Gang durch die Ausstellungsräume immer noch besser, als weiter untätig auf dem Marktplatz herumzusitzen und Löcher in die Luft zu starren oder zuhause trübsinnig auf dem Sofa herumzusitzen.

Welche Ausstellung dort aktuell gezeigt wurde, wusste sie nicht. Auch erinnerte sie sich nicht daran, dergleichen in den vergangenen Tagen und Wochen in der Zeitung gelesen zu haben, was jedoch eher auf ihren derzeitig ziemlich oberflächlichen Lesestil zurückzuführen war. Schon nahm sie ihr Handy zur Hand, um nach der aktuellen Ausstellung zu googeln. Dann steckte sie es unverrichteter Dinge zurück in ihre Handtasche und entschied, sich überraschen zu lassen.

Rieke trat in die Pedale und radelte los. Der Sommerwind legte sich schmeichelnd über ihre Haut. Ihre schulterlangen Haare befreite sie aus dem tiefen Zopf, den sie fast täglich trug, und sie flatterten im Fahrtwind. Ein Ziel vor Augen zu haben, auf das sie sich freute, den Sommer zu spüren, wie sie es in den letzten Wochen nur selten empfunden hatte, taten ihr gut. Sie fühlte sich frei, glücklich und unbeschwert.

Wenige Minuten später bog sie in die Wittendüner Geest ein. Als sie das Klinkergebäude mit seinen hohen Fenstern vor sich sah, machte ihr Herz einen Sprung. Nicht im Traum hätte sie erwartet, dass bereits der Anblick dieses Hauses ihr solche Freude bereitete. Drinnen erging es ihr nicht anders. Die lichtdurchfluteten hohen Räume und die Exponate unterschiedlicher Künstler vereinnahmten sie binnen Sekunden. Wäre sie gefragt worden, für welche Bilder sie sich am meisten interessierte, hätte sie die Antwort schuldig bleiben müssen. Eine solche Entscheidung zu treffen, wäre ihr schwergefallen. Sie konnte sich sowohl für die Abstraktheit, die sich verschiedene Künstlerinnen und Künstler auf die Fahne geschrieben hatten, begeistern als auch für die regionalen Landschaftsmotive.

Während dieser einen Stunde, bis das Kunsthaus schloss, die für die Erkundung der Räumlichkeiten entschieden zu kurz war, genoss sie die Stille, die von diesem Ort ausging, und fühlte sich wohl. Einige Minuten nahm sie auf einer bootähnlichen bunten Bank Platz, ließ ihren Blick über die Kunstwerke schweifen und die Atmosphäre auf sich wirken. Dabei kam ihr unweigerlich ihr allererster Besuch des Kunsthauses in den Sinn, der bereits etliche Jahre zurücklag, aber in ihrer Erinnerung noch sehr präsent war. Gerade auch, weil er ihr berufliches Fortkommen maßgeblich beeinflusst hatte.

Zwei Jahre arbeitete sie damals bereits Vollzeit im Fotostudio. Vierundzwanzig Monate, innerhalb derer die anfängliche Euphorie nach Ausbildungsabschluss kontinuierlich abgenommen und der Eintönigkeit des Arbeitsalltages Platz gemacht hatte. Oftmals stellte sie zu jener Zeit ihre Entscheidung, den Beruf der Fotografin ergriffen zu haben, in Frage. Überlegte, ob sie tatsächlich für eine Tätigkeit im Fotostudio geeignet war oder ob ihr dieser Job auf Dauer nicht zu langweilig würde. Schnell wurde ihr klar, dass sie sich blauäugig, mit verklärtem Blick und vollkommen falschen Vorstellungen in diese Ausbildung gestürzt hatte.

Dass das Leben einer Fotografin nicht immer nur hochinteressant und spannend war, nicht vor allem aus Kameraexkursionen in der Natur oder dem Finden der besten Kameraeinstellung bestand, hatte sie mittlerweile begriffen. Auch die, wie sie empfand, langweiligen Tätigkeiten der Porträt- oder Passfotografie, das Einsortieren von Bilderrahmen und die Bestückung der Vitrinen mit Fotoutensilien hatten dazu beigetragen, dass ihre anfänglichen Visionen sich als unrealistische Wunschträume entpuppten, deren Enttäuschung sie unzufrieden und antriebslos werden ließen.

Genau in diese graue Gemütsverfassung fiel vor mehreren Jahren die Eröffnung des Kunsthauses. Sie las davon in der Zeitung und mischte sich zur Eröffnung unter die Menge der Kunstinteressierten. Noch heute, Jahre später, fühlte sie, wie beeindruckt sie damals von den Ausstellungsstücken gewesen war. Auch, wie sie den Künstlerinnen und Künstlern in Gesprächen an den Lippen gehangen hatte, wusste sie noch. Rückblickend war sie davon überzeugt, dass die Energie, die Intuition und auch die Spontaneität des Augenblicks, die von den damaligen Bildern ausgingen, zumindest eine Zeit lang auf sie abfärbt. Denn im Nachgang dieser Ausstellung hatte sie endlich wieder Spaß an ihrer Arbeit als Fotografin gehabt und war glücklich gewesen.

Nach und nach verblasste das Ereignis, und der Alltag holte sie wieder ein. Zurück blieb die Erinnerung an ein Glücksgefühl, das ihr Freiheit im Denken und Tun verschafft hatte. Dem sie im Laufe der Zeit allerdings immer weniger Beachtung schenkte. Heute, auf der Bank im Ausstellungsraum sitzend, war dieses Gefühl wieder präsent. Der Reiz des Augenblicks, den Kunstschaffende auf ihren Bildern einfangen und darstellen, beflügelte sie erneut. Können und eine Prise Glück gingen hier Hand in Hand.

„Und? Wie gefällt Ihnen die Ausstellung?", riss eine Stimme sie aus ihren Gedanken. Sie schaute auf und sah in die neugierigen grünen Augen einer zierlichen Frau.

„Arbeiten Sie hier?", fragte Rieke zurück, wobei sie gar nicht merkte, dass sie die Antwort auf die ihr gestellte Frage schuldig blieb.

„Nein. Ich schaue mir die Ausstellung an. Und Sie? Arbeiten Sie hier?", fragte die Grünäugige.

„Nein. Ich schaue mich auch nur um", dann begannen beide Frauen zu lachen und stellten sich einander vor. Die Fremde entpuppte sich als gebürtige Eiderstedterin, die längere Zeit auf Reisen gewesen war und sich nun erst einmal wieder auf den aktuellen Stand bringen wollte, was es auf der Halbinsel in der Kunstszene zwischenzeitlich Neues gab. Dazu gehörte natürlich auch, dass sie sich die laufende Ausstellung im Kunsthaus ansah.

„Ich bin Liz", sagte sie, woraufhin Rieke sich ihrerseits vorstellte und fragte: „Malerei oder Fotografie?"

„Weder-noch. Ich fertige große Holzskulpturen mit der Kettensäge und kleinere aus Treibholz."

„Toll. Was für welche, wenn ich fragen darf?"

„Ich habe mich auf maritime Skulpturen spezialisiert", entgegnete sie.

Ungläubig schaute Rieke sie an. Dabei versuchte sie sich vorzustellen, wie sich diese fast zerbrechlich wirkende Frau, deren Alter sie nicht einzuschätzen vermochte, in Schnittschutzkleidung und Helm mit heruntergeklapptem Visier an einem Baumstamm zu schaffen machte.

„So wie du jetzt schauen mich die meisten an, die sich nicht vorstellen können, dass sogar das vermeintlich schwache Geschlecht mit einer Kettensäge umgehen kann", sagte sie amüsiert.

„Oh, Entschuldigung. Das war wirklich nicht meine Absicht."

„Ist schon in Ordnung", wehrte sie ab, zog ihr Handy aus der Bauchtasche, tippte ein paarmal darauf herum und zeigte ihr einige Fotos von mächtigen Holzskulpturen, die sie offensichtlich aus einem Baumstamm gesägt hatte.

„Und die hast du gemacht?", staunte Rieke und schaute sie voller Bewunderung an.

„Klar. Kannst gerne mal bei mir vorbeikommen und sie dir in meinem Atelier ansehen, wenn du Lust hast", sagte sie und drückte ihr eine Visitenkarte in die Hand.

„Und du? Malerei oder Fotografie?", fragte Liz nun genau wie Rieke zuvor.

„Fotografie", woraufhin Liz einen anerkennenden Pfiff ausstieß und fragte, ob ihre Bilder auch in der Galerie ausgestellt wären.

„Nein. Das eher nicht. Ich bin zwar Fotografin, arbeite aber nur in einem Fotostudio", sagte sie kleinlaut.

„Ist doch nichts gegen einzuwenden. Ich habe auch nicht gleich Baumstämme gesägt und Treibholz gesammelt. Das kommt alles immer zu seiner Zeit. Man muss nur Geduld haben", sagte sie, streckte ihr die Hand zum Abschied entgegen und bot ihr nochmals an, einfach mal bei ihr im Atelier vorbeizuschauen.

Zurück in ihrer Wohnung, die sie sich mit einer weißen Wellensittichdame teilte, nahm sie energiegeladen, wie sie nach dem Besuch des Kunsthauses war, sofort ihre Kamera zur Hand und verbrachte eine ganze Weile damit, ihre Zimmermöwe im Flug abzulichten. Unzählige Male hatte sie das schon getan und konnte nicht genug davon bekommen. Sie liebte den Sittich und war froh, dass jemand auf sie wartete, wenn sie von der Arbeit nach Hause kam.

Noch bis vor kurzem war Till ihr Lichtstrahl im Leben gewesen. Ein halbes Jahr hatte er es mit ihr ausgehalten, bevor er sich sang- und klanglos aus dem Staub machte. Der Trennung waren mehrere unschöne Auseinandersetzungen vorausgegangen, die dem jungen Liebespaar nicht gerade zuträglich gewesen waren. Ihr ständiges Fotografieren war ihm unsagbar auf die Nerven gefallen. Er hatte ihr andauerndes Fachsimpeln über die beste Kameraeinstellung genauso sattgehabt wie ihr: „Schau mal hier und sieh mal dort", wenn sie zusammen unterwegs waren. Letztlich zog er einen Schlussstrich unter die Beziehung, packte in ihrer Abwesenheit seine Sachen und war weg. Ohne Vorankündigung, ohne ein einziges erklärendes Wort. Ohne eine Chance für Rieke, an ihrem Verhalten etwas zu ändern.

Dies führte dazu, dass sie die Welt nicht mehr verstand. Für sie war er der Richtige gewesen. Natürlich wusste sie, dass sie nicht perfekt war, aber das war er auch nicht. Der Einfachheit halber nahm sie an, dass er eine andere Frau kennengelernt haben musste und sich daher von ihr trennte.

Nach der Trennung fiel sie in ein tiefes Loch, aus dem sie sich nur langsam und mit allergrößter Anstrengung wieder herauswuchtete. Ihre Freundin Antje tat das ihrige und versuchte, sie mit gutgemeinten Worten wieder aufzubauen, was ihr letztlich glückte.

Mittlerweile hatte Rieke den Tiefschlag verkraftet und hoffte, eines Tages auf ihre große Liebe zu treffen, genau wie ihre Freundin vor Jahren auf ihren Leon. Im Stillen und manchmal ganz offensichtlich beneidete sie Antje um ihr Glück. Jetzt, da sie wieder allein in ihren vier Wänden war, die Kamera im Rucksack verstaute, weil der Vogel scheinbar des Fotoshootings überdrüssig war, fühlte sie sich erneut vom Leben im Stich gelassen.

Sie öffnete die Tür zum Balkon. Die Luft stand. Kein Lüftchen wehte. Sie schaute hinauf zum Balkon ihrer Nachbarin.

Einer Dame, die aus ihren zurückliegenden siebzig Jahren keinen Hehl machte. Zwar konnte sie nicht mehr gut laufen, aber dennoch war sie lebenslustig, ging gerne aus, traf sich mit anderen Frauen und war die Fürsorglichkeit in Person. Ab und zu lud sie Rieke zum Essen ein, weil sie immer darum besorgt war, dass ihre junge Nachbarin auch genug aß. Nach dem Essen holte sie für gewöhnlich eine Flasche Likör aus dem Schrank. Meist war es Eierlikör aus eigener Herstellung. Rieke saß gerne ab und an mit ihrer Nachbarin zusammen. Nicht nur, weil sie sehr gut kochen konnte, auch weil sie eine ziemlich unterhaltsame Person war. Doch heute schien sie nicht zuhause zu sein. Sie reagierte weder auf Riekes Anruf, noch war sie auf ihrem Balkon, auf dem sie fast täglich um diese frühe Abendzeit saß. Es musste ihr also selbst etwas einfallen, was ihre Laune hob. Kurzerhand packte sie ihre Badetasche, machte sich auf den Weg zum Böhler Strand und erreichte ihn bei der Wahnsinnshitze vollkommen verschwitzt.

Wie sie gehört hatte und wenn sie den Meteorologen Glauben schenken wollte, war die derzeitige Hitzewelle auf den Klimawandel zurückzuführen. Oftmals in letzter Zeit fragte sie sich, wo die Reise mit dem Wetter in Zukunft hinführen sollte. Dazu malte sie sich die unterschiedlichsten Szenarien aus, wie es die ganze übrige Welt wahrscheinlich auch tat. Das Bad im Meer erfrischte. Sie fühlte sich besser und nahm sich vor, in Zukunft schwimmen zu gehen, wann immer es möglich war. Vielleicht würde sie ihre Stimmungsschwankungen auf diese Art in den Griff bekommen.

Wieder zuhause merkte sie, wie erschöpft sie war. Worüber sie sich nicht wunderte. Schließlich hatte sie bis nachmittags gearbeitet, die Ausstellung im Kunsthaus besucht, war mit dem Rad nach Hause gefahren und dann noch im Meer geschwommen. So ein Pensum war sie nicht mehr gewohnt, da sie sonst nach Feierabend meist in ihrer Wohnung saß und fernsah. Vollkommen erledigt schlief sie ein, träumte vom Meer, einem aufkommenden Sturm, hörte, wie sich über der See ein Gewitter zusammenbraute, und wachte schreckensbleich auf, als die Wellen über ihrem Kopf zusammenschlugen. Wie gerädert startete sie in den nächsten Tag. Nur gut, dass Samstag war und der Fotoladen schon mittags schloss.

2

Antjes Anruf erreichte Rieke am Samstag kurz vor Feier-abend. Gerade als sie die auf dem Verkaufstresen ausge-legte Werbeprospekte sortieren wollte, klingelte ihr Handy. Ein Glück, dass ihr Chef heute eher gegangen war als sonst. Andernfalls hätte sie das Gespräch nicht so arglos entgegenge-nommen. Private Telefonate während der Arbeitszeit, selbst wenn sie wichtig waren, konnte er auf den Tod nicht leiden. Doch die Luft war rein und Kundschaft auch keine mehr im Laden. Kurzerhand schloss sie die Ladentür fünf Minuten eher als sonst ab und hängte das vorsintflutliche Schild mit der geschnörkelten Aufschrift: „Wir haben geschlossen" ins Schaufenster. Ginge es nach ihr, gehörte dieses olle Ding schon längst entsorgt. Aber ihre Meinung interessierte nicht.

„Wollte mal reinhören, ob du vielleicht Lust auf einen spon-tanen Mädelsabend hast", hörte sie die Stimme ihrer Freundin Antje, woraufhin sie stutze.

„Ich denke, du bist mit Mann und Maus in Hamburg und ihr macht euch ein schönes Wochenende?"

„Da waren wir schon in der vergangenen Woche, Rieke."

„Ich dachte, ihr seid jetzt dort", beteuerte sie.

„Nein. Das hatte ich dir, glaube ich, aber erzählt!", entgeg-nete Antje.

„Stimmt. Jetzt, wo du es sagst", erinnerte sie sich.

„Also, was ist? Hast du heute Zeit?", fragte Antje erneut.

„Alle Zeit der Welt. Wir könnten zum Strand gehen, oder wir treffen uns bei mir in der Wohnung. Ich kann natürlich auch zu dir kommen", schlug Rieke vor.

„Wenn es recht ist, komme ich gerne zu dir."

Der Prosecco war kaltgestellt, die Erdbeeren abgewaschen. Nun musste Rieke nur noch den obligatorischen Mädelsabendsalat zubereiten, den Antje so gerne aß und der aus frischem Kopfsalat, bunten Snacktomaten, Gurkenstücken, angerösteten Sonnenblumenkernen und dem leckeren Schafskäse einer Eiderstedter Schafskäserei bestand. Zu guter Letzt mischte sie noch ihr Lieblingsdressing an, und dann klingelte sie auch schon.

Eine ganze Weile hatten die beiden Frauen sich nicht mehr gesehen, sondern mangels Zeit nur miteinander telefoniert. Der letzte Mädelsabend lag bereits etliche Wochen zurück. Im Gegensatz zu Riekes magerem Mitteilungsbedürfnis war Antjes Redefluss enorm. Sie sprudelte geradezu über vor neuen Erlebnissen. So berichtete sie ausführlich von den Tagen, die sie mit ihrer Familie in Hamburg verbracht hatte. Von einer Bootstour durch die Kanäle der Speicherstadt und dem Besuch des Miniaturmuseums, in dem ihre beiden Männer am liebsten den ganzen Tag den umherfahrenden Zügen zugesehen hätten. Doch der Besuch einer Kaffeerösterei und die Verkostung verschiedener Sorten hatten es ihr besonders angetan.

„Und was haben Leon und Jens solange gemacht? Dein Mann trinkt ja, soviel ich, weiß gar keinen Kaffee", fragte Rieke.

„Ich habe die beiden einfach ein zweites Mal in dieses Eisenbahnmuseum geschickt. Die konnten von den vielen kleinen Zügen und Miniaturlandschaften die Nase so und so nicht vollkriegen. Und du wirst es nicht glauben, Leon hat Blut geleckt und ist schon seit Tagen dabei, einen Teil unseres Dachbodens zum Eisenbahnzimmer umzubauen", wobei Antje die Augen gen Zimmerdecke verdrehte.

„Ich schätze mal, dann hast du in Zukunft mehr Zeit für dich, wenn Mann und Sohn jede freie Minute Schaffner spielen", witzelte Rieke, woraufhin Antje bestätigend nickte.

„Ach ja, fast hätte ich es vergessen. Gleich als wir letzten Sonntag von unserem Kurztrip zurück waren, bin ich mit den Landfrauen beim „Picknick in Pink" in Friedrichstadt gewesen."

„Und wie war es?", erkundigte sich Rieke.

„Super. Überall auf dem Marktplatz standen Tische. Einige waren sogar mit Goldrandgeschirr eingedeckt. Wahrscheinlich konnte man sich das beim Veranstalter bestellen, genau wie einen fertig gepackten Picknickkorb. Aber das haben wir natürlich nicht gemacht. Wir hatten unsere eigenen Sachen dabei, und das war super lecker."

„Und? Hast du dich ganz in Pink angezogen?", fragte Rieke weiter.

„Na, was denn sonst? Meine pinkfarbene Bluse, die kennst du ja. Dazu einen Strohhut mit pinkem Band. Pinkfarbener Lippenstift und Nagellack mussten auch sein. Schade nur, dass das Wetter nicht mitspielte, und schade, dass du nicht dabei warst. Ich hätte dich wirklich gern dabeigehabt.

Rieke zuckte die Schultern.

„Nächstes Mal kommst du mir nicht so einfach davon, wenn mein Landfrauenverein wieder so einen Ausflug anbietet", drohte sie ihr mit erhobenem Zeigefinger lachend an. „Du weißt doch ...", weiter kam sie nicht.

„Ja, ich weiß, Gäste sind euch immer herzlich willkommen bei euren Veranstaltungen."

„Da hast du absolut recht. Das Größte wäre natürlich, du würdest auch in den Verein eintreten. Dann könnten wir immer im Doppelpack auftauchen. Vielleicht überlegst du es dir einfach nochmal."

Salat, Erdbeeren und Prosecco schmeckten herrlich, und Rieke genoss das Zusammensein mit ihrer Freundin in vollen Zügen. Ihretwegen hätte Antje noch stundenlang weitererzählen können. Allerdings nahm die heitere Plauderei ein jähes Ende, als Antje sich danach erkundigte, was Rieke in letzter Zeit so erlebt und gemacht hatte und wie es im Fotostudio lief.

„Auf der Arbeit läuft es richtig mies und eigentlich auch sonst überall in meinem Leben. Bei mir geht nichts mehr so recht voran. Ich trete voll auf der Stelle. Wenn ich dich dagegen sehe, bei dir funktioniert alles. Du hast einen tollen Mann und euren kleinen Jens. Ihr wuppt zusammen mit deinen Eltern den riesigen Hof, habt Kühe und Schafe, und das wirft so viel ab, dass ihr das Dach von eurem alten Haubarg sogar neu mit Reet eindecken könnt. Ich dagegen …", jammerte sie und verstummte.

„Nun mach aber mal halblang. Du weißt doch ganz genau, dass es kein Zuckerschlecken ist, auf so einem alten denkmalgeschützten Hof zu wohnen. Wir müssen immer genau rechnen. Ich überlege bei jedem Cent zweimal, ob ich ihn ausgebe, und spare an allen Ecken und Enden. Dass wir uns jetzt endlich mal eine kurze Auszeit gönnen konnten, haben wir nur Leons Eltern zu verdanken. Die konnten sich das nämlich nicht mehr länger mitansehen, wie wir uns abrackern. Deswegen haben sie ihm den Kurztrip zum Geburtstag geschenkt. Mag sein, dass es für Dich so aussieht, als könnten wir uns alles leisten. Aber so ist das nicht. Du weißt ja gar nicht, wie oft ich dich schon um dein Leben beneidet habe. Du musst nicht jeden Morgen in aller Herrgottsfrühe aufstehen und nach den Kühen sehen. Du kannst am Sonntag einfach liegen bleiben und in den Tag hineinleben. Wie mir scheint, siehst du das gar nicht. Vielleicht beginnst du mal, dich nicht immer selbst zu bemitleiden, sondern dein Leben in die Hände zu nehmen."

Jetzt war es raus. Antje hatte gesagt, was längst überfällig gewesen war und sie bereute keinen Satz.

Verstockt saß Rieke ihrer Freundin gegenüber und sagte kein einziges Wort. Erst als diese ihr ein gefülltes Glas Prosecco mit den aufmunternden Worten: „Komm schon, spül deinen Frust runter", in die Hand drückte, kam wieder Leben in sie. Schlussendlich begann sie sich ihre Sorgen von der Seele zu reden.

Da war auf der einen Seite die Eintönigkeit in ihrem Job, auf der anderen Seite gab es die ständigen Querelen mit ihren Eltern und dann noch die Trennung von Till, die ihr schwer im Magen lag.

„Ich mache immer das Gleiche – und das schon seit Jahren. Kann doch wirklich nicht sein, dass ich mein Leben lang nur für die Passfotos und für die Kasse zuständig bin. Andere Aufgaben kriege ich in dem Laden nämlich nicht. Ach, doch, du wirst es nicht glauben, diese Woche durfte ich tatsächlich mal das Schaufenster umdekorieren."

„Na, siehst du, es geht zumindest ein wenig voran", warf Antje ein, und Rieke berichtete kopfschüttelnd davon, wie wenig Anerkennung ihr Chef ihr für die Neugestaltung entgegengebracht hatte.

„Darum geht es dir also. Du willst für deine Arbeit gelobt werden. Und ich dachte, du willst mehr Verantwortung."

„Ob er mich lobt oder nicht, ist mir eigentlich ziemlich egal. Ich möchte nur, dass er sieht, dass ich mehr kann. Aber das scheint ihn gar nicht zu interessieren. Ich habe mich echt schon gefragt, was mich in dem Laden eigentlich noch hält", versuchte Rieke zu erklären.

„Dann such dir was Neues. Worauf wartest du noch? Du hast keine Familie und brauchst nur an dich zu denken. Da wird sich sicher irgendwo etwas Passendes finden lassen."

„Auf Eiderstedt bestimmt nicht. So viele Fotostudios gibt's hier nicht, wie du weißt", wandte Rieke kritisch ein.

„Meine Güte, du bist doch noch keine alte Frau. Guck einfach mal über den Tellerrand von unserem Eiland drüber."

„Dann müsste ich ja umziehen, wenn ich anderswo eine Stelle finde!", entgegnete Rieke erschrocken.

„Oder du versuchst es erstmal mit Urlaub, bevor du deinen Job im Fotoladen ganz an den Nagel hängst. Der bringt dich auch auf andere Gedanken. Wenn du zurück bist, sieht die Welt sicher schon ganz anders aus. Vielleicht brauchst du einfach mal ein bisschen Abstand. Soweit ich mich erinnere, warst du lange nicht mehr im Urlaub, oder irre ich mich?"

„Noch nie!"

„Bitte? Noch nicht einmal mit Till?"

„Nein. Das hat sich irgendwie nicht ergeben. Also abgesehen von unseren Schulausflügen und Klassenfahrten, bin ich eigentlich noch nie richtig im Urlaub gewesen. Außer bei meiner Tante in Büsum war ich eigentlich immer nur hier auf Eiderstedt", sagte Rieke.

„Und warum?"

Da Rieke nicht reagierte, bohrte Antje weiter.

„Wieso bist du nie verreist? Nun sag schon!", forderte ihre Freundin sie auf.

Als seien diese Worte ihr Stichwort gewesen, platze alles Schwere und Erdrückende, was schon Jahre in ihr gärte, aus ihr heraus. Sie gab zu, dass sie als Achtzehnjährige zwar den Mut gehabt hatte, zuhause auszuziehen und in einem Beruf zu arbeiten, den ihre Eltern nicht für sie geeignet hielten. Dass sie jedoch bisher nicht den Mut gefunden hatte, eine Urlaubsreise zu planen oder ihre eigentlichen Zukunftsvisionen umzusetzen.

„Warum hast du nie etwas gesagt? Ich bin deine Freundin. Ich dachte, wir sind immer ehrlich zueinander. Vielleicht hätte ich dir ja helfen können", sagte Antje entrüstet.

„Du hast selbst genug um die Ohren mit deiner Familie und dem großen Hof. Da wollte ich dich mit meinen Problemen nicht auch noch belasten."

„Das ist wirklich falscher Ehrgeiz, den du da an den Tag legst. Vertraust du mir denn gar nicht mehr?", schoss es aus ihr heraus.

„Doch, natürlich. Und jetzt?", fragte Rieke und wischte sich aufkommende Tränen weg.

„Jetzt machen wir einen Plan, und du erzählst mir mal alles ganz der Reihe nach", sagte Antje.

Zunehmend nahm Riekes Redefluss Fahrt auf. Zu allererst berichtete sie ihrer Freundin, wie es ihr Tag für Tag im Fotoladen erging. Letztlich musste auch Antje feststellen, dass es an dieser Arbeitsstelle für ihre Freundin mit allergrößter Wahrscheinlichkeit keine Zukunft mehr gab. Ihrer Ansicht nach standen Rieke mehrere Möglichkeiten offen. Entweder, sie beugte sich der Eintönigkeit des in die Jahre gekommenen Ladens und der Sperrigkeit ihres Chefs und machte so weiter wie gehabt, oder sie überzeugte Petersen davon, endlich mit der Zeit zu gehen und sein Fotostudio zukunftsfähig aufzustellen. Denn nur auf diese Weise würde er sie auf Dauer als Angestellte halten können. Wobei beide Frauen annahmen, dass er in seinem gewohnten Trott bleiben und seine Komfortzone keinen Zentimeter verlassen würde. Die dritte Variante war, sie würde kündigen und nach etwas Neuem Ausschau halten.

„Es gibt noch eine andere Möglichkeit. Hast du schon mal darüber nachgedacht, dich selbstständig zu machen?", fragte Antje.

„Ja, das habe ich tatsächlich. Allerdings nur so zum Spaß. Das würde ich eh nie machen. Dazu müsste ich Räumlichkeiten anmieten, und das wird ziemlich teuer. Für eine eigene Wohnung und dazu noch ein Fotostudio wird mein Erspartes nicht reichen. Das kriege ich nicht hin. Außerdem ist mir das alles viel zu heikel. Du weißt ja, ich gehe lieber auf Nummer sicher."

„Wirklich? Seit wann das? Ich muss sagen, ich erkenne dich gar nicht wieder. Was ist los mit dir? So ängstlich bist du doch sonst nicht gewesen", sagte Antje, woraufhin Rieke die Antwort schuldig blieb und in der Küche verschwand.

Die Abwesenheit ihrer Freundin nutzte Antje, um darüber nachzudenken, wie es soweit kommen konnte, dass sie nicht bemerkt hatte, welche Wandlung in ihrer Freundin vorgegangen war. So selbstbewusst und vor Neugier und Energie strotzend sie einst gewesen war, so zögerlich und ängstlich schien sie jetzt zu sein.

Dabei gestand sie sich ein, dass sie in den letzten Jahren, seitdem ihr kleiner Spross das Licht der Welt erblickt hatte, sich fast ausschließlich Zeit für ihre eigene Familie und kaum Zeit für ihre beste Freundin genommen hatte. Selbst wenn sie sich zu einem Frauenabend mit ihr traf, hatte sie stets ihre Sorgen und alles, was sie als verheiratete Frau und Mutter beschäftigte, zum abendfüllenden Thema gemacht. Sie war vollkommen selbstverständlich davon ausgegangen, dass ihre Freundin in ihrem Job glücklich war und dass es ihr immer gut ging. Gerade auch, weil sie nie etwas Gegenteiliges verlauten ließ.

Erst jetzt wurde ihr bewusst, dass sie sich die ganze Zeit zurückgenommen und ihre eigenen Probleme hintangestellt haben musste. Antje hätte sich für ihre Blindheit ohrfeigen können, empfand sich rückblickend als egoistisch und mit Scheuklappen durchs Leben laufend. Schließlich gab es noch eine Welt außerhalb ihrer eigenen Familie. Schlussendlich nahm sie sich vor, ihrer Freundin zukünftig den nötigen Raum zu geben, sich ihr offener mitzuteilen und ihr damit endlich wieder eine richtige Freundin zu sein.

Zeternde Laute aus der Küche rissen sie aus ihren Überlegungen. Sekunden später kehrte Rieke mit zwei Glasschälchen, die mit unförmigen Klumpen gefüllt waren, ins Wohnzimmer zurück.

„Das sollte eigentlich Vanilleeis werden. Ist wohl irgendwas schiefgelaufen. Oder das Rezept war Mist", sagte sie zerknirscht und hämmerte mit dem Löffel auf dem frostigen Klumpen herum. Ebenfalls mit dem Eis kämpfend, nahm Antje den Gesprächsfaden wieder auf.

„Was machen wir jetzt mit dir? So kann es ja auf keinen Fall weitergehen", begann sie.

„Keine Ahnung", kommentierte Rieke knapp.

„Nun gut. Lass uns mal ganz fachmännisch überlegen. Erzähl mir mal, wo du dich in zehn Jahren siehst. Wie willst du sein, wo willst du leben und arbeiten", forderte sie sie auf.

„Keine Ahnung. Das weiß ich wirklich nicht."

„Okay. Jetzt mal frei von der Leber weg, was ist dein Problem? Das ist vielleicht einfacher", forderte Antje sie auf, woraufhin Rieke sofort zu reden begann.

„Eigentlich dachte ich immer, dass die Arbeit im Fotostudio richtig super für mich wäre. Als ich dort anfing, meinte ich sogar, eine ziemlich gute Fotografin zu sein und mein Handwerk besser zu verstehen als mein Chef. Tatsächlich fühle ich mich dort seit langem schon eingepfercht. Ich habe keine Freiheiten und darf nichts selbst entscheiden. Petersen überwacht mich wie eine Glucke das Ei. Er lässt mir keinen Spielraum, mein Talent auch nur im Ansatz in irgendeine spezielle Richtung zu entfalten."

„Was darauf schließen lässt, dass du dir nicht vorstellen kannst weiterhin dort zu arbeiten", ergänzte Antje.

„Genau. Ich finde das alles sterbenslangweilig. Außerdem zieht mich der Job immer mehr runter. Ich gefalle mir schon selbst nicht mehr", gab sie zu.

„Du könntest natürlich immer noch auf dem Bauernhof deiner Eltern mit einsteigen. Das haben sie dir doch schon mehrfach angeboten, wie ich mich erinnere", warf Antje ein.

„Das wäre echt das Letzte, worauf ich Lust hätte. Die Geschichte ist für mich wirklich durch. Es hat mich damals genug Nerven gekostet den Hof zu verlassen und mein Ding durchzuziehen. Weißt du noch, wie sauer meine Eltern damals waren? Ich dachte, die kriegen sich gar nicht mehr ein. Und selbst wenn ich irgendwann einmal einen Funken Interesse an Landwirtschaft verspürt haben sollte, eine gleichwertige Zusammenarbeit mit meinen Eltern wäre so und so niemals möglich gewesen. Da wäre ich immer die kleine Friederike geblieben. Darüber werde ich mir definitiv keine Gedanken mehr machen", entgegnete sie.

Daraufhin suchten sie nach einer anderen Lösung. Wobei es in der Tat schwierig werden konnte, eine Vollzeitstelle in einem anderen Fotostudio auf der Halbinsel zu finden, da derlei Jobs spärlich gesät waren. In eine andere Stadt außerhalb von Eiderstedt ziehen, weg von St. Peter-Ording, weg vom schönen Ortsteil Böhl, weg aus ihrer kuschelig eingerichteten Wohnung, wollte Rieke nicht.

Mit welchen finanziellen Mitteln sie sich selbstständig machen sollte, wusste sie ebenso wenig. Zwar hatte sie gespart, aber für eine Selbstständigkeit würden ihre Ersparnisse höchstwahrscheinlich nicht ausreichen. Eine überschlägige Rechnung hierzu hatte sie allerdings noch nicht angestellt.

Des Weiteren fehlte ihr der Mut, sich auf risikobehaftetes Terrain zu begeben. Was, wenn sie die Selbstständigkeit an die Wand fuhr? Dann wäre einerseits ihr ganzes Geld futsch, andererseits stünde sie ohne sicheren Arbeitsplatz da und würde nicht einmal mehr ihre Miete bezahlen können. Weitere Horrorszenarien zischten ihr durch den Kopf. Nicht alle teilte sie mit ihrer Freundin, einige blieben verborgen in ihren Gedanken.

„Ich verstehe es ja immer noch nicht", sagte Antje.

„Was verstehst du nicht", fragte Rieke.

„Warum du so ängstlich geworden bist. Denk doch mal an früher, als wir die Halbinsel mit dem Rad erkundet haben. Ich kann mich nicht erinnern, dass wir uns damals vor irgendetwas gefürchtet haben, und wir sind wirklich in jedem erdenklichen Winkel unterwegs gewesen", sagte Antje grinsend. „Vielleicht solltest du mit dem Radfahren wieder anfangen. Und damit meine ich nicht, dass du morgens von der Wohnung zum Fotoladen und abends wieder zurück gurkst. Das machst du ja eh schon. Du könntest deine Kamera mitnehmen und endlich mal unsere Heimat mit den Augen einer Fotografin erkunden. Davon hast du früher oft geträumt. Hast du das vergessen?"

Kaum hatte Antje die Idee ausgesprochen, kam Leben in Rieke. Ihre Augen begannen zu strahlen, und ihre Freundin meinte zu wissen, dass dieser spontane Tipp etwas in ihr in Bewegung setzte. Um die Idee weiter zu untermauern, wühlte sie in ihrer Erinnerung und beförderte einige Kindheitsepisoden zu Tage.

„Weißt du noch, als wir damals mit dem Rad nach Tönning gefahren sind?", fragte sie.

Rieke erinnerte sich noch sehr genau an diesen speziellen Ausflug, der nunmehr knapp zwanzig Jahre zurücklag. Sie waren acht Jahre alt gewesen und hatten sich am Tag nach Antjes Geburtstag zu einer Radtour zum Schlosspark in Tönning aufgemacht. Grund für diesen Ausflug war eine Geschichte gewesen, die Antjes Vater den Geburtstagskindern zum Abschluss von Antjes Feier vorgelesen hatte. Das Geschichtenlesen, wenn es dunkel wurde, gehörte als fester Bestandteil jedes Jahr zu Antjes Geburtstagsfeier und war nicht wegzudenken gewesen. Alle Kinder fieberten dieser Vorlesestunde entgegen und hockten sich zu Füßen des Sessels, in dem Antjes Vater zuvor mit einem alten Buch Platz genommen hatte. An keinem anderen Kindergeburtstag wurden die Sagen und Märchen der Halbinsel jemals so lebendig wie in Antjes Elternhaus.

„Klar weiß ich das noch. Wie könnte ich das vergessen. Wir wollten die drei verwunschenen Prinzessinnen finden, die sich dort der Sage nach alle sieben Jahre zeigen sollten. Wir dachten, wir könnten sie von ihrem Bann erlösen, damit das Tönninger Schloss endlich wieder auftaucht", sagte sie kichernd. „Aber die Einzigen, die auftauchten, waren unsere Väter mit einer Standpauke. Das war echt nicht lustig. Ich hatte dann eine Woche Hausarrest", erinnerte sie sich.

„An den du dich sicherlich nicht gehalten hast, oder?"

„Stimmt", gab sie ihrer Freundin verschmitzt recht.

„Wie hieß noch gleich diese andere Geschichte, wegen der wir deinen Vater an jedem Geburtstag zum Vorlesen drängten?", fragte Rieke nachdenklich.

„Du meinst Maleens Knoll. Die habe ich gerade gestern meinem Kleinen vorgelesen", sagte Antje.

„Ist der für sowas nicht noch zu lütt?"

„Mit Märchen und Sagen der Heimat kann man gar nicht früh genug anfangen. Aber du hast recht, es ist schon unheimlich, wenn man sich vorstellt, wie diese Maleen jahrelang auf einer Düne gestanden und auf ihren zur See gefahrenen Liebsten gewartet haben soll. Ich weiß noch, als sei es gestern gewesen, wie es uns gruselte, wenn mein Vater das Surren von Maleens Spinnrad imitierte und wir genau wie sie damals eine Kerze mit einem Streichholzzisch angezündet haben. Da läuft mir heute noch ein Schauer über den Rücken, so unheimlich war das. So gruselig erzähle ich das meinem Kleinen natürlich noch nicht. Das Unheimliche behalte ich mir für später vor, wenn er größer ist."

„Also ich fand am schlimmsten, dass sie später tot auf der Düne gefunden wurde. Da hatte ich immer Bilder im Kopf, die mich nicht mehr schlafen ließen. Und den Seemann, der Wochen später am Strand gefunden worden war und den gleichen Ring am Finger trug wie Maleen, den wollte ich mir eigentlich gar nicht vorstellen."

„Und, was glaubst du, warum das so war?", fragte Antje und beantwortete die Frage gleich selbst. „Du warst einfach immer neugierig, wolltest immer alles wissen, genau wie ich. Du solltest dich wirklich wieder auf die Spuren der Eiderstedter Geschichte begeben. Da gibt es sicher vieles was von einer engagierten Fotografin entdeckt werden will", sagte Antje.

3

Als Rieke am anderen Morgen aufwachte, war das Gespräch vom Vorabend sofort wieder präsent. Noch bevor sie aufstand, kam sie zu dem Schluss, dass sie es sich nicht vorstellen konnte, irgendwo anders auf der Welt zu wohnen als auf Eiderstedt. Selbst wenn sie sich in den vergangenen Jahren nicht großartig für das Geschehen der Halbinsel interessiert hatte und nur um sich selbst gekreist war. Eiderstedt war ihre Heimat, und der würde sie so schnell nicht den Rücken kehren.

Auch über Antjes Idee, sich mal wieder aufs Fahrrad zu schwingen und mit der Kamera im Gepäck die Heimat zu erkunden, machte sie sich Gedanken. Schließlich fand sie diesen Einfall so gut, dass sie ihn noch an diesem Sonntag in die Tat umsetzte.

Nach einer Scheibe Marmeladenbrot, einer Tasse Tee und dem Füttern der Wellensittichdame packte sie am späten Vormittag ihren Kamerarucksack. Für den Fall, länger unterwegs zu sein, fanden noch eine Flasche Wasser, ein Müsliriegel, sicherheitshalber eine Tube Sonnenmilch, ein Käppi und eine zusammengeknautschte Regenjacke im Rucksack Platz. Selbst wenn es weder danach aussah, zu heiß zu werden noch zu regnen, wollte sie vorbereitet sein. Schließlich änderte sich das Wetter über der Halbinsel oftmals schnell.

Ohne ein genaues Ziel vor Augen radelte sie aufs Geratewohl los. Am Hochdorfer Garten in Tating stoppte sie. Hier war sie schon eine halbe Ewigkeit nicht mehr gewesen. Zuletzt mit ihren Eltern vor vielen Jahren, als sie noch mit ihnen unter einem Dach wohnte. Zudem waren sie damals auch nicht mit dem Rad nach Tating gefahren, sondern wie immer mit dem Auto. Ihre Eltern hatten, solange sie denken konnte, dem Radfahren nichts abgewinnen können. Diesbezüglich war Rieke vollkommen aus der Art geschlagen. Sie überlegte, ob sie ihre Eltern jemals auf dem Fahrrad gesehen hatte. Dabei stellte sie fest, dass sie noch nicht einmal wusste, ob sie überhaupt Fahrräder besaßen.

Der Himmel hatte mittlerweile seine Sonntagsfärbung in hellem Blau angenommen, die Sonnenstrahlen durchbrachen die Wolkenschicht, und es versprach ein schöner Junitag zu werden.

Es war Mittag durch, als sie das Café „Schweizer Haus", das zu Füßen des Hochdorfer Gartens lag, erreichte. Sie beschloss, sich erstmal umzusehen und dem Café später einen Besuch abzustatten. Sie schulterte ihren Rucksack und beschritt eine schattige Lindenallee, die sie sofort in ihren Bann zog. Als sie wenige Schritte gegangen war, entdeckte sie eine sonnenbeschienene weiße Holzbrücke, die sich in einem Wassergraben spiegelte. Gelb blühende Schwertlilien umrahmten die Wasserfläche. Dieser Anblick war so schön, dass Rieke den Finger kaum vom Auslöser der Kamera lassen konnte.

Die Idylle, die der Garten vor ihr ausbreitete, erschien fast wie gemalt. Am Ende der Allee warteten mehrere Reihen alter und teilweise neu angepflanzter Kopflinden darauf, von ihren geschulten Augen gesehen zu werden. Augenblicklich stellte sie sich vor, wie diese Bäume mit ihren gekappten Kronen wohl in der kalten Jahreszeit aussehen würden. Wahrscheinlich dürften sie blattlos und bei wolkenverhangenem Himmel ein ziemlich düsteres und dabei sehr fotogenes Bild abgeben.

Zwar hatte sie den Park jetzt einmal der Länge nach durchschritten, doch ihn längst noch nicht vollständig erkundet. Am weiß getünchten Haubarg, der die Ostseite des Gartens markierte, blieb sie stehen. Sie entdeckte eine kleine Infotafel, nahm sich einen Flyer aus der dort angebrachten Vorrichtung und vertiefte sich in den Text. Anschließend wusste sie, dass sie sich gerade in einem bedeutenden Gartendenkmal der bäuerlichen Gartenkultur Schleswig-Holsteins herumtrieb. Auch stand dort geschrieben, dass dieser Garten in der Barockzeit angelegt worden war und neben dem Garten von Ada und Emil Nolde in Seebüll, kurz vor der Landesgrenze zu Dänemark, und dem Schlossgarten in Husum einer der wertvollsten nordfriesischen Gärten wäre.

Ehrfürchtig schaute sie auf das alte Bauernhaus, das laut Inschrift im Jahre 1764 erbaut worden war. Dann erblickte sie die in Reihe stehenden mächtigen Buchsbaumkugeln. Hier hatten die Raupen des Buchsbaumzünslers, der bekanntermaßen gerade landesweit sein Unwesen trieb und Büsche und Hecken kahlfraß, glücklicherweise noch nicht zugeschlagen. Da sah die Buchshecke im Bauerngarten ihrer Eltern schon anders aus. Dort war er seit längerem still und heimlich am Werk gewesen. Von innen heraus hatte er mit seinem unstillbaren Hunger nach schmackhaftem Blattwerk zu fressen begonnen. Als ihre Eltern sein Treiben bemerkten, war es für eine Rettungsaktion der alten Hecke allerdings schon zu spät gewesen. Seitdem wartete sie vollkommen blattfrei und vertrocknet darauf, entfernt zu werden.

Mit beiden Händen drückte Rieke das Astwerk der Buchskugeln auseinander und schaute hinein. Doch nichts. Hier schien noch alles in bester Ordnung. Zumindest soweit sie es beurteilen konnte. Von einer Raupe fehlte jegliche Spur.

Entlang eines verwunschenen schmalen Weges schlenderte sie weiter, bis sie zu einer Anhöhe kam, auf der ein seltsames ruinenartiges Bauwerk stand. Nach seinem Mauerwerk zu urteilen, musste es bereits viele Jahrzehnte an diesem Platz stehen. Die steinernen Wände sprachen diesbezüglich eine eindeutige Sprache. Moose und Flechten hatten Besitz von ihnen genommen, Efeu suchte sich seinen Weg. Einzelne Mauerteile schienen nachgebessert worden zu sein. Beschattet durch Blatt- und Astwerk alter und junger Bäume setzten Sonnenstrahlen interessante Lichteffekte, die danach verlangten, sofort fotografisch festgehalten zu werden.

Je länger Rieke sich die Ruine anschaute, desto mehr meinte sie ein ähnliches Bauwerk irgendwo schon einmal gesehen zu haben. Aber sie kam nicht drauf, wo das gewesen sein sollte. Für sie als Fotografin war das Gemäuer jedenfalls absolut faszinierend. Nur gut, dass sie in einer Zeit lebte, in der sie keine Filmrolle mehr in die Kamera einlegen musste. Wäre das heute noch der Fall, hätte sie ganz sicher nicht solch eine Unmenge von Fotos geschossen.

Von der Anhöhe aus hatte sie freie Sicht über einen kleinen Teich bis zum „Schweizer Haus" und bis zur dortigen Rasenfläche. Hier luden Strandkörbe, Liegen und andere Sitzmöglichkeiten zum Verweilen ein.

Sie bezog in dem kleinen Innenraum der Ruine Position, tüftelte kurz an der Kameraeinstellung herum und fand durch die scheibenlosen Rundbogenfenster ganz exzellente Fotomotive. Anschließend ließ sie ihren Blick durch einen Mauerbogen über die Gartenlandschaft schweifen, ohne ständig ein Auge am Sucher der Kamera zu haben. Dabei entdeckte sie ihre lieben Nachbarn, Martha und Enno, die unweit des elterlichen Hofes wohnten und die sie schon ihr ganzes Leben lang kannte. Die beiden schienen sie ebenfalls gesehen zu haben und winkten ihr fröhlich zu. Sie verstaute die Kamera im Rucksack. Fürs Erste hatte sie genügend Fotos von diesem beschaulichen Ort gemacht. Jetzt war erstmal Zeit für einen Tee oder einen Kaffee. Ihrem Magenknurren nach zu urteilen, würde sie vielleicht sogar einen Happen essen. Die beiden alten Herrschaften erhoben sich sofort, als Rieke an ihren Tisch kam und drückten sie an sich.

„Wie schön, dich mal wieder zu sehen", sagte Martha fröhlich.

„Bist du ganz alleine hier? Möchtest du auch ein Stück Torte? Oder ist dir eher nach etwas Herzhaftem?", fragte Enno und zeigte auf sein Tortenstück, das noch unangetastet auf seinem Teller lag.

„Nun lass sie sich erstmal hinsetzen, Enno", woraufhin er ihr den Stuhl zurechtrückte und solange stehenblieb, bis sie sich setzte. Ganz nach Manier eines Kavaliers der alten Schule. Unverzüglich winkte er die Bedienung heran.

„Was willst du haben? Du bist eingeladen. Kannst dir bestellen, was du willst", sagte er.

„Ein großes Wasser und einen Kaffee, bitte! Und gerne ein Stück Torte, aber …"

„Also ich kann dir die Schoko-Bananen-Torte empfehlen. Die ist mit Eierlikörchen", sagte Enno und zeigte auf die fluffige Sahne-Eierlikörschicht, die sein Kuchenstück überzog.

„Oder du nimmst den Mandarinenpuffer. Der ist richtig saftig. Gar nicht so, wie andere Topfkuchen sonst. Kannst gerne ein Stück probieren", bot Martha ihr an und streckte ihr ihren Teller entgegen.

„Vielleicht schauen Sie einfach selbst, welchen ich Ihnen bringen darf? Wir haben eine große Auswahl. Die Kuchenvitrine ist randvoll", sagte die freundliche Bedienung.

Wenig später stand Rieke vor einer zum Bersten gefüllten Kuchenvitrine und konnte sich bei der Menge von leckeren

Torten und Kuchen nun noch weniger entscheiden als zuvor zwischen Ennos und Marthas Kuchenstücken. Sie schwankte zwischen Kirsch-Quark-Sahne-Torte mit rotem Fruchtspiegel, dem Mandarinen-Schmand-Blechkuchen und der Schoko-Bananen-Torte, für die Enno sich entschieden hatte. Letztere gewann das Rennen.

„Ich habe es mir gleich gedacht. Bei Eierlikör kann meine kleine Friederike nicht widerstehen", brüstete er sich.

Enno war, neben Petersen, ihrem Chef, der Einzige, der sie nicht bei ihrem Kosenamen nannte. Er war schon immer der Ansicht gewesen, dass ihr Name perfekt zu ihr passte und nicht verniedlicht gehörte.

„Wie geht es dir, meine Liebe", fragte Martha und schaute sie kuchenkauend an.

„Eigentlich ganz gut."

„Und uneigentlich?", bohrte Martha nach, woraufhin Rieke überlegte, was sie darauf antworten sollte, ohne dass Martha sich gleich Sorgen machte.

Doch Martha hatte auch, ohne dass Rieke etwas antwortete, schon spitzbekommen, dass es ihr nicht so gut ging, wie sie vorgab. Anstatt weiter zu fragen sagte sie: „Vielleicht magst du mal wieder zu uns zum Essen kommen? Du warst ja eine Ewigkeit nicht mehr bei uns daheim. Ich könnte Buttermilchsuppe mit Grießklößen kochen. Die mochtest du doch immer so gerne."

Schon beim Gedanken an Marthas leckere Buttermilchsuppe lief Rieke das Wasser im Mund zusammen. Sie nickte zustimmend und fragte: „Mit Mettwurstbrot dazu?"

„Na, was glaubst du denn? Buttermilchsuppe ohne Mettwurstbrot, das gibt es bei uns nicht", nahm Enno seiner Frau das Wort aus dem Mund.

Die Verabredung zum Essen war schnell getroffen und lag nur noch eine Woche in der Ferne. Schon am nächsten Sonntag wollte Martha Riekes Lieblingsgericht auf den Tisch bringen.

„Gefällt dir der Garten? Hier kannst du bestimmt richtig gute Fotos machen", sagte Enno.

„Ich finde ihn herrlich", dabei zückte sie ihre Kamera und schaute auf das Display, um zu sehen, wie viele Fotos sie geschossen hatte. „Habe über hundert Fotos gemacht. Na ja, mal sehen, was davon brauchbar ist. Werde mich nachher erstmal dransetzen und aussortieren.

„Wann warst du denn das letzte Mal hier", wollte Enno wissen.

„Keine Ahnung", entgegnete Rieke schulterzuckend. „Ich glaube, ich war nur einmal hier, und das ist schon ewig her. Wenn du es genau wissen willst, weiß ich fast nichts über diesen tollen Park. Eigentlich nur das, was ich in einem Flyer vorhin gelesen habe", sogleich zog sie ihn aus ihrem Rucksack und legte ihn auf den Tisch.

Dass Rieke so gut wie nichts über den Garten wusste, war für Enno eine willkommene Gelegenheit, sein Geschichtswissen kundzutun.

„Wenn du etwas darüber wissen möchtest, dann könnte ich …", merkte er kuchenkauend an und wurde von seiner Frau, die es absolut nicht leiden konnte, wenn ihr Mann mit vollem Mund sprach, unterbrochen.

„Enno will sagen, dass er wirklich viel über diesen Park weiß …", sie machte eine ausladende Armbewegung, womit sie das Areal zu umschließen versuchte. „Wenn du magst, würde er dir gerne einiges darüber erzählen." An Enno gewandt: „Ist es nicht so, mein Lieber", woraufhin er sie begeistert anstrahlte.

Als Rieke ihm das „Go" gab, verputzte er zügig einen letzten sahnigen Bissen und begann unverzüglich mit seinen Ausführungen.

„Wie du schon auf dem Flyer gelesen hast, sitzen wir hier nicht in irgendeinem Garten, sondern meiner Meinung nach in einem der schönsten Landschaftsgärten Schleswig-Holsteins. Die gesamte Parkanlage hat eine Größe von knapp fünf Hektar", erklärte er stolz, als gehörte der Park ihm. Gleichwohl entging ihm nicht, wie Rieke grübelnd ihre Stirn in Falten zog.

„Das sind fünfzigtausend Quadratmeter, wenn du dir das besser vorstellen kannst. Die Fläche ist vergleichbar mit ungefähr sechs Fußballfeldern. Der Park ist ein Highlight auf unserer Halbinsel. Den Anfang machten der Haubarg und ein Barockgarten. Die Eigentümer müssen wohl ein Faible für schöne Bäume gehabt haben. Sie pflanzten die langen Lindenalleen und mehrere Lindenlauben."

„Da bin ich durchgegangen, als ich hier ankam. Das sind wirklich beeindruckende Wege und für mein fotografisches Auge ist das einfach nur fantastisch", unterbrach Rieke seinen Redefluss.

„Danach ging es Schlag auf Schlag. Das Schweizer Haus wurde als Sommerwohnsitz der Eigentümer erbaut, und erste exotische Gehölze wurden angeschafft. Danach folgten die Obstbaumwiesen und Anfang des vergangenen Jahrhunderts ist dann die Ruine errichtet worden", dabei zeigte er auf sie.

Mittlerweile hatten etliche Besucher des Cafés die Ohren gespitzt, um seinen Ausführungen ebenfalls zu lauschen.

„Reicht dir das erst einmal als Erklärung?", fragte er.

„Das war ja schon eine ganze Menge", entgegnete Rieke.

„Nein, das war eher ein Bruchteil von dem, was es über diesen Garten zu sagen gibt."

„Wenn es dir nicht zu viel wird, würde mich noch interessieren, was es mit dieser Ruine auf sich hat. Ich bin nämlich die ganze Zeit schon der Meinung, so etwas in der Art schon mal gesehen zu haben. Ich weiß aber echt nicht mehr wann und wo", gab Rieke zu.

Sie musste ihn kein zweites Mal bitten. Sofort erzählte er weiter, als lese er aus einem Geschichtsbuch vor. Nur waren seine Ausführungen nicht so eintönig, wie in dergleichen Büchern, sondern gespickt mit eigenen Gedanken und Erlebnissen.

„Die Ruine ist, glaube ich, ein echtes Liebhaberwerk gewesen. Da hat der Erbauer nämlich etwas ganz Spezielles vor Augen gehabt."

An dieser Stelle machte Enno eine kunstvolle Pause, was die Spannung, warum die Ruine errichtet worden war, sowohl bei Rieke als auch bei den umhersitzenden Zuhörenden steigerte.

„Ich würde sagen, die Ruine ist ein richtiges Kunstwerk. Sie war nie vollständig, sondern wurde bereits in dieser Form errichtet. Nur hatte sie anfangs ein Stockwerk mehr. Es gibt sogar ein Foto aus ihrer Anfangszeit, da ist das sehr gut drauf zu sehen. Auf der Homepage der Stiftung, die diesen Landschaftspark betreut, kannst du die alte Aufnahme finden."

Sofort zückte Rieke ihr Handy, googelte die Stiftung und tatsächlich: wenig später prangte eine Schwarz-Weiß-Aufnahme der Ruine auf dem Bildschirm ihres Handys.

„Sieht toll aus. Aber jetzt weiß ich immer noch nicht, woran die mich erinnert."

„Dann muss Enno wohl noch ein bisschen weitererzählen. Außer die anderen Gäste fühlen sich schon durch sein Gesabbel gestört", sagte Martha und schaute sich zu den Umhersitzenden um, die ihr jedoch signalisierten, dass sie ebenfalls wissen wollten, was es mit dem Bauwerk auf sich habe.

„Also, diese Ruine wurde dem Gemälde der Burgruine des Oybin von dem bekannten Maler Caspar David Friedrich nachempfunden. Der Berg Oybin, auf dem die Ruine auch heute noch steht, befindet sich in Sachsen. Und genau dieses Panorama muss es dem damaligen Besitzer angetan haben. Sonst hätte er wohl nicht hier im kleinen Ort Tating dergleichen erschaffen. Schließlich wurde sogar die Anhöhe, auf der unsere Ruine steht, extra aufgeschüttet. Aber jetzt reicht es erstmal mit dem Ausflug in die Geschichte. Wenn du magst erzähle ich dir an einem anderen Tag mehr darüber."

Daraufhin bestellten sich Martha und Rieke noch eine leckere Saftschorle und Enno ein Frischgezapftes. Danach trennten sich ihre Wege bis zum Wiedersehen am darauffolgenden Sonntag.

4

Der Kloßteig für die Grießklöße, die in die Buttermilchsuppe gehörten, hatte bereits die richtige Konsistenz.
Martha war gerade dabei, ihn portionsweise mit einem Löffel
abzustechen und ins kochende Wasser zu geben, als die Haus-
türklingel Riekes Kommen ankündigte.

„Ich bin gleich soweit. Das Süppchen ist fast fertig. Ich
brauche nur noch ein paar Minuten", hörte Enno die gedämpf-
te Stimme seiner Frau hinter der geschlossenen Küchentür rufen. Dann öffnete er die Haustür, begrüßte Friederike und bat
sie ins Esszimmer.

„Bist lange nicht hier gewesen", stellte Enno fest.

„Stimmt", entgegnete sie reumütig und fragte sich, warum
sie die beiden eigentlich so lange nicht besucht hatte.

„Warst sicher sehr mit deinem Job beschäftigt?", nahm
Enno an.

Rieke zuckte die Schultern.

„Ach, lassen wir das. Jetzt bist du ja hier."

Als Martha mit der Suppenterrine den Raum betrat und der
süßliche Zimt-Vanille-Duft die Raumluft schwängerte, war ihr,
als legte sich eine beruhigende Hand auf ihr Herz. Konnte es
sein, dass der bloße Duft einer Buttermilchsuppe in ihr solch ein
Wohlbefinden auslöste? Die Suppe und die Mettwurstbrote
schmeckten köstlich. So dauerte es auch nicht lange, bis der Boden der Terrine sichtbar und die Servierplatte, auf der Martha die
fertig geschmierten Brote angerichtet hatte, blitzblank waren.

„Und? Hast du es schon gesehen", wollte Martha beim Abräumen der Teller wissen.

„Was denn?"

„Schau mal in das Regalfach vom Wohnzimmerschrank."

Tellerklappernd verließ sie den Raum, Rieke ging auf Entdeckungstour und Enno warf einen Blick in die Wochenendzeitung. Als müsste er sich dafür rechtfertigen, erklärte er, dass er es noch nicht geschafft hatte, den lokalen Zeitungsteil vollständig zu lesen.

In einem ausgeräumten Fach des Wohnzimmerschranks wurde Rieke fündig. Hier lagen unzählige verschiedengroße Kochlöffel, die durch ihre Umgestaltung zum Rühren nicht mehr geeignet waren und auf ein neues Leben als Dekorationsobjekt warteten. Dass diese handwerkliche Leistung auf Marthas Kappe ging, war Rieke sofort klar. Enno traute sie so etwas nicht zu. Dazu war er wohl zu grobmotorisch veranlagt. Etliche Rohlinge lagen noch unbearbeitet in einem Korb. Daneben eine Kiste mit verschiedenen Schnitzmessern und Schmirgelpapieren unterschiedlicher Körnung. In einer anderen Kiste fand sie eine ganze Reihe fertiger Exemplare, die sie zum Staunen brachte. Einige von ihnen waren zu Vögeln, etwa zu Austernfischern oder Möwen, geworden, andere zu Schmetterlingen oder Käfern, und auch ein Wattwurm war dabei.

„Und, wie findest du meine Löffelparade?", fragte Martha, als sie mit vorgebundener Küchenschürze und einer Schüssel roter Grütze ins Esszimmer zurückkehrte.

„Einfach unglaublich. Seit wann machst du so etwas – und wie bist du darauf gekommen?", wollte Rieke interessiert wissen.

„Warte eine Sekunde. Ich hole nur noch just die Vanillesoße aus dem Kühlschrank, und dann erzähle ich dir in Ruhe davon", entgegnete sie beschwingt.

Alles fing damit an, dass ihr beim Marmeladekochen im vergangenen Sommer ein Kochlöffel heruntergefallen und dabei in zwei Teile zerbrochen war.

Martha, die schon immer dafür einstand, kaputte Dinge nicht sofort wegzuwerfen, sondern in irgendeiner Form weiter zu verwenden, spülte ihn ab und legte ihn fürs Erste beiseite.

„Fast hätte ich das kaputte Ding vergessen. Schließlich wollte ich erstmal meine Marmelade fertigbekommen. Wir hatten nämlich im letzten Jahr eine richtige Erdbeerschwemme, musst du wissen. Erst beim Aufräumen ist er mir wieder in die Hände gefallen."

„Und dann?", fragte Rieke neugierig.

„Habe ich ihn mir genau angesehen und gedacht, dass sich daraus vielleicht noch etwas machen ließe. Ich suche ihn gleich raus und zeige ihn dir, wenn wir mit dem Nachtisch fertig sind."

Gesagt – getan. Wenig später kramte Martha in einer der Kisten und beförderte ihr Erstlingswerk zu Tage. Der Kochlöffel war vollkommen grade durchgebrochen, so dass die einstige runde Rührseite nur noch einen Halbkreis darstellte. Aus eben diesem hatte sie mit Hilfe von Ennos Schweizer Messer, das er sowieso nie benutzte und das seit Jahr und Tag in einer Schublade vor sich hindümpelte, aus dem Halbkreis eine Schildkröte geschnitzt.

„Ich weiß, das ist nicht unbedingt ein Vorzeigestück geworden, aber es war zumindest ein Anfang. Schau dir die anderen Löffel an, die sind schon besser", sagte sie stolz.

So war aus einem Moment der Unachtsamkeit für die Siebzigjährige ein neues Hobby geworden, mit dem sie sich – so oft sie Lust und Zeit hatte – beschäftigte.

„Wie viele hast du schon geschnitzt?", fragte Rieke.

„Könnten um die fünfzig sein. So genau weiß ich das nicht. Etliche habe ich schon verschenkt und einige sogar für kleines Geld verkauft."

„Erzähl doch mal, wie dir die Ideen für die Schnitzereien kommen."

Daraufhin erfuhr Rieke, dass Martha sich zuerst die Maserung des Holzes genau ansah. Manchmal passierte es, dass sie schon in dem Moment das fertige Schnitzwerk vor Augen sah. An anderen Tagen ließen die Einfälle auf sich warten, und sie stromerte durch ihren Garten oder lief am Strand entlang. Immer auf der Suche nach einem neuen Tiermotiv für den nächsten Holzlöffel.

„Letztlich lasse ich mein Gefühl und meine Stimmung entscheiden. Wenn ich einen guten Einfall habe, aber nicht in der richtigen Stimmung bin, dann wird aus der besten Idee nichts."

„Verrätst du mir deine Vorgehensweise?", fragte Rieke, und Martha, die sich durch die Fragen gebauchpinselt fühlte, ließ sich kein zweites Mal darum bitten.

„Also das ist eigentlich gar nicht so schwer. Zuerst überlege ich mir das Motiv. Das versuche ich, so gut ich es kann, mit einem Bleistift auf Papier zu zeichnen. Meistens male ich darauf los, und das Bild wird viel zu groß. Wenn ich es schwarz auf weiß vor mir sehe, zeichne ich es noch einmal in der für den Löffel passenden Größe ab. Danach nehme ich ein Kohlepapier und lege es auf den Kochlöffel und darüber mein Motiv. Mit einem Prägestift ziehe ich die Konturen nach, und schon habe ich die Umrisse auf dem Holz. Anschließend geht's ans Schnitzen. Und das dauert so lange, wie es eben dauert. Im Anschluss schmirgele ich noch alles glatt. Wenn ich zufrieden bin, kommt noch Lack oder Farbe drauf", erklärte sie.

Letztlich nahm sie einen der Löffel zur Hand, aus dessen Kopfseite sie gerade eine Taube entstehen ließ.

„Den kriegst du, wenn ich ihn fertig habe. Ist eine Ringeltaube. Als ich angefangen habe, sie zu schnitzen, musste ich sofort an dich denken", sagte sie.

„Wieso das denn?", wollte Rieke wissen.

„Das will ich dir gerne erklären, mein Mädchen. In der Wildbahn ist sie scheu und im Park zutraulich. Genau wie du. Wenn du irgendwo unterwegs bist und niemanden kennst, bist du, solange ich mich erinnern kann, immer zurückhaltend gewesen. Aber wenn dir deine Umgebung vertraut ist, dann fühlst du dich richtig wohl. Ist es nicht so?"

„Du immer mit deinen verrückten Tierdeutungen", warf Enno grinsend ein und an Rieke gewandt: „Du musst das nicht so ernst nehmen, was sie sagt. Das sind doch nur verrückte Spielereien."

„Sind es nicht und das weißt du genau", erwiderte Martha gekränkt.

„Also ich finde es hochinteressant. Was seid ihr für Tiere?"

„Ich bin eine Brandseeschwalbe, denkt sie", sagte Enno kopfschüttelnd.

„Und dass nicht nur wegen deiner widerspenstigen Haare", erklärte Martha.

„Auch wegen meines eleganten Bewegungsapparates", warf Enno lachend ein, der nur zu gut wusste, dass er für sein Alter noch recht gut in Schuss war.

„Wo er recht hat, hat er recht. Ich habe das natürlich genau nachgelesen. Ich denke mir den ganzen Kram ja nicht einfach so aus. Das hat alles Hand und Fuß, was ich erzähle. Die Brandseeschwalbe ist bekannt für ihre wilde Frisur, ihren eleganten Körper und ...", bei diesen Worten richtete Enno sich kerzengerade auf und drückte seinen Brustkorb demonstrativ und gespielt wichtigtuerisch nach vorne. „Und auch für ihren Sturzflug aus großer Höhe und das rasante Abtauchen, um Beute zu fangen, ist sie bekannt."

An Enno gewandt, sagte sie: „Du stürzt dich zwar nicht aus großer Höhe ins Wasser, aber ich habe selten einen Mann deines Alters gesehen, der so schnell ins Wasser flitzen und sich der Länge nach hineinwerfen kann wie du, egal wie kalt es ist. Solche Männer gibt es wohl nicht mehr all zu oft. Zumindest kenne ich niemanden außer dir, der sich so fit hält und dessen Haare so schlecht zu bändigen sind. Damit bist du ein Unikat, das in seinem Bestand gefährdet ist, genau wie die Brandseeschwalbe."

„Wenn du es sagst, wird es wohl so sein", sagte er, gab ihr einen Kuss auf die Wange und holte die geschnitzte Schwalbe hervor, die er als Lesezeichen in eines der Sachbücher gelegt hatte, wodurch sich das Buch jedoch nicht mehr richtig zuklappen ließ.

Gespannt fragte Rieke: „Und du, Martha? Welches Tier bist du?"

„Ein Austernfischer. Der ist nämlich nicht nur an den Küsten zu sehen, sondern er wandert mittlerweile sogar ins Binnenland ein. Passt doch zu mir. Ich komme ja ursprünglich von Sylt und wohne jetzt schon eine Ewigkeit am Festland. Er ist sehr anpassungsfähig, und das war ich auch schon immer. Und mit meinem Schnabel …", dabei spitzte sie ihre Lippen, „halte ich es genauso wie dieser Vogel. Gerne immer schön rot."

Nachdem es nun schon eine ganze Weile nur um Martha und ihr neues Hobby gegangen war, wandte Rieke sich Enno zu, fragte ihn, ob er ebenfalls irgendetwas aus dem Boden gestampft habe, von dem sie noch nichts wusste. Doch bei ihm war alles beim Alten. Er hatte keine Neuigkeiten vorzuweisen. Nach wie vor durchforstete er jedes geschichtsträchtige Buch, das er in die Finger bekam, ganz gleich ob Sachbuch oder Roman. Er war seiner Leseleidenschaft, insbesondere über die Historie von Eiderstedt und dem übrigen Schleswig-Holstein, absolut treu geblieben.

„So viel wie du immer liest, müsstest du eigentlich schon alles wissen über unsere Heimat", meinte Rieke.

„Man weiß nie alles. Es gibt immer noch Neues zu entdecken, egal wie alt man ist", war er sich sicher.

„Gerade heute habe ich nochmal nachgelesen, wie das mit dem Tourismus in St. Peter-Ording Anfang letzten Jahrhunderts gewesen ist", begann er, und sofort mischte Martha sich ein.

„Langweile unsere Rieke bitte nicht mit diesen ollen Kamellen. Das interessiert sie bestimmt nicht, oder?", dabei schaute sie Rieke fragend an.

„Lass ihn nur. Ich weiß eh viel zu wenig darüber, was früher hier los war."

„Siehst du! Es ist nicht immer so, wie du es dir gerade denkst, Martha!"

Auffordernd sah er Rieke an, woraufhin sie sich neben ihn setzte. Als sie Platz genommen hatte, holte er weit aus: „Dann wollen wir mal einen kleinen Ausflug in die Eiderstedter Geschichte machen", sagte er euphorisch. Dabei war ihm seine Freude darüber, dass er endlich einmal wieder sein Geschichtswissen preisgeben konnte, deutlich anzusehen. Martha stöhnte und verließ den Raum. Er winkte kopfschüttelnd ab.

„Du weißt sicher, was Sommerfrischler sind, oder?", fragte er, und da Rieke eine Winzigkeit zu lange mit ihrer Antwort zögerte, sprach er sofort weiter.

„So nannte man damals die vornehmen Leute, die an die Küsten reisten, um etwas für ihre Gesundheit zu tun. Städter vornehmlich. Das ging hier in Nordfriesland mit dem beginnenden neunzehnten Jahrhundert los."

Martha schaute zur Tür herein und fragte etwas genervt: „Weiter seid ihr noch nicht? Dann kann ich mich ja noch anderweitig beschäftigen. Ich kenne deine Geschichten ja zur Genüge", dabei zwinkerte sie Rieke zu, woraufhin diese es sich nur zu gut vorstellen konnte, dass Martha oftmals in den Genuss von Ennos Geschichtsunterricht kam.

„Wo waren wir jetzt stehengeblieben?"

„Sommerfrischler", sagte Rieke.

„Ach ja. Richtig. Also hier bei uns auf Eiderstedt war zu der Zeit noch nichts vom Tourismus zu spüren. St. Peter-Ording war ziemlich weit ab vom Schuss. Auf Föhr sah das damals schon ganz anders aus. Da wurde in Wyk das erste Seebad eröffnet. Das erste in Nordfriesland wohlgemerkt! Da verbrachte sogar die dänische Königsfamilie mit ihrem Hofstaat jedes Jahr einige Wochen. Sylt und Amrum zogen nach und eröffneten auch ihre Bäder."

„Und wann ging es nun bei uns hier auf Eiderstedt los?", wollte Rieke wissen.

„Die ersten Hotels wurden Ende des neunzehnten Jahrhunderts gebaut", dabei schlug er ein Buch auf und zeigte auf ein Foto: „Das Strandhotel war das allererste Hotel, das in St. Peter-Ording gebaut wurde. 1877 war das. Aber alles in allem kann man nicht gerade sagen, dass Unmengen von Urlaubern sich hierher verirrten. Es fehlte einfach an einer direkten Bahnverbindung. Die Strecke endete damals noch in Garding, und von dort ging es mit der Postkutsche weiter."

„Ach herrje!", stieß Rieke aus. „Dann kam der richtige Aufschwung also erst mit dem Bahnanschluss", folgerte sie. „Und wann war das?"

Enno vertiefte sich in das aufgeschlagene Buch. „Das war erst 1932. Also noch nicht mal vor einhundert Jahren"

Mit Schwung klappte er das Buch zu, sagte, dass es nun genug sei mit den alten Zeiten und dass er sich gerne bei Gelegenheit mal wieder mit ihr zusammensetzen wolle, um sich mit ihr über die Eiderstedter Historie auszutauschen. Wobei dieser Austausch aufgrund ihres sehr schmalen Heimatwissens wohl eher einseitiger Natur sein würde, schoss es ihr durch den Kopf.

Mittlerweile hatte Martha Tee gekocht und jedem von ihnen eine Tasse eingegossen. Während sie Kandis in ihre Tasse gab und dem Knistern des Zuckerstücks lauschte, schaute sie Rieke eine ganze Zeit lang eingehend an, bevor sie ihr Wort an sie richtete.

„Jetzt mal Butter bei die Fische. Was liegt dir auf dem Herzen? Oder meinst du, ich sehe nicht, dass dich etwas bedrückt. Das haben wir uns schon am vergangenen Sonntag gedacht. Nicht wahr Enno, so war es", sagte sie. Enno nickte bestätigend und Martha legte ihre Hand auf Riekes und drückte sie.

„Nun spuck es aus. Mit uns kannst du über alles reden, das weißt du doch", sagte Enno.

Rieke liebte Martha und Enno, auch wenn sie sich nicht sehr oft in den vergangenen Monaten bei ihnen blicken ließ. Seitdem sie denken konnte, waren diese beiden immer ihre heimlichen Vertrauten gewesen. Mit ihnen hatte sie ihre kleinen Sorgen und Nöte in Kindertagen und ihre größeren Probleme, als sie älter wurde, besprochen. Sie besaßen offenere Ohren als ihre Eltern, die auch heute noch immer sofort abblockten, wenn es schwierig wurde.

Als hätte Marthas Händedruck eine Schleuse in Rieke geöffnet, begann sie zu erzählen.

So, wie sie ihrer Freundin Antje kürzlich ihr Herz ausschüttete, so tat sie es nun bei Martha und Enno. Das gutmütige Ehepaar hörte aufmerksam und schweigend zu, bis sie endete.

„Gräm dich nicht. So ist das Leben! Ein ständiges Auf und Ab. Das wird schon wieder", sagte Enno.

„Mit solchen Sprüchen ist ihr nicht geholfen, Enno. Lass uns lieber überlegen, was zu tun ist", warf Martha ein.

„Vielleicht erstmal einen Köm. Das hat schon oft geholfen", schlug er vor, was bei den Frauen auf Zustimmung stieß.

„Auf das Leben und darauf, was wir daraus machen", prostete Enno in die Runde, und sie ließen den Aquavit ihre Kehlen hinunterrinnen.

„Also, ich sag mal so, …", sprach er weiter. „Wenn du nicht mehr glücklich bist, dann wird es Zeit, dass du etwas dagegen unternimmst. Du bist viel zu jung, um Trübsal zu blasen."

„Sehe ich genauso. So wie ich verstanden habe, ist es momentan bei dir auf allen Ebenen ziemlich mau. Dein Job ist langweilig, dein Freund ist weg. Wie hieß er noch gleich?"

„Till", antwortete Rieke.

„Und warum wollte er nicht mehr mit dir zusammen sein?", fragte Martha.

„Ach, wir passten wohl einfach nicht so gut zusammen, wie ich dachte. Auf jeden Fall ging ihm mein Fotografieren ziemlich auf die Nerven", erklärte sie.

„Das kann ja nicht der Grund gewesen sein. Wegen so etwas trennt man sich doch nicht", wunderte sich die Siebzigjährige.

„Muss ein Döösbaddel gewesen sein", ärgerte sich Enno, der, wenn er ärgerlich war, ab und an ins Plattdeutsche wechselte.

„Und die Eltern liegen dir mit der Hofübernahme immer noch in den Ohren. Und eigentlich weißt du gar nicht mehr, was du denken und wie du dir deine Zukunft vorstellen sollst", brachte Martha es auf den Punkt. „Das können wir dir natürlich auch nicht sagen. Aber wir zerbrechen uns gerne darüber unsere alten Köpfe, wenn nötig", schlug sie vor.

„Das wäre zu schön", schniefte Rieke und schnäuzte sich mit dem großen Stofftaschentuch, dass Enno ihr reichte, die Nase.

„Dazu müssten wir erstmal wissen, was du gut kannst, was dir Spaß macht und dir eigentlich guttut. So wie ich das sehe, weißt du das gar nicht mehr. Nehmen wir uns mal den letzten Sonntag vor, als wir dich im Hochdorfer Garten trafen. Da ging es dir gut, oder irre ich mich? Zumindest sah es danach aus. Du warst mit dem Fotografieren voll in deinem Element", woraufhin Rieke bestätigend nickte.

„Vielleicht solltest du wieder öfter unterwegs sein und drauf los fotografieren."

„Das hat Antje auch gesagt", merkte Rieke an.

„Recht hat sie", mischte Enno sich ein.

„Aber ich kann doch nicht einfach so in der Gegend herumfahren, nur um Fotos zu machen."

„Stopp!" Enno hob warnend die Hände, und es machte den Anschein, als wollte er mit seinen Handflächen eine imaginäre Gefahr abwehren. „So einen Satz möchte ich von dir gar nicht erst hören. Du kannst alles machen, was du willst. Außer es macht dir keine Freude. In dem Fall solltest du natürlich die Finger davon lassen. Aber letztlich ist es dein Leben. Du bist jung, ungebunden, verdienst dein Geld, wenngleich nicht das ganz große. Jedenfalls hast du dein Auskommen. Ich glaube, du musst einfach mehr erleben und dir mehr zutrauen. Was spricht dagegen? Wohl nicht das Gerede der Leute? Die quasseln immer, wie ihnen der Schnabel gewachsen ist. Darum musst du dich nun wirklich nicht scheren."

„Wenn du meinst?", entgegnete Rieke zögerlich.

„Vielleicht nimmst du dir mal ein paar Wochen frei und fährst in den Urlaub. Einfach mal weg von St. Peter. Runter von der Halbinsel, rein ins Vergnügen", empfahl Martha und tätschelte ihr aufmunternd die Hand.

„Lass raus, was in dir steckt, sonst wirst du dir nie selbst gerecht werden. Schau mich an. Ich habe doch auch gerade etwas Neues in meinem Leben entdeckt, und ich bin schon siebzig. Es ist zwar nur ein Hobby und die Leute könnten sagen, dass das purer Zeitvertreib ist, was ich mit den Löffeln anstelle. Aber für mich ist es etwas Besonderes. Etwas Neues. Mag sein und ich verdiene damit auf meine alten Tage nochmal ein bisschen Geld. Also tu einfach, was immer du für richtig hältst."

Kurzzeitig gewann Rieke den Eindruck, dass Martha noch etwas anderes loswerden wollte, es aus unerfindlichen Gründen jedoch unterließ. Schon an ihrem Gesichtsausdruck sah sie, wie sie mit sich rang. Als sie meinte, sie würde das Unausgesprochene hinunterschlucken, redete Martha weiter: „Mach etwas aus deinem Leben. Mach es nicht so wie ich. Damit will ich jetzt nicht sagen, dass ich ein schlechtes Leben habe. Das nun ganz und gar nicht. Aber, es hätte eben auch anders verlaufen können, wenn ich in jungen Jahren mehr Mut gehabt und mehr an mich gedacht hätte."

Wie vom Donner gerührt sah Enno seine Frau an. Ganz offensichtlich hatte Martha noch niemals darüber gesprochen. Es stand ihm ins Gesicht geschrieben, dass ihre Offenbarungen ihn maßlos schockierten.

„Als ich meinen Enno kennenlernte, habe ich mich sofort in ihn verliebt. Als wir dann heirateten, war klar, wie mein weiterer Lebensweg aussehen würde. Haus, Hof und später Kinder. Da blieb nicht mehr viel Zeit für Träumereien. Was ich damals gar nicht als schlimm empfunden habe. Aber heute, mit Abstand gesehen und mit den Möglichkeiten, die jungen Leuten heutzutage offenstehen …"

„Hättest du gerne was gemacht?", fragte Enno voll brennender Neugier.

„Ich glaube, ich wäre gerne Restauratorin geworden", verriet sie.

„Tatsächlich? Das hast du mir nie gesagt", grummelte er sichtlich beleidigt. „Und ich dachte, wir gehen ehrlich miteinander um."

„Das tun wir doch auch, mein Lieber. Du hast sicher auch irgendwelche Geheimisse vor mir, oder?"

Augenblicklich erhellte sich Ennos Gesicht. Die Enttäuschung darüber, dass Martha nie zuvor mit ihm über diesen einen Wunsch gesprochen hatte, schien wie von der Flut hinweggespült. Grinsend sagte er: „Also, es gibt da tatsächlich etwas …"

„Siehst du! Ich wusste es. Dann schieß mal los", forderte seine Frau ihn voller Spannung auf, und er ließ sich nicht lange bitten.

„Als ich noch jung war, habe ich lange Zeit davon geträumt, ein berühmter Fußballspieler zu werden."

Rieke und Martha konnten ein Lachen nicht unterdrücken, doch Enno sprach unbeeindruckt weiter.

„Aber außer für ein bisschen Rumbolzen mit meinen Freunden war für sowas damals keine Zeit. Ich musste ja immer auf unserem Hof helfen."

Sofort dachte Rieke an ihre eigene Kindheit, die natürlich nicht so lange zurücklag wie Ennos. Trotzdem schienen ihre unterschiedlichen Leben Gemeinsamkeiten aufzuweisen. Auch sie musste immer auf dem elterlichen Hof helfen und durfte nur nach getaner Arbeit zum Spielen.

„Ille Gerdau war mein großes Vorbild. Ich meine Willi Gerdau, aus Heide. Ille war sein Spitzname. Müsst ihr euch mal vorstellen, so ein sensationeller Fußballspieler hat damals ganz in unserer Nähe gewohnt. Ein Dithmarscher Jung sozusagen. Ich weiß noch, als ich acht Jahre alt war", kurz überlegte er, „also 1956. Da ist er mit der deutschen Nationalmannschaft sogar nach Melbourne in Australien zu den sechzehnten Olympischen Spielen gereist. Dort gab es damals einen Fußballwettbewerb", wobei er sich beim Sprechen vor Aufregung fast überschlug.

„Im Gegensatz zu ihm bin ich mein Leben lang nur Zuschauer geblieben, und heute bin ich wohl zu alt für solche Kindheitsträumereien", stellte er traurig fest.

„Du kannst in deinem Leben immer tun, was du willst. Es ist dein Leben. Hast du das nicht gerade selbst gesagt?", erinnerte ihn Martha und zwinkerte ihm aufmunternd zu. „Weißt du was? Ich gehe sofort morgen los und kaufe dir einen Fußball. Dann kannst du auf deine alten Tage noch ein bisschen im Garten herumkicken und hast deinen Spaß und ich den meinen beim Zuschauen", drohte Martha ihm lachend an, und Enno sagte nicht nein, sondern strahlte übers ganze Gesicht.

„Siehst du, Rieke! Alles ist möglich. Wenn Enno auf seine alten Tage noch Fußballspielen kann und ich mit Schnitzen anfange, stehen dir wohl auch noch alle Türen offen. Du musst nur eine Entscheidung treffen und nicht unschlüssig warten.

Das kostet dich sonst wertvolle Lebenszeit. Lass einfach raus, was in dir steckt. Sonst wirst du dir niemals selbst gerecht. Man muss das Leben tanzen. Das habe ich erst kürzlich gelesen, und da ist viel Wahres dran."

„Genau wie die Tänzerin in der Teufelssage vom Schloss Hoyerswort", warf Enno ein und sah in Riekes fragendes Gesicht. Daraufhin erhob er sich und fischte aus dem Bücherregal ein Buch hervor und begann, darin zu blättern.

„Du immer mit deinen Spukgeschichten", sagte Martha amüsiert, denn sie wusste genau, worauf er hinauswollte.

Wenig später erzählte er von einem Mädchen, dass für sein Leben gern getanzt und dabei die Warnungen seiner Mutter außer Acht gelassen haben soll. Selbst vor einem Tanz mit dem Teufel schreckte es nicht zurück. Anschaulich, als wenn er selbst zu Gast im Herrenhaus gewesen wäre, schilderte er, wie der Teufel in Gestalt eines Fremden sie zum Tanz bat und wild herumschwenkte, „bis ihr das Blut aus dem Mund brach und sie tot hinfiel".

„Ihr könnt euch den Blutfleck anschauen. Er ist noch da", sagte er in dramatischem Tonfall, so dass die beiden Frauen fröstelten.

„Ist ja eine grauenvolle Geschichte", entfuhr es Rieke.

„Warte ab, es wird noch dramatischer", entgegnete Enno und berichtete, dass die Tänzerin seitdem stets zu Mitternacht aus ihrem Grab aufsteht.

„Dann bricht im Tanzsaal eine höllische Musik los, und das Mädchen fordert jeden, der die Nacht im Schloss verbringt, zum Tanz auf."

„Hokuspokus, oder?", entfuhr es Rieke.

„Wer weiß schon genau, was früher passierte. Das Gemäuer ist uralt. Müssen wir mal zusammen hingehen", wobei ihm anzusehen war, dass er sich schon jetzt darauf freute, irgendwann einmal mit Rieke dieses alte Herrenhaus zu besichtigen.

„Auf jeden Fall steht in Uelvesbüll ein Gedenkstein. Kannst du dir ja beizeiten mal anschauen. Die Frau, die dort in Stein gemeißelt wurde, hätte zeitlebens bestimmt nicht gedacht, dass man noch Jahrhunderte später von ihr spricht. Du siehst also, alles ist immer möglich, meine liebe Friederike. Das Leben bietet so mancherlei Überraschung", sagte er und schaute sie aufmunternd an, woraufhin Rieke nichts weiteres in den Sinn kam als: „Gut, dass ich noch nie gern mein Tanzbein geschwungen habe".

Tatsächlich hatte Enno mit dieser Geschichte Riekes Neugier geweckt, und sie wollte mehr über die Tänzerin oder tanzende Jungfrau, wie sie auch genannt wurde, erfahren. Allerdings wunderte sie sich, dass sie von dieser im Volksmund entstandenen Geschichte nie zuvor gehört hatte. Als sie sich später von Martha und Enno verabschiedete, war ihr klar, dass sie nicht auf direktem Weg zurück in ihre Wohnung nach St. Peter-Böhl fahren, sondern noch einen Abstecher zum Gedenkstein und einen zum elterlichen Hof machen würde.

5

Rieke traf ihre Mutter beim Häkeln eines Tischläufers an. Als sie ihre Tochter ins Wohnzimmer kommen sah, ließ sie ihre Handarbeit ruhen. Aus Freude über ihren Besuch erhob sie sich und drückte sie kurz an sich. Anschließend fragte sie, ob ihr eher nach Tee oder Kaffee der Sinn stand und bot ihr ein Stück Erdbeerkuchen an. Obwohl Rieke gerade bei Enno und Martha vom Esstisch aufgestanden und eigentlich ziemlich satt war, mochte sie das Angebot ihrer Mutter nicht ablehnen. Ein kleines Stück Erdbeerkuchen und eine Tasse schwarzer Tee passten immer. Außerdem war sie mit dem Fahrrad unterwegs. Diese paar Gramm würde sie sich auf dem Rückweg schnell wieder abstrampeln. Ihr Vater war außer Haus und vergnügte sich gerade bei seinem allmonatlichen Skatspiel und würde erst am Abend zurück sein.

Nach alltäglichem Geplänkel überraschte sie sich selbst, als sie ihre Mutter zwischen Erdbeerkuchen und Tee fragte, ob sie sich ihr Leben eigentlich immer so vorgestellt habe, wie es schließlich geworden ist. Das Gespräch mit Martha und Enno hatte etwas in ihr wachgerüttelt. Was genau es war, wusste sie selbst noch nicht. Auf jeden Fall meinte sie, mehr über ihre Mutter wissen zu wollen. Wie sie es von ihr nicht anders kannte, verfiel ihre Mutter aufgrund der ungewohnten Frage in Hektik und begann damit, Staubkörnchen vom Tisch zu wischen.

Anschließend erkundigte sie sich, ob sie noch eine weitere Kanne Tee aufsetzen sollte, ohne Riekes Frage beantwortet zu haben. Ihr „Nein" zur Kenntnis nehmend, eilte sie trotzdem mit der noch halbvollen Kanne in die Küche, aus der bald darauf das Zischen des Wasserkochers zu hören war.

Wenig später kehrte sie zurück und schenkte Tee nach. Danach ließ sie mehrere Stücke Würfelzucker in ihre Tasse fallen und begann löffelklimpernd zu rühren. Rieke wusste, in welche Betriebsamkeit ihre Mutter in unerwarteten Situationen verfiel. Daher gestand sie ihr Bedenkzeit zu, damit sie den Schreck über diese ungewohnt offene Frage erstmal überwand. Erst nach einer gefühlten Ewigkeit antwortete ihre Mutter.

„Ich bin eigentlich immer ganz zufrieden mit meinem Leben gewesen. Warum fragst du?", wollte sie wissen.

„Es interessiert mich einfach. Und wir haben darüber noch nie wirklich gesprochen."

„Da hast du recht. Das haben wir nicht."

„Also, war immer alles genau so, wie du es dir gewünscht hast?", nahm Rieke den Faden wieder auf.

„So gut wie", sagte sie zögernd. Dann etwas sicherer: „Als ich hier auf den Hof eingeheiratet habe, dachte ich ja erst, ich schaffe das gar nicht alles. So viel war immer zu tun. Ich hatte doch gerade erst meine Ausbildung zur Bürokauffrau abgeschlossen und von Hofarbeit keine Ahnung."

„Das muss echt schwierig für dich gewesen sein, oder?"

„Sehr. Anfangs konnte ich mir überhaupt nicht vorstellen, meinen Beruf an den Nagel zu hängen. Aber ich habe deinen Vater eben sehr geliebt und deswegen auch noch die Hauswirtschaftslehre gemacht. Ohne die wäre ich hier echt aufgeschmissen gewesen. Nach der Lehre ging mir alles wie das Brötchenbacken von der Hand. Ich war scheinbar die geborene Hauswirtschafterin. Zumindest meinte Schwiegermutter Henriette, also deine Oma Jette, das immer", erklärte sie strahlend.

„Du backst die besten Torten von ganz Eiderstedt, hat sie immer zu mir gesagt", erinnerte sie sich und erzählte, dass sie damals manchmal sogar für die Nachbarschaft auf Bestellung gebacken habe.

„Und warum hast du damit aufgehört?", bohrte Rieke nach.

„Weil du auf die Welt gekommen bist. Da hatte ich einfach viel weniger Zeit für so etwas."

„Oh, das tut mir leid. Hat es dir gefehlt?"

„Wenn du es genau wissen willst: Ja. Sehr. Aber irgendwann hat sich hier auf dem Hof so und so alles verändert. Erst starb mein Schwiegervater, also dein Opa Joost, und dein Vater und ich haben seine Arbeit zwischen uns aufgeteilt. Manchmal wusste ich gar nicht mehr, wo mir der Kopf stand."

„Habe ich gar nicht mitbekommen, dass das so schwierig war", gab Rieke zu.

„Du warst Teenager und mit deinen eigenen Sorgen beschäftigt. Und dann bist du ja auch bald ausgezogen. Was ich dir um Himmels Willen nicht zum Vorwurf machen will. Du hattest deine guten Gründe. Die kennen wir beide zur Genüge."

Für einen kurzen Moment hielt sie inne, und es sah aus, als müsste sie neuen Mut fassen, um weiterzusprechen.

„Ich weiß nicht, ob du dich daran erinnerst …, einige unserer damaligen Freunde haben in der Zeit ihre Höfe aufgegeben und sind weggezogen. Auf jeden Fall bekamen wir immer weniger Besuch. Es hat sich also alles ziemlich verändert. Es ist still geworden auf unserem Hof. Aber ich will mal nicht unzufrieden sein. Dein Vater und ich sind gesund, wir haben unser Auskommen, und dir geht es ja auch gut, nicht wahr?", worauf Rieke eine Antwort schuldig blieb.

Die folgende Woche begann genauso sonnig und heiß, wie die vergangene endete. Cafés und Restaurants füllten sich straßauf und straßab. Kinder quengelten nach Eis und anderen Leckereien. Urlauber flanierten die Straßen entlang, ihre Blicke blieben an den Auslagen der Schaufenster hängen, sie betraten Läden und kamen mit gefüllten Einkaufstaschen wieder heraus. Nur vor dem Schaufenster des Fotoladens war nichts los. Daran zeigten nur wenige Vorbeispazierenden ihr Interesse, wofür Rieke keine Erklärung fand.

„Sie hätten das Angebot mit den Passbildern ins Fenster hängen sollen. Ich habe es mir ja gleich gedacht", stöhnte ihr Chef.

Daran, dass der Fotoladen im Großen und Ganzen schon ziemlich überaltert war und nicht mehr ins Bild der heutigen Zeit passte, verschwendete Petersen keinen Gedanken. Da konnte auch ein ansprechendes Schaufenster die Karre nicht mehr aus dem Watt ziehen. Wenn in Zukunft wieder mehr Kunden in den Laden kommen sollten, müsste er schon stärkere Geschütze auffahren. Allem voran würde ein frischer Innenanstrich Wunder bewirken. Doch das war nicht Riekes Sache. Darüber musste sie sich nicht den Kopf zerbrechen. Sie hatte sich mit weitaus wichtigeren Dingen zu befassen.

Seit ihren Besuchen bei ihrer Mutter, Martha und Enno war ihr Kopf in Aufruhr. Immer wieder dachte sie darüber nach, was sie selbst vom Leben erhoffte. So kam es nicht von ungefähr, dass in dieser Nacht an erholsamen Schlaf nicht zu denken war. Stattdessen wälzte sie sich von einer Seite auf die andere und hätte noch nicht einmal sagen können, ob sie überhaupt geschlafen hatte. Anderen Tags erschien sie nicht nur zu spät, sondern zudem unkonzentriert und mit wenig Elan bei der Arbeit. Als sie sich in den Feierabend verabschiedete und die Ladentür schloss, stand ihr Entschluss fest.

Sie würde sich mit einem Fotostudio selbstständig machen. Wie sie das anstellen konnte, wusste sie noch nicht. Daran wollte sie am Abend herumdenken. Fakt war, auch wenn sie heute hundemüde war, so war die schlaflose Nacht und der mühsame Arbeitstag doch zu etwas nütze gewesen. Allein der Gedanke an den Schritt in die Selbstständigkeit beflügelte sie, und eine längst vergessene Energie bahnte sich einen Weg ans Licht. Rieke fühlte sich so glücklich wie lange nicht mehr. Bevor sie allerdings weiter über ihr Leben nachdenken konnte, musste sie etwas in den Magen bekommen. Der Mittagssnack, der lediglich aus einem Fischbrötchen bestanden hatte, lag schon mehr als sechs Stunden zurück, und ihr Magen verschaffte sich mittlerweile lautstark Gehör.

Als sie wieder in ihrer Wohnung war und die Kühlschranktür öffnete, fiel es ihr wie Schuppen von den Augen. Sie hatte vergessen einzukaufen und war auf dem Heimweg schnurstracks am Supermarkt vorbeigeradelt. So etwas war ihr noch nie passiert. Milch, Butter, Eier, eine offene Packung Käse und ein letzter Rest Marmelade. Mehr gab ihr Kühlschrank nicht her. Genervt und magenknurrend schloss sie die Tür. Entweder sie fuhr nochmal los und erledigte ihren Einkauf, oder sie bestellte sich irgendetwas und ließ es sich liefern. Auf beides hatte sie keine Lust. Stattdessen stand ihr der Sinn danach, mal wieder zu kochen. Was sie mit Verwunderung zur Kenntnis nahm, denn eigentlich war sie gar kein Fan davon. Wie dem auch sei. Mit derart wenigen Zutaten war das sowieso kaum umsetzbar.

Einem Geistesblitz folgend, erinnerte sie sich an das Landfrauenkochbuch, das ihre Mutter ihr vor Jahren zum Geburtstag schenkte. Dabei klangen lang zurückliegende Worte in ihr nach: „Wenn du mal fast nichts im Schrank hast, dann guckst du in dieses Buch. Da findest du immer etwas, was du kochen kannst." Lächelnd nahm sie das Kochbuch vom Küchenregal. Beim Durchblättern stellte sie fest, dass sie die Begleittexte noch nie gelesen hatte. An einer bebilderten Doppelseite, die sich der Eiderstedter Tracht widmete, blieb sie hängen. Sofort kam ihr das Bild der tanzenden Jungfrau in den Sinn, von deren Gedenkstein sie bereits ein Foto gemacht hatte. Auch sie war in Tracht gekleidet gewesen. Diese Seiten würde sie sofort nach dem Essen lesen. Jetzt musste sie erstmal ein passendes Rezept finden.

„Wollen wir doch mal sehen, ob Mutti recht hat, dass ich hier drin etwas finde", schoss es ihr in den Sinn. Wenig später sprang ihr ein Waffelrezept ins Auge. Sie ging die Zutatenliste durch und stellte erfreut fest, dass alles, was sie zum Anmischen dieses Teiges benötigte, tatsächlich im Kühlschrank war.

Mit gefülltem Magen ließ es sich bekanntlich schon von jeher besser denken als mit leerem. Genau diese Erfahrung machte Rieke, als sie sich nach der dritten Waffel und dem letzten Klecks Sanddornmarmelade wohlig auf dem Sofa räkelte und an ihre Zukunft dachte.

In Gedanken spielte sie verschiedene Möglichkeiten durch. Schließlich lag die kommende Zeit wie ein glasklarer See vor ihr. Sie würde sich eine größere Wohnung suchen, in der sie einen Raum als Fotostudio nutzen konnte. Mit Auftragsfotografie wollte sie starten. Dabei schwebte ihr vor, nur Fotoaufnahmen im Freien anzubieten. Hierzu boten die Halbinsel und die Nähe zur Nordsee wunderbare Motive.

Natürlich dachte sie auch darüber nach, was wohl ihr Chef von ihrem Projekt hielt. Zur Konkurrenz für sein Studio wollte sie auf keinen Fall werden. Insgeheim wünschte und hoffte sie auf dessen Unterstützung. Vielleicht war es sogar möglich, dass sie vorerst dort weiterarbeiten und später ihre Wochenstunden reduzieren konnte. Aber das hing erstens von seinem guten Willen und zweitens von ihrer Auftragslage als unbekannte Fotografin ab. Von Passfotoaufnahmen und dem Verkauf von Utensilien wollte sie sich verabschieden. Einzig das Gespräch mit den Kunden würde ihr fehlen.

Doch sollte ihre Selbstständigkeit tatsächlich gut anlaufen und Früchte tragen, dann würde sie so und so mit vielen unterschiedlichen Menschen ins Gespräch kommen. Ihr Plan war perfekt. Sie musste ihn nur noch schriftlich fixieren und weiter ausarbeiten. Dafür würde sie sich am nächsten Wochenende Zeit nehmen. Wer weiß, welche Ideen ihr bis dahin noch in den Sinn kamen.

Jetzt verlangte erstmal die Wellensittichdame ihre Aufmerksamkeit. Um die hatte sie sich heute noch gar nicht gekümmert. Kiki flog kreuz und quer durch die Wohnung, hinterließ hier und da einige Federn, da sie gerade in der Mauser war. Schließlich stoppte sie ihren Flug auf einem am Fenster stehenden hölzernen Fisch. Von dort sah sie hinaus, pickte immer wieder gegen die Fensterscheibe und führte zwitschernde Selbstgespräche. Vielleicht versuchte sie aber auch, die vorbeifliegenden Möwen auf sich aufmerksam zu machen.

An keinem anderen Tag zuvor war es Rieke dermaßen bewusst geworden, wie einsam dieses kleine Vögelchen sich ohne seinesgleichen fühlen musste. Sie hatte den Sittich von ihrer Oma Jette vererbt bekommen, als diese vor über einem Jahr starb. Es war ihr wie eine Verpflichtung erschienen, sich um ihn zu kümmern. Seitdem lebten sie zusammen. Doch als sie ihn nun sah, wie er an der Fensterscheibe saß, würde er sehr wahrscheinlich ein besseres Leben in einer Voliere haben. Vielleicht sollte sie sich von ihm trennen. Fest stand allenfalls, weder sie noch der Vogel würden neues Terrain betreten, wenn sie nicht ihre gewohnte Umgebung verließen. Es war also an der Zeit, etwas an ihrer beider Leben zu ändern. Gleich am nächsten Tag wollte sie sich um ein lebendigeres Zuhause für ihn kümmern.

Die letzte Waffel verputzte sie ohne Puderzucker und ohne Marmelade. Von beidem war nichts mehr da. Sie lehnte sich auf dem Sofa zurück, glitt tief in die zahlreichen Kissen. Aus dieser Position schaute sie in die Stille ihrer Wohnung, sah den leeren Teller auf dem Tisch stehen. Dabei kamen Ihr Antjes Worte in den Sinn. „Du musst mal über den Tellerrand der Halbinsel hinüberschauen", hörte sie ihre Freundin sagen. Die Nacktheit dieses Tellers führte schließlich dazu, dass sie sich vornahm, erstmal in den Urlaub zu fahren, bevor sie ihre Ideen zur Selbstständigkeit weiter ausarbeitete. Sie wollte den Kopf frei bekommen und sich dann erholt und mit neuer Energie in das Abenteuer ihrer Selbstständigkeit stürzen. Schon bei dem Gedanken an ihren ersten eigenständigen Urlaub begann sie, vor innerer Aufregung an ihren Fingernägeln zu knabbern.

Vielleicht würde es auch ausreichen, wenn sie auf Eiderstedt aktiver würde und sich mehr umsah, schoss es ihr durch den Kopf.

„Humbug", sagte sie laut zu sich selbst und versuchte, ihrem inneren Angsthasen Beine zu machen, bevor er sie davon abhielt, neue Erfahrungen zu sammeln. Akribisch dachte sie darüber nach, wohin sie reisen wollte.

Als sie mit ihren Überlegungen endete, stand ihr Plan fest. Sie würde eine kleine Rundtour durch ihr Heimatland machen. Orte besuchen, die nicht zu weit entfernt und nicht zu nah an Eiderstedt lagen. Von denen sie schon gehört, die sie jedoch noch nie besucht hatte. Dass sie nicht sofort verreisen konnte, war klar. Schließlich musste sie erstmal mit ihrem Chef darüber sprechen. Allerdings würde sie vor August ganz sicher nicht loskommen. In der Hauptsaison genehmigte Petersen ihr für gewöhnlich keinen Urlaub. Aber vielleicht ließe er sich dieses Mal erweichen.

Am Ellenbogen auf der nordfriesischen Insel Sylt, da wollte sie starten. Dieser war nicht nur der nördlichste Punkt in Schleswig-Holstein, sondern auch der nördlichste in ganz Deutschland. Da musste man einmal gewesen sein, dachte sie bei sich. Würde sie ihren Urlaub für August genehmigt bekommen, wäre eine Wanderung durch die Sylter Heide möglich, die dann in Blüte stand. Schon die Fotos, die sie online sah, waren so ansprechend, dass sie am liebsten sofort losgefahren wäre. Aber noch blühte sie ja nicht.

Sie beschloss, immer zwei Tage an ein und demselben Ort zu bleiben. Von Sylt aus sollte es an der Landesgrenze zu Dänemark entlang Richtung Ostsee gehen. An der Flensburger Förde würde sie das imposante Schloss Glücksburg besichtigen und an der Schlei die Stadt Arnis, die als kleinste Stadt Deutschlands galt. Von dort war es nur noch ein Katzensprung bis zum Wikingermuseum Haithabu bei Schleswig. Von dem hatte Enno ihr schon unzählige Male vorgeschwärmt. Da musste sie unbedingt hin. Allein seinetwegen schon.

Je mehr sie recherchierte, desto mehr wurde ihr klar, dass es mit einem einzigen Urlaub natürlich nicht getan sein würde. Dieses Land bot eine Fülle von schönen Orten, Plätzen und Landschaften, die sie so schnell nicht abfrühstücken konnte. Zumindest würde sie mit diesem Urlaub einen Anfang machen. Inständig hoffte sie, dass ihr nichts dazwischenkam.

Dann schwankte sie zwischen dem Besuch der Karl-May-Festspiele in Bad Segeberg und einer ausgiebigen Stadtbesichtigung in Lübeck. Sie entschied sich letztlich für einen Ausflug in den Wilden Westen. Von dort sollte es weitergehen nach Büsum, womit sie ihre geliebte Nordsee wieder erreicht haben würde. Selbst einen Tagesausflug zur Hochseeinsel Helgoland schloss sie nicht aus, denn auch auf einem Schiff war sie schon Ewigkeiten nicht mehr gewesen, obwohl es für sie als Küstenbewohnerin jederzeit ein Klacks gewesen wäre. Sie hätte sich schon längst einmal von Tönning oder vom Eidersperrwerk aus auf Seehund-Erkundungsfahrt begeben können. Warum sie das nie getan hatte, war ihr wie so vieles schleierhaft.

Die zwei verbleibenden Tage würde sie sich noch hier und da auf Eiderstedt umsehen. Möglicherweise endlich mal wieder mit den Füßen durchs Watt wandern. Natürlich nur mit Wattführer. Schon jetzt war ihre Vorfreude auf diesen Urlaub immens, und sie würde lieber heute als morgen aufbrechen.

6

Obwohl der Sommerhimmel sich von seiner glanzvollsten Seite zeigte und die Gemüter von Tagestouristen, Urlaubern und Eiderstedtern erhellte, schien sich über dem Bauernhof von Riekes Eltern ein Unwetter zusammenzubrauen. Die Stimmung zwischen Gesine und Torben war auf dem Gefrierpunkt angelangt. Schuld daran war Riekes Vater, der es immer noch nicht akzeptieren konnte, dass seine einzige Tochter nicht in seine Fußstapfen trat. Seinem Unmut Luft verschaffend, hatte er seiner Frau bereits beim Frühstück mit seinem Gemeckere die Laune verdorben.

„Es wird langsam wirklich Zeit, dass Rieke zur Besinnung kommt. Ich habe mir das jetzt lange genug angesehen. Wenn sie so weitermacht, wird sie noch in zwanzig Jahren in diesem Fotoladen arbeiten und alleine in ihrer Wohnung hocken", mutmaßte er, wobei der Zorn, den er bei diesen Worten in sich trug, offensichtlich war.

„Nun fang nicht schon wieder davon an. Sie hat es sich so ausgesucht. Es ist ihr Leben", entgegnete Gesine.

„Ihr Leben! Das ich nicht lache. Und? Was soll das schon für ein Leben werden? Sie hat Nullkommanull Perspektive mit dem, was sie in diesem Laden macht. Schade, dass ich gestern Abend nicht hier war, dann hätte ich sie mir nochmal vorgenommen", echauffierte er sich.

„Eine Perspektive hätte sie hier auch nicht. Hast du vergessen, wie schwierig es für uns seit einigen Jahren ist, mit dem Hof über die Runden zu kommen?", wagte Gesine sich vor, wodurch er nur noch mehr in Rage geriet und türenknallend das Haus verließ.

So einen Schlagabtausch hatte es in den vergangenen Wochen oft zwischen dem Ehepaar gegeben. Nach Torbens Ansicht gehörte seine Tochter auf den Hof und sonst nirgendwo hin. Für ihn stand immer noch fest, dass sie den Hof eines Tages übernahm, obwohl es sich schon seit langen Jahren abzeichnete, dass sie dahingehend keinerlei Ambitionen hegte. Anfangs schrieb er ihre Abneigung der Pubertät zu, später suchte er in ihrem Freundeskreis nach Schuldigen.

Ein klärendes Gespräch darüber, was tatsächlich in ihr vorging, wie sie sich ihre Zukunft vorstellte, hatte er mit ihr nie geführt. Die Möglichkeit, dass sie den Hof, den er ihr auf einem Silbertablett servierte, gar nicht haben wollte, wies er weit von sich.

Beim Abräumen des Frühstückstisches schaute Gesine aus dem Fenster. Sie sah ihren Mann mit energischen Schritten über den Hof gehen, das Tor zur Scheune aufschieben und dahinter verschwinden. Er war wütend, weil ihre Unterhaltung nicht so verlaufen war, wie er es sich vorgestellt hatte. Schon seine Körperhaltung verriet ihr seinen Zorn. Sie nahm an, dass er sich irgendeine handwerkliche Arbeit suchen würde, die ihn von ihrem Gespräch ablenkte. Das tat er immer, wenn es nicht nach seiner Nase ging oder wenn Dinge zur Sprache kamen, die er nicht hören wollte. Doch irgendwann würde auch er sich der Realität stellen müssen, schoss es ihr durch den Kopf. Es konnte nicht angehen, dass er seiner Tochter weiterhin das Leben schwermachte und ihr bei jeder Gelegenheit, was den Hof anging, auf den Zahn fühlte. Sie nahm sich vor, seinen Kreuzverhören ab jetzt einen Riegel vorzuschieben. Selbst wenn dadurch der Haussegen schiefhinge. Sie war überzeugt, dass Rieke noch ihren Weg finden würde.

Als sie wieder aus dem Küchenfenster sah, war von Torben nichts mehr zu sehen. Das Scheunentor stand offen. Er schien also, dort drinnen mit irgendetwas beschäftigt zu sein. Ein zünftiges Mittagessen würde ihn sicher wieder versöhnlich stimmen und auf den Boden der Tatsachen zurückholen.

Mit der Überlegung beschäftigt, ob sie einen herzhaften Eintopf mit frischem Gartengemüse oder lieber Kartoffel-Möhrenstampf mit Bratwurst auf den Tisch bringen sollte, eilte sie in den Garten, denn Gemüse brauchte sie auf jeden Fall. Sie erntete Möhren, Bohnen und Blumenkohl für einen Eintopf. Pflückte Petersilie und Bohnenkraut. Dann schaute sie nach den Erbsenbüschen und pflückte einige Schoten. Ein paar davon pulte sie an Ort und Stelle und aß sie sofort. Anschließend machte sie sich auf den Weg ins Haus, griff im Vorbeigehen eine Harke, stellte den Gemüsekorb beiseite und begann damit, das Blumenbeet unkrautfrei zu hacken. So etwas musste schließlich am Morgen oder am frühen Vormittag erledigt werden, noch bevor die Mittagshitze ihren Höchststand erreichte.

Blumen waren ihr Ein und Alles, ganz gleich ob Sämlinge oder Stauden. Nur bunt musste es sein im Beet. „Es gibt doch nichts Schöneres, als in den Garten zu gehen und einen Strauß Blumen für die Vase zu pflücken", dachte sie bei sich, füllte die Gießkanne und wässerte das Beet.

Zurück in der Küche, begann sie mit dem Gemüseputzen, als ein seltsames Geräusch, gefolgt von einem markerschütternden Schrei, von draußen zu ihr hereintönte. Sie legte das Schälmesser zur Seite und lief raus. Ihr Herz schlug bis zum Hals, und ihr schwante Furchtbares. Dann hörte sie ihren Mann auch schon laut stöhnen. Sie ging seiner schmerzverzerrten Stimme nach und fand ihn hinter der Scheune, alle Viere von sich gestreckt, auf dem Boden liegend. Er konnte sich nicht bewegen. Seinen schmerzgepeinigten Lauten nach zu urteilen, musste er sich mindestens etwas gebrochen haben, wenn nicht gar Schlimmeres passiert war.

Augenblicklich eilte sie zurück ins Haus und wählte den Notruf. Wenig später kniete sie neben ihm, streichelte seine Stirn und sprach beruhigend auf ihn ein. Gesines Zeitgefühl stockte. Bis der Notarzt kam, gefolgt von einem Krankenwagen, schienen Stunden vergangen zu sein. Vom Krankenhaus aus rief sie Rieke an, woraufhin diese ihre Arbeit stehen und liegen ließ und sich sofort auf den Weg machte. Als sie in der Klinik ankam, saß ihre Mutter im Wartebereich, und ihr Vater wurde gerade operiert.

„Was ist passiert?", fragte sie sofort.

„So genau weiß ich das nicht. Ich war in der Küche. Aber so wie ich annehme, wollte er die Dachrinne von der Scheune säubern. Dabei muss er wohl von der Leiter gefallen sein."

„Oh man, warum macht er sowas auch alleine und wieso eigentlich mitten im Juni? Das haben wir früher doch immer im Frühjahr gemacht, wenn das ganze Laub vom Herbst in den Rinnen lag", wunderte sie sich.

„Neulich, als es regnete, ist an einer Stelle die Rinne übergelaufen. Ich schätze, dass er da nachsehen wollte, was los war. Gesagt hat er jedenfalls nichts. Kennst ihn ja."

„Und uns immer erzählen, dass wir nicht allein auf eine Leiter steigen sollen."

Durch den Sturz hatte Riekes Vater sich eine Rückgratverletzung zugezogen. Den Aussagen der Ärzte nach zu urteilen, hing der Heilungsverlauf einerseits von Torbens körperlicher Konstitution, andererseits von seinem Willen auf Heilung ab. Eines war allenfalls klar. In den nächsten Wochen und Monaten würde er auf dem Hof in keinster Weise einsatzfähig sein. Seine Tage würden fortan bestimmt sein durch Ausruhen, Schlafen, Physiotherapie und später einer Reha-Maßnahme.

Diese Erkenntnis traf nicht nur Mutter und Tochter wie ein Blitzschlag, sondern erschütterte vor allem Riekes Vater in den Grundfesten seines Lebens, als er wieder ansprechbar war. Was sollte nun werden? Was, wenn er nicht mehr auf die Beine kam? Würde seine Frau ohne seine Arbeitskraft klarkommen? Wer sollte sich um die Tiere kümmern? Über diese und noch viele andere Fragen zermarterte er sich im Krankenhausbett den Kopf.

Dass er die vermaledeite Regenrinne hatte reinigen wollen, obwohl das im Grunde genommen gar nicht notwendig gewesen war, machte ihn rasend. Das Regenwasser, das dort vor kurzem überlief, war eigentlich nicht der Rede wert gewesen. Überhaupt war es richtiger, solche Arbeiten zu zweit auszuführen. Aber er wusste es in seiner Wut ja wieder einmal besser, und das war nun der Preis. Nun musste er mit den Konsequenzen seiner Unvernunft leben. So schnell würde er jedenfalls nicht wieder auf die Beine kommen. Darüber ließen die Ärzte ihn nicht im Unklaren. Insgeheim hatte Torben sich schon kurz nach der Operation gefragt, was sein Leben eigentlich noch für einen Sinn hätte.

„Wäre besser gewesen, ich hätte mir gleich das Genick gebrochen", murmelte er in seine Bettdecke, während Rieke den mitgebrachten Blumenstrauß in einer Vase auf dem Nachttisch drapierte. Seine Worte gingen ihr durch und durch. Entsetzt schaute sie ihn an.

„Sag das bitte nochmal", forderte sie ihn auf.

„Du hast schon richtig gehört. Was soll ich denn noch hier? Schau mich doch an. Ich bin zu nichts mehr zu gebrauchen. Liege seit Wochen im Bett herum, während ihr euch auf dem Hof abschindet. Das ist echt kein Leben!", sagte er schroff.

„Nun mach mal halblang. Mutter und ich sind heilfroh, dass dir nicht mehr passiert ist. Und mit deinem Rücken …, das wird schon wieder. Hast du nicht gehört, was die Ärzte gesagt haben? Es ist nicht hoffnungslos, aber es wird seine Zeit dauern."

"Was auch immer das heißen soll", entgegnete er.

„Du musst einfach weiterkämpfen, immer gut bei der Bewegungstherapie mitmachen, und dann wird es Stück für Stück bergauf gehen. Ich glaube fest daran", dabei nahm sie seine Hand und drückte sie aufmunternd, schaute ihrem Vater in die Augen, doch er wandte seinen Blick ab.

Es war zum Verzweifeln, was innerhalb der vergangenen Wochen aus ihm geworden war. Von dem harten standhaften Brocken, den er zeitlebens verkörperte, war er zu einem Häufchen Elend mutiert. Das Schlimmste, was außer dem Unfall noch passieren konnte, war eingetreten. Er hatte die Hoffnung auf Besserung verloren und sich aufgegeben. So verging kein Tag, an dem er nicht herumnörgelte, alle Therapien, die ihm angeboten wurden, in Frage stellte oder nur widerwillig mitarbeitete. Da half auch kein gutes Zureden von Ehefrau und Tochter.

„Ich hatte mir das alles anders vorgestellt", sagte er, wobei er der Zimmerdecke mehr Beachtung schenkte als Rieke, die neben seinem Bett auf einem Stuhl saß.

„Dumm gelaufen! Hast dich dein ganzes Leben umsonst auf dem Hof abgerackert. Für nichts und wieder nichts", sagte er zu sich selbst. Dann an Rieke gewandt: „Und du machst seit Jahren auch nur dein eigenes Ding und …"

In dem Moment betrat Enno das Krankenzimmer. Von Riekes Mutter wusste er, in welchem Zustand sich Torben befand. Schließlich kannten sie sich schon lange Zeit und waren in nachbarschaftlicher Verbundenheit zusammengewachsen. Daher lag es Enno sehr am Herzen, seinem Freund beizustehen und – wenn erforderlich – ihn wachzurütteln. Mehrfach hatte er ihn schon besucht, doch an seinem Gemütszustand bisher leider nichts ausrichten können. Enno kannte seinen Freund gut. Er wusste genau, dass der, wenn etwas nicht nach seinen Vorstellungen lief, auf stur schaltete. Um der Unterredung der beiden Männer nicht in die Quere zu kommen, verabschiedete Rieke sich bis zum nächsten Tag.

"So, jetzt ist aber auch mal Schluss mit dem Zauber. Reiß dich gefälligst zusammen. Du lebst schließlich noch. Oder wie lange willst du dich noch so gehen lassen?", begann Enno zu schimpfen.

Torben winkte genervt ab und sah aus dem Fenster. Er verspürte keine Lust auf derartige Zurechtweisungen. Wenn er gekonnt hätte, hätte er seinen Freund an die frische Luft gesetzt. Wütend und fluchend schlug er mit beiden Händen auf die Bettdecke, was seine Situation keinen Deut verbesserte.

„Und wenn du keifst wie ein altes Fischweib. Davon wirst du nicht gesund werden. Wird Zeit, dass du das einsiehst. Du hast nur zwei Möglichkeiten. Entweder du liegst bis ans Ende deiner Tage in diesem Bett und lässt dir den Allerwertesten abwischen, oder du strengst dich an und kommst wieder auf die Beine", sagte Enno vollkommen abgeklärt und ohne Mitleid.

„Du hast gut reden. Das ist gar nicht so leicht", konterte Torben.

„Hat irgendjemand gesagt, dass das Leben leicht werden wird? Und hast du schon mal an deine Familie gedacht? An

Gesine und Rieke? Was denkst du eigentlich, wie es denen geht, wenn sie dich hier so herumvegetieren sehen. Die beiden haben wahrlich gerade genug um die Ohren mit eurem Hof. Oder was denkst du, wie es da ohne dich gerade zugeht. Nein, darüber macht der gnädige Herr sich in seinem Bettchen keine Gedanken", wetterte Enno, wobei sein Gesicht eine gefährliche Farbe annahm.

Bestürzt schaute Torben ihn an. Am eigenen Leib zu spüren, wie es ist, einen Spiegel vorgehalten zu bekommen, war keine gute Erfahrung.

„Und noch etwas! Selbstmitleid steht dir nicht. Darüber solltest du dir mal Gedanken machen. Zeit genug zum Denken hast du hier ja. Ich komme morgen wieder, und dann will ich von dir hören, wie es weitergehen soll", dabei machte er auf dem Absatz kehrt und verließ den Raum, ohne sich von Torben zu verabschieden.

Im Gang lehnte Enno sich mit dem Rücken gegen die Wand. Das war einer der schwierigsten Besuche seines Lebens. Mehrere Tage hatte er daran herumgedacht, wie er seinem Freund wieder auf die Sprünge helfen konnte. Wie es möglich wäre, ihn aus seinem Loch herauszuholen ohne, dass er in eine Depression abrutschte. Denn auf genau diesem Weg sah er ihn mittlerweile. Dass diese Standpauke ihm nicht leichtgefallen war, stand auf einem anderen Blatt. Doch seine eigenen Befindlichkeiten interessierten nicht. Jetzt ging es einzig und allein darum, dass Torben wieder am Leben teilnahm. Wenn erforderlich würde er ihm auch noch ein zweites Mal den Kopf waschen.

Doch so weit kam es nicht. Schon am selben Abend, als Gesine von einem erneuten Krankenbesuch zurück war, teilte sie Rieke, Enno und Martha freudestrahlend mit, dass Torben wie ausgewechselt gewesen sei.

„Wir konnten sogar wieder richtig miteinander sprechen. Er hat überhaupt nicht rumgemeckert. Und es kommt noch besser. Von einer Krankenschwester weiß ich, dass er heute bei der Krankengymnastik richtig mitgearbeitet hat. Ich glaube, das Schlimmste ist überstanden. Vielleicht geht es jetzt endlich bergauf."

Genauso war es. Ennos Kopfwäsche hatte bei Torben ein Wunder bewirkt. Sie hatte ihm die Augen geöffnet und ihm gezeigt, dass es nicht nur um ihn, sondern um viel mehr ging. Um seine Familie, seinen Hof und um seine Freundschaften. All dies wollte er durch sein Selbstmitleid und seinen Groll auf sich selbst nicht aufs Spiel setzen. Darüber war er sich schon kurz nach Ennos Besuch klargeworden. Von nun an zog er mit den Ärzten, Pflegern und Therapeuten an einem Strang. Er tat, was immer sie ihm abverlangten, um den Heilungsprozess voranzutreiben. Schlussendlich konnte er das Krankenhaus für einen längerfristigen Reha-Aufenthalt verlassen, wenngleich nicht auf eigenen Beinen, sondern im Rollstuhl. Ob er jemals wieder selbstständig laufen würde, war fraglich, aber nicht ausgeschlossen.

Seitdem mühte er sich in der Reha-Klinik ab, wieder das Laufen zu lernen, und er fiel allabendlich erschöpft ins Bett. Während er sich tapfer dieser kräftezehrenden Herausforderung stellte, war es Spätsommer geworden, und zuhause auf dem Hof war Land unter. Immer noch versuchte Gesine händeringend, allen täglichen Verrichtungen nachzukommen, obwohl klar war, dass sie etlichen Dingen hilflos gegenüberstand und sich das auch in Zukunft nicht ändern würde.

Da waren die Kühe, um die sie sich sonst nie kümmern musste. Denn das war Torbens Bereich. Trecker fahren konnte sie ebenfalls nicht. De facto konnte sie keine notwendigen Tätigkeiten auf den Feldern verrichten. Dringend zu erledigen war schon seit längerem der Aushub eines Entwässerungsgrabens, der zu verschlammen drohte. Davon hatte sie keinen blassen Schimmer. Sie wusste lediglich, dass ihr Mann vor etlichen Jahren zu diesem Zweck einen mächtigen Bagger mit Grabenschaufel und Astschneider geordert hatte. Seitdem sie auf dem Hof lebte, war ihr Aufgabenbereich das Haus und der Garten, womit sie in der Regel genug zu tun hatte.

Folglich konnte sie den Hof alleine nicht am Leben erhalten. Nur mit Hilfe von Enno und Martha sowie einigen anderen Landwirtsfamilien, zu denen sie langjährige freundschaftliche Beziehungen pflegten, war sie seit Torbens Unfall über die Runden gekommen. Die Absprache untereinander klappte gut, und jeder half wann immer möglich. Abends und am Wochenende stand ihr Rieke zur Seite. Das Leben lief also auch ohne Torben weiter. Doch jeden weiteren Tag, den er in der Reha verbrachte, fragte sie sich, wie es werden sollte, wenn er eines Tages nach Hause zurückkehrte. Mit Freude und einer großen Portion Angst sah sie diesem Tag entgegen.

Durch den Unfall ihres Vaters, die Hilflosigkeit ihrer Mutter, die Arbeit auf dem Hof und im Fotoladen, die vielen Dinge, um die sie sich zu kümmern hatte, stieg Riekes Stresspegel kontinuierlich an. Freizeit wurde für sie zum Fremdwort. Sie arbeitete, aß und schlief. Mehr war nicht drin. Ihre Zukunftspläne, sprich: ihre Urlaubsreise und die Idee von einem eigenen Fotostudio, rückten mehr und mehr ins Hintertreffen, was ihr einen gewaltigen Stich ins Herz versetzte. Schließlich war es ihr gerade erst kürzlich mit Mühe und Not gelungen herauszufinden, was sie sich in ihrem Leben wünschte. Doch eine Chance, diese Wünsche umzusetzen sah sie derzeit nicht. Stattdessen war sie gefangen im Alltag, der ihr ungefragt übergestülpt worden war, wie eine unansehnliche Wollmütze.

Einerseits wollte sie, dass ihr Vater so schnell wie möglich wieder gesund würde und das Leben ihrer Eltern in gewohnten Bahnen verliefe, damit sie sich unabhängig von dieser Verantwortung machen und ihre Pläne umsetzen könnte. Andererseits spürte sie, dass ihr dieses ungewohnte Gefühl, von ihren Eltern gebraucht zu werden, gefiel. Ihre Gedanken tanzten Samba mit ihr. Um den Kopf frei zu bekommen, gestand sie sich nach Wochen der Ruhelosigkeit ein paar freie Stunden an diesem Sonntagnachmittag zu und nutzte diese Zeit für einen Ausflug zum Beobachtungsturm ins Katinger Watt.

Den Kamerarucksack geschultert, in die Pedalen tretend, machte sie sich auf den Weg, um ihre Lungen mit frischer Luft zu füllen und Vögel zu beobachten. Dabei wollte sie die Ruhe finden, sie sie so dringend benötigte. Außerdem hatte sie schon seit mehreren Wochen keinen einzigen Vogel mehr vor die Linse bekommen. Noch nicht mal ihre Wellensittichdame. Denn die war kürzlich zu ihrer Nachbarin und deren Sittich umgezogen und erfreute sich nun eines neuen aufregenden Lebens. Erstaunlicherweise verspürte Rieke keine Trauer über den Umzug der Zimmermöwe. Ganz im Gegenteil. Bei dem Gedanken, dass das kleine Vögelchen sich in bester Gesellschaft befand und nicht vereinsamte, war ihr sogar ein Stein vom Herzen gefallen.

7

Als Rieke den Beobachtungsturm erreichte, atmete sie tief durch. Endlich war sie wieder einmal hier. Mit beherzten Schritten stieg sie die Stufen zum Top des Turmes hinauf. Entgegen ihrer Hoffnung war sie nicht alleine auf der Aussichtsplattform. Eine junge Frau hockte mit einer Kamera mit riesigem Objektiv vor einer Beobachtungsluke und regte sich nicht.

„Moin", grüßte sie verhalten, woraufhin die Beobachterin kurz zu ihr herüberschaute und ihren Gruß freundlich erwiderte. Dann nahm sie ihre Position sofort wieder ein. Ganz offensichtlich hatte sie gerade irgendetwas Spezielles im Auge. Diese angespannte Haltung beim Fotografieren kannte sie. Beim Bedienen des Auslösers brauchte es Fingerspitzengefühl und den perfekten Zeitpunkt. Denn nur der richtige Moment führte später zu einem einzigartigen Foto. Für ein perfektes Bild konnte jede Sekunde entscheidend sein. Eine kleine Unachtsamkeit oder Ablenkung und der ersehnte Moment, in dem ein Windhauch das Federkleid eines Vogels aufbauschte oder ein Watvogel zum Flug abhob, war vorbei. Auf leisen Sohlen brachte sie sich und ihre Kamera in Position. Schweigend sah sie durch das Objektiv und ließ ihren geschulten Blick über die Landschaft gleiten.

„Schau mal auf sechs Uhr", raunte ihr die andere zu.

Rieke brachte ihre Kamera in Position sechs Uhr und sah durch den Sucher.

„Siehst du ihn?"

„Wen?"

„Den Graubruststrandläufer."

„Kenne ich nicht. Wie soll der denn aussehen?", wollte sie wissen.

„Ungefähr zwanzig Zentimeter groß, sein Köpfchen ist in verschiedenen Brauntönen und schwarz gestreift. Seine Brust sieht ähnlich aus. Man erkennt ihn gut an seinem prächtigen Federkleid und seinem langen, etwas gebogenen Schnabel. An der Unterseite ist er weiß", erklärte sie.

Während von der Beobachtungsluke neben ihr das durchgängige Klicken der Serienbildfunktion ertönte, suchte Rieke immer noch den Boden nach dem ihr unbekannten Vogel ab.

„So, den habe ich im Kasten", drang es überglücklich an ihre Ohren, woraufhin sie ihr Auge vom Kamerasucher nahm.

„Ich bin Lydia", sagte die Fremde und streckte ihr die Hand zum Gruß entgegen.

„Friederike", entgegnete Rieke.

„Dann hätten wir das ja schon mal geklärt. Willst du mal sehen?", fragte sie, und ohne ihre Antwort abzuwarten, hielt sie ihr das Display ihrer Kamera entgegen, auf dem in voller Statur ein außergewöhnlich schön gescheckter Vogel zu sehen war.

„Ist er das?", wollte Rieke wissen.

„Jipp. Das ist er", bestätigte ihre Fotokollegin.

„Bist du Ornithologin?"

„Nein, nur Hobbyfotografin mit Hang zur Vogelkunde. Im richtigen Leben bin ich zahnmedizinische Fachangestellte." Augenblicklich überlegte Rieke, wie lange sie schon nicht mehr bei ihrer Zahnärztin gewesen war und ob sie mal wieder einen Kontrolltermin vereinbaren musste. Allein bei dem Gedanken an die kleinen Bürsten, den Wassersauger, der ihr in den Mund gehängt wurde, und an die damit verbundenen Geräusche überzog eine Gänsehaut ihren Körper. Seit sie denken konnte, bestimmte Furcht ihren Gang zum Zahnarzt. Wobei das vollkommen unbegründet war, da sie bisher nie gravierende Probleme mit ihren Zähnen gehabt hatte. Sie führte diese Angst darauf zurück, dass sie es einfach nicht mochte, wenn ihr jemand so nah am Kopf herumfummelte.

„Das Fotografieren mache ich nur just for fun", erklärte Lydia und holte Rieke damit aus ihren Gedanken zurück.

„Und diesen Vogel ..., wie hieß er noch gleich?"

„Graubruststrandläufer", wiederholte Lydia.

„Also diesen Graubruststrandläufer, den kennst du genau?", fragte Rieke.

„Nein. Aber ich habe mich mit einem Fachmann vom Naturzentrum über alle möglichen Vogelarten und über die vogelkundlichen Führungen, die auf Eiderstedt angeboten werden, unterhalten. Dabei kam er zur Sprache."

Ungefragt, was sicherlich ihrer Begeisterung für die Vogelwelt geschuldet war, erzählte sie, wie sehr sie sich immer auf die Monate des Vogelzugs freute. Auf die vielen Vögel, die auf ihrem Weiterflug in ihre Winterquartiere auf Eiderstedt einen Zwischenstopp einlegten.

„Wir haben jetzt Mitte September. Der Vogelzug steht also schon in den Startlöchern. Einige Vogelarten wie der Graubruststrandläufer sind schon hier. Deswegen habe ich mich gleich auf die Lauer gelegt."

Lydias Redefluss war immens. So ließ sie auch nicht unerwähnt, dass dieser in Sibirien beheimatete Vogel, wie sie im Infozentrum kürzlich erfuhr, erst seit zwei bis drei Jahren an der Westküste gesichtet worden war und eine absolute Rarität in dieser Region darstellte.

„Es ist etwas Besonderes, ihn zu sehen. Als nächstes werde ich meine Augen für den Teichwasserläufer offenhalten. Den habe ich auch noch nicht im Kasten", dabei klopfte sie mit der Hand auf ihre Kamera.

„Kenne ich nicht", gab Rieke zu und zählte etliche Vögel auf, die sie schonmal fotografiert hatte, damit ihre Neubekanntschaft nicht dachte, dass sie sich in der heimischen Natur nicht auskannte.

„Alpenstrandläufer, Grünschenkel, Knutt, Nonnen- und Graugänse, Möwen, Austernfischer und Enten. Kenne ich alle. Meine absoluten Favoriten sind die Löffler. Die finde ich einfach herrlich mit ihren tollen Schnäbeln und dem weißen Federkleid", schwärmte Rieke.

„Du bist Fotografin?"

„Ja, schon. Aber …", noch bevor sie den Satz zu Ende bringen konnte, fiel Lydia ihr aufgeregt ins Wort.

„Dann hast du den besten Job der Welt, würde ich sagen", und sah sie strahlend an.

„Das kann man so oder so sehen. Im Alltag bin ich eher für Passfotos zuständig", entgegnete Rieke zerknirscht, woraufhin ihre neue Bekannte die Stirn krauszog.

Die beiden Frauen waren sich auf Anhieb sympathisch. Fast schien es, als kannten sie sich schon länger und nicht erst eine gute Stunde.

„Also, ich würde meinen Job sofort gegen deinen eintauschen, wenn ich könnte. Ich habe schon während meiner Ausbildung gemerkt, dass ich lieber etwas anderes hätte lernen sollen. Aber irgendwie fehlte mir immer der Mumm, nochmal bei null anzufangen. Und jetzt ist es einfach so, wie es ist, und ich fotografiere in meiner Freizeit, so oft ich es einrichten kann", sagte sie seufzend. „Vielleicht können wir ja mal zusammen auf Fototour gehen? Von wegen gegenseitiger Befruchtung und so", grinste Lydia.

Dann platzierten sie ihre Kameras wieder in den Beobachtungsluken, verfielen in Schweigen, bis sich einige Zeit später ihre Wege trennten. Doch zuvor tauschten sie noch ihre Handynummern aus und versprachen, miteinander in Kontakt zu bleiben.

Lydia stieg in ihr Auto und brauste davon, Rieke nahm Kurs auf den Radweg, der am Deich entlangführte. Am Böhler Leuchtturm stoppte sie, setzte sich auf die Bank, die den Turm umrahmte, und genoss den Blick über die Salzwiesen, bis die Realität sie schlagartig einholte.

„Da sitze ich hier am Leuchtturm und freue mich des Lebens, und mein Vater kämpft in der Reha um jeden einzelnen Schritt. Wie kann ich nur?", zischte es durch ihre Gedanken. Ein Frösteln kroch über ihren Rücken. Dagegen konnte sogar das warme Mauerwerk des Turmes, an den sie sich lehnte, nichts ausrichten.

Was, wenn ihr Vater trotz seiner Bemühungen nicht wieder auf die Beine käme. Was, wenn er für sein weiteres Leben auf einen Rollstuhl angewiesen war? Wie sollte das Leben auf dem Hof weiterlaufen? Wie würde ihre Mutter damit klarkommen? Wer sollte sich um alles kümmern? Schließlich würde auch die Hilfsbereitschaft der Nachbarn und befreundeten Landwirtsfamilien irgendwann mal ihre Grenzen erreichen.

Fragen über Fragen bahnten sich einen Weg in ihr Bewusstsein und ließen die Unbeschwertheit der vergangenen Stunden verblassen. Mehr noch! Rieke begann, sich schuldig zu fühlen, dass sie es gewagt hatte, diesen sonnigen Nachmittag zu genießen, während ihre Eltern mit allergrößten Zukunftssorgen rangen. Doch den Kopf in den Sand zu stecken, half ihr nicht weiter. Davon würde ihr Vater ganz sicher nicht gesund werden. Sie war sich bewusst, dass es nun an ihr war, den Eltern

Halt zu geben. Das Leben ist keine Sackgasse. Es gibt immer irgendeinen Weg, selbst wenn er nur sehr schmal oder von Gestrüpp überwuchert und schwer zu finden ist. Manchmal muss man auch erst einen Schritt zurück machen, bevor es wieder vorwärts geht, hatte Enno bei ihrem kürzlichen Besuch beiläufig gesagt. Was er genau damit meinte oder ob er gar aus seinem eigenen Leben sprach, war dabei offengeblieben.

Wie vom Nordseewind getrieben, trat sie in die Pedale. Fast so, als wäre sie auf der Flucht vor irgendetwas oder irgendjemandem. Im Grunde genommen war sie das auch. Sie versuchte vor ihren eigenen Gedanken zu fliehen, die ihr unmissverständlich zu verstehen gaben, dass ihre mühsam geschmiedeten Zukunftspläne von einem Urlaub quer durch ihr Heimatland und von der Selbstständigkeit mit einem Fotostudio drohten, sich wie eine Nebelwolke über der Nordsee in Luft aufzulösen.

Früher oder besser gesagt: noch vor gar nicht allzu langer Zeit hätte sie sich in solch einer Situation in ihr Bett verkrochen und die Decke über den Kopf gezogen. Aber sie wollte sich nicht mehr kleinkriegen lassen. Gerade in den letzten Wochen hatte sie durch die Gespräche mit Antje, Martha und Enno schon so viele neue Erkenntnisse erlangt, die ihr auf dem Weg, ihr Leben endlich in die eigenen Hände zu nehmen und etwas Neues zu wagen, sehr hilfreich waren. „Kopf hoch, das Leben will gelebt werden", hatte ihre Oma immer zu sagen gepflegt. Ebendies tat Rieke jetzt. Sie reckte ihren Hals, streckte ihren Kopf der Sonne entgegen, sog noch ein letztes Mal die warme Meeresbrise ein, die von den Böhler Salzwiesen zu ihr herüberwehte, bevor sie dem Deich für diesen Tag den Rücken kehrte.

Zurück in der Wohnung stellte sie fest, dass ihre Mutter nicht nur mehrfach angerufen, sondern sogar vier Sprachnachrichten auf dem Anrufbeantworter ihres Festnetztelefons hinterlassen hatte. Eigentlich wollte sie es schon längst bei der Telefongesellschaft abgemeldet haben, da auf diesem antiquierten Teil so und so kaum jemand anrief. Genau genommen rief nur ihre Mutter auf Festnetz an, wenn sie sie auf dem Handy nicht erreichte.

Sogar mit Martha und Enno, die viele Jahre älter waren als ihre Eltern, kommunizierte sie über Handy. Dabei beschränkte Enno sich auf das Versenden von Emojis. Das machte ihm riesigen Spaß, und er fand diese neumoderne Technik, wie er immer sagte, einfach kolossal. Martha tippte ebenfalls nicht gern. Lieber verfasste sie ellenlange Sprachnachrichten, in denen sie oftmals den Faden verlor und an deren Ende sie zumeist nicht mehr wusste, was sie ursprünglich sagen wollte.

Sie betätigte die Wiedergabe- und Lautsprechertaste des Telefons und die weinerliche Stimme ihrer Mutter füllte den Raum. In der ersten der vier Nachrichten bat sie Rieke darum, heute nochmal bei ihr vorbeizuschauen. In der zweiten weinte sie ins Telefon, dass sie es nicht mehr alleine in dem großen Haus aushielte. In der dritten erklärte sie, dass sie sich bestimmt wieder die Nacht um die Ohren schlagen würde, und in der vierten schluchzte sie in den Hörer, dass sie vollkommen am Ende sei.

Sofort drückte sie die Rückruftaste, und schon nach dem zweiten Klingelton wurde abgehoben. Doch statt der Stimme ihrer Mutter ertönte Marthas Stimme am anderen Ende.

„Martha? Was machst du denn bei Mutti?", fragte Rieke irritiert.

„Ach, es ist gut, dass du anrufst. Deine Mutter ist gerade gar nicht gut beisammen. Und weil sie dich nirgends erreichen konnte, rief sie bei uns an."

Tatsächlich hatte Rieke ihr Handy während ihres Ausflugs zum Katinger Watt auf lautlos gestellt. Dass es ihrer Mutter innerhalb weniger Stunden plötzlich so viel schlechter gehen würde, damit konnte sie nicht rechnen. Schließlich war sie gerade gestern erst bei ihr gewesen, und da war die aus den Fugen geratene Welt ihrer Mutter mehr oder weniger noch in Ordnung gewesen.

„Was ist mit ihr?", wollte Rieke wissen.

„Deine Mutter ist fix und alle. Sie kann einfach nicht mehr. Ich glaube, sie ist all dem hier nicht mehr gewachsen."

Rieke sah es genau vor sich, wie Martha, um dem Gesagten mehr Ausdruck zu geben, mit dem Händen eine raumumfassende Bewegung machte.

„Ich bin dann natürlich schnell rüber zu ihr und habe nachgesehen, was los ist. Sie war ein Häufchen Elend."

„Ich verstehe das gar nicht. Eigentlich haben wir doch alles im Griff und gut durchorganisiert. Dass das nicht auf Dauer so weiterlaufen kann, ist ja klar. Aber dafür wird sich sicher eine Lösung finden", sagte Rieke voller Optimismus.

„Das ist genau mein Reden. Ich glaube, sie hat einfach Angst vor dem, was noch auf sie zukommt. Wenn ich ganz ehrlich bin, ist es ja auch nicht ohne, sollte dein Vater tatsächlich im Rollstuhl nach Hause zurückkehren."

„Ich komme vorbei, und wir reden zusammen mit ihr, ja?", schlug Rieke vor.

„Nein. Das brauchst du – glaube ich – nicht. Sie schläft jetzt, und ich glaube, so erschöpft wie sie vorhin war, wird sie bis morgen früh durchschlafen. Ich bleibe noch ein bisschen hier und sehe morgen früh gleich wieder nach ihr. Es reicht vollkommen, wenn du morgen nach der Arbeit wieder hier bist."

„Okay, so machen wir es", sagte Rieke, bedankte sich bei Martha für ihre Hilfsbereitschaft und beendete das Telefonat.

Jetzt brauchte sie erstmal ganz dringend eine Tasse von ihrem Lieblingstee.

Die Packung Rooibos mit kandierten Apfelstücken, die sie vor wenigen Tagen auf dem Nachhauseweg gekauft hatte, stand noch unangetastet auf der Küchenarbeitsplatte. Sie riss die Packung auf und sofort strömte ihr ein fruchtiger Duft entgegen. Die bauchige Teekanne, die ihre Oma ihr vor vielen Jahren schenkte und mit der sie als junges Mädchen überhaupt nichts anzufangen wusste, stand schon auf dem Küchentisch bereit. Erst als sie in ihre eigene Wohnung gezogen war, wuchs ihr die alte cremefarbene Kanne mit ihren schlichten Rosenornamenten ans Herz. Seitdem stand sie Tag für Tag auf dem Küchentisch und wartete darauf, heiß befüllt ihr Aroma zu verströmen.

Der Tee wärmte ihre Seele. Rieke setzt sich aufs Sofa, hüllte sich in eine Decke und hielt die Tasse fest in beiden Händen. Sie sog den Duft ein und spürte, wie sich ihr ganzer Körper entspannte. Nur mit entspanntem Kopf kann man richtig denken. Noch so ein Spruch von Enno, der ihr in diesem Moment durch den Kopf ging. Dieser alte Mann immer mit seinen Lebensweisheiten, dachte sie bei sich. Aber wo er recht hatte, hatte er recht. Unter Stress entstanden oftmals eher unüberlegte Handlungen, das musste auch sie in ihrem Leben schon feststellen. Also hieß es, erstmal runterkommen, das Telefonat mit Martha in aller Ruhe Revue passieren lassen und eine Entscheidung treffen.

Tatsächlich benötigte es mehrere Tassen des köstlichen Tees. Treffender, erst als in der Kanne nur noch eine verschwindend geringe kupferfarbene Pfütze war, traf sie eine für ihr Leben weitreichende Entscheidung. Sie warf einen wehmütigen Blick auf die Zettel, auf denen sie sich Sehenswürdigkeiten für ihre anstehende Urlaubsreise notiert hatte. Dann fasste sie sich ein Herz, schob sämtliche Notizen, diverses Prospektmaterial und die Bücher über Schleswig-Holstein zu einem großen Stapel zusammen und verfrachtete ihn in den untersten Winkel ihres Kleiderschrankes. Sie verbannte ihren Urlaub aus ihren Gedanken.

Anschließend hielt sie eine neue Version ihrer Zukunft schriftlich fest, die ihr schon seit dem Unfall ihres Vaters durch den Kopf geisterte und die zunehmend mehr Raum in ihren Überlegungen einnahm.

8

Die nächste Arbeitswoche im Fotostudio begann genauso unaufgeregt, wie die vorherige endete. Kunden wollten bedient, Passfotos geschossen werden. Gedankenverloren wischte Rieke in einer ruhigen Minute, als sich außer ihr und ihrem Chef niemand im Laden befand, Staub aus den Regalen. Dabei war sie so vertieft in private Überlegungen, dass sie noch nicht einmal den Kaffeegeruch wahrnahm, der aus der Teeküche in den Verkaufsbereich drang. Erst die dampfende Kaffeetasse, die Petersen ihr unerwarteterweise entgegenstreckte, holte sie in die Realität zurück.

„Sie sind ja heute so in sich gekehrt, Friederike. Haben Sie Probleme? Kann ich Ihnen irgendwie helfen?", fragte er.

In diesem Moment wurde ihr wieder einmal klar, wie sehr ihr Vorgesetzter in der Vergangenheit feststeckte. Niemand anders als er siezte sie und nannte sie gleichwohl beim Vornamen. Wenn es nach ihr ginge, wäre sie mit ihm trotz des großen Altersunterschiedes schon längst beim „Du" gewesen. Aber so, wie er an alten Gewohnheiten festhielt, würde sich die Halbinsel Eiderstedt eher wieder in die Inseln Everschop, Utholm und Eiderstedt aufteilen, als dass er ihr das „Du" anbot.

Rieke wusste nicht allzu viel über ihre Heimat. Doch an dieser Stelle musste sie vor langer Zeit im Geschichtsunterricht aufgepasst haben. Denn, dass die heutige Halbinsel erst durch Eindeichung und Landgewinnung zu einer zusammenhängenden großen Halbinsel geworden war, daran erinnerte sie sich. Auch die Bezeichnung „Dreilande" war auf diese Gegebenheit zurückzuführen.

Dass es ihrem Chef überhaupt aufgefallen war, dass es ihr nicht ganz so prall ging, wunderte sie allerdings. Und das Wundern sollte so schnell nicht enden. Da sie nicht sofort auf seine Ansprache reagierte, fragte er weiter.

„Ich sehe doch, dass es Ihnen in der letzten Zeit nicht besonders gut geht. Vielleicht möchten Sie sich einen Moment setzen und mir erzählen, was los ist?", dabei zeigte er auf das in die Jahre gekommene Tisch-Stuhl-Arrangement, an dem wartende Kundschaft des öfteren Platz nahm.

Die altmodischen Cocktailsessel stammten noch aus der Ladeneinrichtung von Petersen senior, was man ihnen schon auf den ersten Blick ansah. Die Bezüge aus braunem Kunstleder hatten schon bessere Zeiten durchlebt und benötigten dringend einer Überholung. Der Nierentisch dagegen, mit seiner schwarzen Tischplatte, die von einer goldenen Kante eingefasst war, aalte sich noch im Glanz der Fünfzigerjahre. Ohne ihre Antwort abzuwarten, ging Petersen zur Ladentür und hängte zu ihrer Verwunderung das Geschlossen-Schild auf.

„Es ist so und so nur noch eine halbe Stunde bis zur Mittagspause", sagte er, als er den Schlüssel ins Schloss steckte und die Tür abschloss.

„Und die Kundschaft?", fragte Rieke.

„Die kann auch mal warten. Angestellte sind wichtiger.

So haben es schon mein Vater und mein Großvater gehalten. Und damit sind die beiden immer gut gefahren. Anderenfalls hätte sich der Laden sicher nicht bis in die dritte Generation gehalten", erklärte Petersen der immer noch irritiert dreinschauenden Rieke, die ihren Chef in den vergangenen Jahren noch nie so viel am Stück hatte reden hören.

„Nun trinken Sie erstmal einen Schluck. Das wird Ihnen gut tun. Sie sind ja ganz blass um die Nase."

Mit diesen Worten nahm er ihr gegenüber Platz und widmete sich seiner eigenen Kaffeetasse.

Die Situation war mehr als unrealistisch und führte dazu, dass Rieke sich fragte, ob es sich bei ihrem Gegenüber überhaupt um ihren Chef handelte. Vielleicht saß sie seinem Zwillingsbruder gegenüber, so er denn überhaupt einen hatte. Oder Petersen hatte ein Führungskräfteseminar besucht. Was ihr genauso wirklichkeitsfremd erschien und nur ihrer Fantasie entsprang. Zweifellos misstraute sie seiner Besorgtheit und schwieg daher vorerst.

„Sie haben ganz recht zu schweigen. Ich will ehrlich sein. Ich habe mich nie besonders viel für Ihr Privatleben interessiert, und das war nicht gut", sagte er, als habe er ihre Gedanken gelesen.

„Sie sind eine ganz hervorragende Mitarbeiterin. Ich glaube, dass ich Ihnen das noch nie gesagt habe. Hätte ich schon längst einmal tun sollen."

Mit aufkeimendem Unbehagen fragte sie sich, ob ihr Chef sich möglicherweise gerade an sie heranmachte, und rückte mit ihrem Stuhl ein Stück zurück.

„Ich hätte Sie schon seit langem mit anspruchsvolleren Aufgaben betrauen müssen. Das weiß ich nicht erst seit gestern. Aber ich will ehrlich sein. Ich bin wirklich schlecht im Abgeben von Aufgaben. Das wird sich jetzt ändern, wenn Sie es wollen. Doch deswegen sitzen wir eigentlich gar nicht zusammen. Also schießen Sie los. Was ist mit Ihnen? Was haben Sie auf dem Herzen? Wollen Sie kündigen?", fragte er mit bangem Blick.

Rieke fasste all ihren Mut zusammen und redete sich ihre Sorgen von der Seele. Was sollte schon passieren, wenn Sie ihm sagte, dass er mit seiner Vermutung, dass die Arbeit im Fotoladen sie nicht ausfüllte, den Nagel auf den Kopf getroffen hatte.

„Ich wünsche mir tatsächlich schon seit langem, dass ich hier eigenverantwortlicher arbeiten kann. Wussten Sie, dass ich in diesem Jahr das allererste Mal unser Schaufenster gestaltet habe? Das erste Mal innerhalb von zehn Jahren. Wussten Sie eigentlich auch, dass ich es liebe zu dekorieren? Und dass ich unsere Kundschaft auch gern außerhalb des Ladens fotografieren würde? Wir haben das Meer hier direkt vor der Haustür. Da bieten sich so viele tolle Perspektiven, und ich hätte wirklich viele Ideen für Ihr Studio parat", schoss es aus ihr heraus.

„Sie haben in allem, was sie sagen, recht. Ich hätte längst mit der Zeit gehen müssen. Aber irgendwie ist das nicht mein Ding. Ich hänge sehr an Gewohnheiten und tue mich immer schwer mit Neuerungen. Das wissen Sie wahrscheinlich", mutmaßte er. „Und sonst? Das war doch nicht alles, das merke ich Ihnen an. Haben Sie vielleicht persönliche Probleme, wenn ich fragen darf?", kam er auf den eigentlichen Anlass des Gesprächs zurück, und Rieke schüttete ihm, ohne weiter darüber nachzudenken, ihr Herz aus.

„Dass mein Vater vor längerem gestürzt ist und im Krankenhaus lag, habe ich Ihnen doch erzählt."

Petersen nickte zustimmend.

„Mittlerweile ist er in der Reha. Anfangs sah es gar nicht gut aus. Wir dachten alle, dass er nie mehr laufen können würde. Er hatte sich durch einen Sturz eine schwierige Rückenverletzung zugezogen, musste anfangs lange liegen, dann saß er im Rollstuhl und war ziemlich depressiv. Jetzt in der Reha geht es endlich mit ihm bergauf. Ob er allerdings wieder ganz der Alte werden wird, das steht in den Sternen."

„Und was ist mit dem Hof? Ihre Eltern haben doch einen landwirtschaftlichen Betrieb, soweit ich mich erinnere."

„Ja, das stimmt. Der läuft auch weiter. Die Nachbarn haben bisher unglaublich viel geholfen. Und ich bin jeden Abend und am Wochenende dort und tue, was ich kann", erklärte Rieke.

„Deswegen sehen Sie also so erschöpft aus. Verstehe! Da ist ja wirklich einiges auf Sie zugekommen in letzter Zeit. Schaffen Sie das denn alles? Ich meine, tagsüber hier zu arbeiten und abends noch die körperliche Arbeit auf dem Hof? Wie lange wollen Sie das noch durchhalten? Gibt es einen Plan B? Was, wenn Ihr Vater aus der Reha zurückkommt und er nicht mehr einsatzfähig ist? Was wir natürlich nicht hoffen wollen", wollte er wissen.

Rieke zuckte mit den Schultern, schwieg, kämpfte mit den Tränen und nippte an dem schon kalten Kaffee.

„Und Ihren Urlaub verbringen Sie dann wohl eher auf dem Hof als auf einer Rundtour durchs Land, nehme ich an", woraufhin Rieke ihn aus traurigen Augen kopfnickend ansah.

„Dabei hatte ich mir das alles so schön vorgestellt."

„Erzählen Sie mal, wo Sie überall hinreisen wollten", bat Petersen, wobei Rieke sich fragte, ob ihr Chef wirklich an ihrer Reise interessiert war oder ob er sie vielleicht nur von ihren traurigen Gedanken ablenken wollte.

„Ich wollte nach Sylt und mir den Ellenbogen anschauen. Davon hat mir meine ehemalige Nachbarin, Martha Clausen, ich weiß nicht, ob Sie die kennen, schon oft vorgeschwärmt. Sie ist auf Sylt geboren und hat hierher geheiratet."

„Die Frau Clausen, die kenne ich. Sie müsste jetzt schon an die achtzig sein, oder? Die hat hier schon ihre Fotos entwickeln lassen, als Sie noch in den Windeln lagen", sagte er und grinste über das ganze Gesicht.

„Ganz so alt ist sie dann doch noch nicht. Sie ist erst siebzig und noch gut auf Zack", sagte Rieke.

„Das freut mich. Grüßen Sie sie, wenn Sie sie sehen", bat Petersen. „Aber nun mal Hand aufs Herz. Wie soll das denn jetzt bei Ihnen weitergehen. Kann ich in Zukunft noch auf Ihre Mitarbeit zählen oder nicht?", schwenkte er um.

Rieke war wie vom Blitz getroffen. Diese Frage traf sie vollkommen unvorbereitet, und bei dem Versuch, eine Antwort zustande zu bringen, verfiel sie ins Stottern.

„Ich, ich, ich ... weiß es ehrlich gesagt nicht."

Petersen knetete mit seinen Fingern die Denkerfalten seiner Stirn und überlegte. Schließlich fragte er, ob sie noch eine Tasse Kaffee trinken wollte, was sie bejahte. Daraufhin ging er in die Teeküche, machte sich an der Kaffeemaschine zu schaffen und kehrte kurze Zeit später mit zwei dampfenden Tassen Kaffee zurück.

„Nun gut", begann er, die Unterhaltung fortzusetzen. „Ich bin ja nicht ganz von gestern, auch wenn es oft den Anschein macht. Ich möchte Ihnen mal meine Sicht der Dinge mitteilen, wenn Sie es erlauben."

Rieke nickte und sah ihn gespannt an.

„Sie arbeiten jetzt zehn Jahre für mich, und ich kann sagen, dass ich immer noch glücklich darüber bin, Sie als Angestellte zu haben. Natürlich sehe ich auch, dass Sie hier auf der Stelle treten. Sie sind noch jung und wollen Neues ausprobieren und Erfahrungen sammeln, was ja gut und richtig ist in Ihrem Alter. Wenn Sie nicht mit der Zeit gehen, sind Sie irgendwann raus aus dem Spiel. So ist das wohl heutzutage. Ich habe schon länger darüber nachgedacht, Ihnen eine Teilhaberschaft am Studio anzubieten oder Ihnen zumindest mehr freie Hand zu lassen."

Wie vom Donner gerührt, saß Rieke im Cocktailsessel und starrte Petersen an. Doch bevor sie dazu kam, sich das Wort Teilhaberschaft auf der Zunge zergehen zu lassen, ließ ihr Chef diese schillernde Seifenblase wieder zerplatzen.

„Aber ganz ehrlich, damit werden wir beide nicht glücklich. Ich würde Ihnen immer reinreden, und damit ist uns beiden nicht geholfen. Ich war noch nie ein guter Teamspieler. Und wenn ich mir die Zahlen ansehe, die der Laden in den letzten Wochen und Monaten schreibt, brauche ich mir darüber auch gar keine Gedanken zu machen. Dazu wäre es wohl eher angeraten, dass ich Ihnen die Arbeitszeit kürze“, was Rieke entgeistert zur Kenntnis nahm.

„Unabhängig von Ihrer jetzigen Situation würde ich Ihnen gerne einen väterlichen Rat geben, wenn Sie nichts dagegen haben.“

Rieke signalisierte ihm, seine Ansprache fortzusetzen.

„Meiner Meinung nach ist es an der Zeit, dass Sie sich freischwimmen. Sie müssen raus und anderswo Erfahrungen sammeln. So schön Eiderstedt ist und so gerne ich Sie hier habe. Ich denke, ein wenig Abstand würde Ihnen für eine gewisse Zeit guttun. Wobei das natürlich in Ihrer derzeitigen Situation kaum umsetzbar ist.“

Rieke nutzte den Moment, in dem er sich seinem Kaffee widmete, um zu antworten.

„Darüber habe ich auch schon nachgedacht, habe mich jedoch dagegen entschieden. Ich bin wohl eher ein Landkind und nicht für die große weite Welt, wie Sie es sagen, geschaffen. In den Urlaub zu fahren und nach ein bis zwei Wochen wiederzukommen, das ist die eine Sache, aber ganz wegziehen?“

Rieke stockte, bevor sie weitersprach.

„Alles in allem lebe ich sehr gerne hier auf Eiderstedt. Ich möchte mir gar nicht vorstellen, anderswo zu wohnen. Da wir aber schon dabei sind, die Karten auf den Tisch zu legen, will ich offen zu Ihnen sein. Bevor die Sache mit meinem Vater geschah, habe ich damit geliebäugelt, mich selbstständig zu machen."

„Das finde ich ganz großartig! Das ist eine wundervolle Idee! Wie wollten Sie das angehen?", fragte er erfreut.

„Sie sind nicht sauer?"

„Warum sollte ich?"

„Weil ich dann Ihre Konkurrenz wäre", erklärte Rieke.

„Das glaube ich ehrlich gesagt nicht, dass wir uns irgendwie in die Quere kommen würden. Sie haben sicherlich ganz andere Ideen in Ihrem hübschen Köpfchen, als ich in meinem", sagte er frohgestimmt.

Daraufhin berichtete Rieke ihm, dass sie vorgehabt hatte, in der Umgebung von St. Peter-Ording einen kleinen Raum für ein Studio einzurichten. Dass Sie ihren Fokus jedoch auf Außenaufnahmen legen wollte.

„Ich wollte erstmal hier weiterarbeiten und mir nach und nach einen eigenen Kundenstamm aufbauen. Dann vielleicht bei Ihnen im Laden kürzertreten, wenn mein Projekt gut anläuft. Aber das ist ja jetzt alles nicht mehr machbar. Für solche Sperenzchen habe ich keine Zeit mehr."

„Sie meinen wegen des elterlichen Hofes?"

„So ist es", bestätigte Rieke.

„Vielleicht ist es ja doch irgendwie möglich. Es gibt immer einen Weg", sagte Petersen nachdenklich, ließ einen Würfelzucker in seine Tasse fallen und rührte dermaßen klimpernd mit dem Löffel darin herum, dass Rieke meinte, die Tasse müsste gleich zerspringen.

Dann klopfte es an der Ladentür. Ein Mann schaute durch die Fensterfront, zeigte mit dem Finger auf das Geschlossen-Schild, schüttelte verärgert seinen Kopf und entfernte sich.

„Dämlich", sagte Petersen. „Kann der nicht lesen oder was?", und Rieke wurde wieder einmal klar, dass der Laden, so wie ihn ihr Chef führte, in Zukunft ganz gewiss keine Überlebenschancen in der Geschäftswelt haben würde.

„Ich mache Ihnen jetzt einen Vorschlag, den Sie annehmen oder ablehnen können", und Rieke spitzte die Ohren.

„Ich gebe Ihnen morgen frei. Dafür müssen Sie mir versprechen, diese Zeit zu nutzen, um sich Gedanken über Ihre Zukunft zu machen. Ich muss schließlich wissen, woran ich mit Ihnen bin. Wenn Sie sich dazu entscheiden, weiter Vollzeit bei mir zu arbeiten, freue ich mich natürlich. Wobei ich keine Prognose dazu abgeben kann, wie lange ich Sie noch für eine Vierzigstundenwoche bezahlen kann. Vielleicht könnten Sie auch weniger Stunden hier weiterarbeiten und anderswo kostengünstiger wohnen. Dann hätten Sie mehr Zeit, Ihre Eltern zu unterstützen und ganz nebenbei die Idee vom Fotostudio weiterzuentwickeln. Aber vielleicht finden Sie ja noch eine andere oder bessere Möglichkeit, von der Sie jetzt noch nichts ahnen. Sollten Sie sich selbstständig machen wollen, können Sie jedenfalls auf meine volle Unterstützung zählen, wie auch immer diese aussehen würde. Nehmen Sie die Zeit einfach als Geschenk meinerseits an. Also als bezahlten Urlaub."

Rieke war von der Ansprache Ihres Chefs absolut perplex. Niemals im Leben hätte sie es für möglich gehalten, dass dieser schweigsame und oftmals grummelnde Vorgesetzte ihr in solch einer schwierigen Lebenssituation Hilfestellung leisten würde. Das Sprichwort „Harte Schale, weicher Kern" traf bei Petersen zu ihrer Überraschung wieder einmal zu.

9

Noch etliche Stunden dachte Rieke an diesem Abend über das Gespräch mit Petersen nach. Immer wieder gewann sein Hinweis, dass sie vielleicht noch eine andere Möglichkeit für ihr berufliches Fortkommen finden würde, Oberhand. Bis dato hatte sie ausschließlich überlegt, wie es sein würde, sich mit einem Fotostudio selbstständig zu machen. Je mehr sie grübelte, desto mehr bahnte sich eine gänzlich neue Zukunftsidee einen Weg in ihr Leben.

Was, wenn sie doch auf den elterlichen Hof zurückkehrte? Was, wenn sie ihn von rechts auf links krempelte? Was, wenn auf dem Hof ein Café entstünde? Je länger sie sich diese Möglichkeit durch den Kopf gehen ließ, desto umsetzbarer erschien sie ihr. Gedanklich feilte sie ihren Plan aus, bis sie schließlich erschöpft in die Kissen sank und in einen tiefen erholsamen Schlaf fiel. Mit geordneten Gedanken startete sie in ihren arbeitsfreien Samstag.

Da sie wieder einmal vergessen hatte einzukaufen, in Bezug darauf war sie in letzter Zeit wirklich nachlässig geworden, machte sie sich auf den Weg zum Bäcker, kaufte ein fertig belegtes Brötchen und einen Cappuccino to go und setzte sich auf eine Bank. Noch einmal ging sie gedanklich ihre Zukunftsideen durch, die sich bereits in ihr zu verfestigen begannen. Dann rief sie ihre Mutter an.

„Moin Mutti! Na, was machst du gerade?", fragte sie.

„Nichts Besonderes", sagte sie zögerlich.

„Ist Remmers schon fertig mit den Kühen?", erkundigte sie sich nach einem der Landwirte, der sich in dieser Woche um die Tiere kümmerte.

„Zur Sekunde fährt er vom Hof", antwortete ihre Mutter.

„Gut. Dann hast du jetzt Zeit, oder?", fragte Rieke weiter.

„Eigentlich wollte ich gerade in den Garten. Da muss mal wieder richtig Ordnung gemacht werden, sonst breitet sich das Unkraut noch weiter aus. Danach wollte ich Apfelmus kochen. Sind ja so viele Äpfel runtergefallen dieses Jahr. Die kann ich doch nicht alle verkommen lassen. Und dein Birnbaum trägt auch richtig gut. Da werde ich wieder eine Menge zum Einkochen haben. In den letzten beiden Jahren sah er ja ziemlich kränklich aus, und eigentlich wollte dein Vati ihn fällen. Aber das konnte ich gerade noch verhindern. Ich weiß ja, wie sehr du an der Guten Luise hängst."

„Das ist lieb von dir. Bisher hat der Baum sich immer berappelt und wieder gut getragen. Hast du nun heute Zeit oder nicht?", fragte Rieke erneut.

Gesine überlegte. Schließlich sagte sie: „Na gut. Die Beete laufen mir ja nicht weg, und die Äpfel können noch einen Tag warten, bevor sie in den Topf kommen."

„Fein. Dann zieh deine Gartenklamotten aus und mach dich ausgehfertig. Ich hole dich gleich ab und wir machen uns einen schönen Tag zusammen. Außerdem habe ich etwas Wichtiges mit dir zu besprechen", erklärte sie.

„Und was?", fragte ihre Mutter neugierig.

„Später. Jetzt ziehst du dich erstmal um", sagte Rieke und legte auf.

Als sie eine halbe Stunde später mit ihrem Kleinwagen auf den Hof fuhr, stand ihre Mutter bereits wartend vor der Haustür.

„Du machst es aber echt spannend. Was willst du nun mit mir besprechen, und wo wollen wir überhaupt hin", wollte sie augenblicklich wissen.

„Interessierst du dich immer noch für alten Tüddelkram?",
„Na klar. Weißt du doch!"

„In Tönning ist heute Straßenflohmarkt."

„Stimmt, habe ich in der Zeitung gelesen", sagte ihre Mutter frohgestimmt.

„Ich dachte, das wäre mal wieder etwas für uns zwei. Wir haben schon so lange nicht mehr zusammen gestöbert."

„Da sagst du was. Ich weiß gar nicht mehr, wann wir das letzte Mal überhaupt zusammen unterwegs gewesen sind", woraufhin sie auf dem Absatz kehrt machte, sagte, dass sie sich noch schnell Kleingeld aus der Klimperbüchse holen wollte, um nach wenigen Minuten mit einem ansehnlich gefüllten Portemonnaie zurückzukehren.

Bei der Klimperbüchse handelte es sich um eine alte metallene Teedose, die als solche schon lange Zeit nicht mehr genutzt wurde. „Dann kann ich das ganze Klimpergeld endlich mal unter die Leute bringen", freute sich ihre Mutter und holte sie mit ihrer hellen Stimme aus ihren Gedanken zurück.

„Genau. Und danach trinken wir noch irgendwo Kaffee, essen ein Stück Kuchen oder etwas anderes. Vielleicht am Tönninger Hafen. In dem Café gegenüber dem Packhaus. Ich komme jetzt gerade nicht auf den Namen. Da, wo wir im vergangenen Herbst den leckeren Milchreis gegessen haben.

Und dort reden wir in aller Ruhe darüber, wie das hier alles weitergehen soll", dabei zeigte sie erst auf den Kuhstall und danach auf das Wohnhaus.

„Und vorher wird gestöbert", ergänzte Gesine, selbst wenn sie am liebsten sofort erfahren hätte, was sich ihre Tochter ausgedacht hatte. Aber eines wusste sie genau. Wenn Rieke sagte, dass sie ihr von ihrer Idee erst später erzählen wollte, dann war es zwecklos, sie schon vorher zu löchern. Diesbezüglich konnte sie genauso stur sein wie ihr Vater.

Rieke parkte ihren Wagen nahe dem Schlossgarten. Bis zu den Flohmarktstraßen war es von hier nur ein kleiner Spaziergang. Da sie jedoch beabsichtigten, zum Kaffeetrinken am Hafen einzukehren, war die Stadtmitte für beides ein guter Ausgangspunkt.

Obwohl der Flohmarkt gerade erst startete, tummelten sich bereits viele Schnäppchenjäger und -jägerinnen auf den Straßen. Vor unzähligen Häusern entlang der Straßenzüge waren Tische aufgestellt. Bunte Luftballons an Bäumen, Zäunen und Straßenlaternen zeigten schon von weitem die Standorte der Verkaufsstände an. Manchmal mussten sie von einem bis zum nächsten Stand ein Stück gehen. An anderen Stellen waren gleich vor mehreren Häusern Verkaufsstände aufgebaut. Die teilnehmenden Tönninger hatten ordentlich ausgeräumt und eine Menge alte, neue, skurrile und seltene Dinge hervorgekramt. Alles, was Dachböden, Keller und Schränke hergaben, war auf Tischen ansprechend drapiert und zum Kauf angeboten. In einer Straße diente sogar ein niedriger Baum als Kleiderständer für Blusen, Jacken und Kleider. Alles in allem gab es unheimlich viel zu sehen und zu finden. Dabei war eines schnell klar. Wollten Mutter und Tochter einen Blick auf jeden einzelnen Verkaufstisch werfen, lag noch ein immenses Pensum vor ihnen.

Allerdings kamen sie in dieser Spätsommerhitze nur langsamen Schrittes voran. Zudem waren ihre mitgebrachten Taschen bereits gefüllt, als sie die Friedrichstädter Chaussee hinter sich ließen und in die Osterstraße einbogen. Rieke hatte unter anderem mehrere Bücher über Eiderstedt zu einem Preis, der nicht der Rede wert war, und zwei alte Kaffeemühlen sowie etliche Teedosen erstanden. Auf die Frage ihrer Mutter, was sie denn mit den Mühlen wollte, hüllte sie sich in geheimnisvolles Schweigen.

Ihre Mutter trug schwer an einer Kristallschale, die sie zuhause auf den Wohnzimmertisch stellen und mit Sommerblumen dekorieren wollte. Des Weiteren fand sie zu ihrer beider Überraschung eine Luftbildaufnahme älteren Datums, auf der auch ihr Bauernhof und die umliegenden Felder und Wiesen zu sehen waren. An einem anderen Flohmarktstand handelte sie um einen antiken Bilderrahmen, um der Aufnahme eine ausdrucksstarke Einfassung zu verschaffen. Ob sich unter dem goldenen Anstrich bereits Holzwürmer ihr Terrain erobert hatten, blieb dabei unklar.

„Wir hätten unseren alten Handwagen mitnehmen sollen", witzelte ihre Mutter, als sie sich den Bilderrahmen umständlich unter den Arm klemmte.

„Da sagst du was. Vielleicht im nächsten Jahr", erwiderte Rieke.

Mit gut gefüllten Taschen spazierten sie die Straßen entlang, schauten hier und dort und entlockten ihren Geldbörsen schließlich die allerletzten Münzen.

Als sie nach mehreren Stunden ihren Rundgang beendeten, waren sie heilfroh, dass sie in der Stadtmitte geparkt hatten und ihre Flohmarktfunde nicht noch bis zum Tönninger Hafen weiterschleppen mussten.

„Nur gut, dass du hier am Schlosspark geparkt hast. Weiter hätte ich das sperrige Teil wirklich nicht schleppen wollen", gab Riekes Mutter schnaufend zu. Sie verstauten alles im Kofferraum, machten sich auf den Weg zum Café am Hafen und fanden glücklicherweise Sitzplätze in einem gerade freigewordenen Strandkorb. Wie erwartet schmeckte der Snack hervorragend, und die hausgemachte Limonade war eine gute Erfrischung.

Nach dieser Stärkung wollte Gesine sofort wissen, was es nun Wichtiges zu besprechen gab, und kündigte im gleichen Zuge an, dass auch ihr noch etwas auf der Seele lag. Mit sehnsüchtigem Blick schaute Rieke einem gerade auslaufenden Segelboot hinterher und hörte ihre Mutter sagen, dass ihr Vater bereits in zwei Wochen wieder nach Hause zurückkehren würde. Binnen Sekunden war sie wieder bei der Sache.

„Und das sagst du mir erst jetzt, ganz nebenbei?", brach es aus ihr heraus.

„Ich weiß es auch erst seit gestern."

„Er kann doch noch gar nicht wieder richtig gehen! Als ich vor kurzem mit ihm telefonierte, sagte er, dass lauftechnisch noch ziemlich viel Luft nach oben sei", entgegnete Rieke erschrocken.

„Stimmt. Ohne seine Krücken und den Rollstuhl kommt er immer noch nicht klar. Aber wenn er weiter übt und immer regelmäßig die Krankengymnastiktermine wahrnimmt, wird er hoffentlich eines Tages wieder ohne Hilfsmittel gehen können."

„Puh! Und ich dachte, sie behalten ihn solange dort, bis er wieder flott ist."

„Das dachte ich eigentlich auch", sagte ihre Mutter schulterzuckend. „Ich freue mich jedenfalls, wenn ich ihn endlich wieder zuhause habe. Wie wir das mit seiner Gehbehinderung in Zukunft auf dem Hof hinkriegen sollen, weiß ich allerdings nicht. Ist ja nichts barrierefrei bei uns. Aber irgendwie wird es schon gehen. Vielleicht bekommen wir ja über die Krankenkasse noch eine Hilfskraft fürs Erste. Ich will die Tage mal telefonieren und sehen, ob sich da irgendetwas machen lässt.

Und wenn nicht, dann muss es irgendwie anders gehen", seufzte sie und nahm einen großen Schluck der köstlichen Zitronen-Ingwer-Limonade.

„Und was sagt Vati dazu?", wollte Rieke wissen.

„Bisher wenig. Als ich ihn darauf angesprochen habe, dass er mit dem Rolli in unserer Wohnung nicht von einem Zimmer in das andere kommen wird, hat er sofort abgewunken. Ich glaube, er realisiert das alles noch gar nicht."

„Das kann ich mir nicht vorstellen. Er weiß sicher genau, dass er zuhause Schwierigkeiten bekommen wird. Vati ist einfach ein Sturkopf", stellte Rieke fest.

„Ach, lass uns die schöne Zeit jetzt einfach genießen und über etwas Erfreuliches sprechen. Was wolltest du mir denn eigentlich erzählen?".

Das war wieder einmal klar, dachte Rieke. Probleme waren in ihrer Familie dazu da, totgeschwiegen zu werden. So war es schon früher gewesen, und daran hatte sich bis heute scheinbar nichts geändert. Das musste anders werden. Ob es ihren Eltern passte oder nicht.

„Was wolltest du nun mit mir besprechen?", fragte Gesine nochmals.

„Ich habe mir über die Zukunft Gedanken gemacht. Wie das alles werden soll mit uns und dem Hof", begann Rieke zögerlich.

Nach und nach nahm ihr Redefluss Fahrt auf, und es sprudelte gerade so aus ihr heraus.

„Also, ich habe mir gedacht, ich ziehe wieder zu euch auf den Hof."

„Ach was!", sagte ihre Mutter durchweg erstaunt.

„In die Wohnung von Oma und Opa. Die steht ja so und so leer. Mein Plan war ursprünglich, bevor Vati den Unfall hatte, dass ich erstmal in den Urlaub fahre, bevor ich …", dabei wurde sie von ihrer Mutter unterbrochen.

„Du? In den Urlaub? Das ist ja wirklich mal was ganz Neues!", warf sie ein.

„… bevor ich mich mit einem Fotostudio selbstständig mache", schloss Rieke ihren Satz.

„Das wird ja immer besser", staunte ihre Mutter.

„Aber da wird nun nichts draus. Das werde ich erstmal zurückstellen. Also, nochmal im Klartext. Wenn ihr es wollt, würde ich wieder zuhause einziehen und könnte euch unterstützen. Wobei ich dabei nicht nur an Vati und seine Einschränkungen im Gehen denke."

„Woran denkst du denn noch?", wollte ihre Mutter wissen.

„Daran, dass ihr den Hof, so wie ihr es gewohnt seid, in Zukunft nicht weiter bewirtschaften könnt. Selbst wenn Vati wieder einigermaßen auf den Beinen ist, wird er nicht mehr zu seiner alten Form zurückkehren. Er wird weniger belastbar als früher sein. Heißt, er kann sich nicht mehr rund um die Uhr um den Betrieb kümmern. Ihr werdet einfach nicht mehr an der Stelle weitermachen können, wo ihr vor seinem Sturz aufgehört habt, und das weißt du genauso gut wie ich", sagte sie und schaute ihre Mutter – Zustimmung einfordernd – an.

„Ich weiß. Ich will das wohl noch nicht wahrhaben", gestand sie.

„Musst du aber. Wir müssen dem jetzt in die Augen sehen und den Hahn beim Schopf packen, wie du immer sagst."

Bei diesen Worten rang sich ihre Mutter ein gezwungenes Lächeln ab.

„Und wie soll das gehen? Ich wüsste gar nicht, wo ich anfangen sollte", sagte sie, wobei ihr ihre Verzweiflung, die sie offensichtlich zu unterdrücken versuchte, ins Gesicht geschrieben stand.

„Erstmal werden wir eure Wohnung barrierefrei umbauen lassen. Einiges können wir vielleicht auch selbst in die Hand nehmen. Dabei denke ich aber eher an die Einrichtung. Die bekommen wir bestimmt ohne fremde Hilfe so umgestaltet, dass Vati sich bewegen kann, ohne dass er gleich über irgendetwas stürzt. Die Türen müssten auf jeden Fall verbreitert werden, damit er mit dem Rollstuhl durchkommt. Dazu brauchen wir fachmännische Hilfe. Im Badezimmer muss sich auch etwas tun, damit er dort allein zurechtkommt. Die Treppe nach oben lassen wir erstmal außen vor. Damit können wir uns später noch beschäftigen, wenn abzusehen ist, dass er wirklich dauerhaft auf den Rolli oder auf Gehhilfen angewiesen ist."

„Du hast recht. Es muss etwas passieren. Aber alleine schaffe ich das nicht", gab sie zu.

„Das musst du auch nicht. Ich bin doch da", sagte Rieke.

„Und deine Arbeit? Du kannst doch deine Arbeit nicht wegen uns aufgeben. Außerdem wolltest du niemals mehr auf dem Hof wohnen."

„Das ist Schnee von gestern. Und meine Arbeitsstelle werde ich natürlich nicht kündigen. Zumindest jetzt noch nicht. Das ist allerdings erst der halbe Plan."

„Was denn noch?", fragte ihre Mutter.

„Der Hof ist eure einzige Einnahmequelle. Wenn er nicht mehr läuft, habt ihr ein großes finanzielles Problem, stimmts?"

„Wir haben zwar Rücklagen für Notfälle. Aber ansonsten hast du natürlich recht. Darüber haben Vati und ich auch schon gesprochen. Das beschäftigt uns ziemlich. Er versicherte mir hoch und heilig, dass er wieder auf den Damm kommt und ich mir darüber keine Sorgen machen müsste."

„Und das glaubst du ihm?", hakte Rieke nach.

„Ich habe mir schon die Nächte deswegen um die Ohren geschlagen. Das kannst du wissen."

„Und genau deswegen, weil es schon an ein Wunder grenzen würde, wenn er wieder ganz der Alte werden sollte, werden wir unseren Hof ...", sie hielt für einen kurzen Moment inne, als sie sich dabei ertappte, dass sie gerade tatsächlich von „unserem Hof" gesprochen hatte. Was so viel hieß, dass sie sich immer noch mit ihm verbunden fühlte, es aber lange Zeit nicht mehr so stark gespürt hatte wie gerade in den letzten Wochen und Monaten.

„Deswegen sollten wir dem Hof eine neue Bestimmung geben. Ihn von rechts auf links drehen", erklärte Rieke.

„Verstehe ich nicht. Was meinst du damit?", fragte Gesine stirnrunzelnd.

„Ich meine, wir müssen euer Hofkonzept überdenken. Wir sollten uns fragen, ob es überhaupt noch sinnvoll ist, den landwirtschaftlichen Betrieb in der Form weiterzuführen wie bisher. Ich glaube, dass das in Zukunft unmöglich sein wird, wenn Vati nicht mehr hundertprozentig einsatzfähig ist."

„Und was sollten wir stattdessen tun? Wir haben jahrzehntelang nichts anderes gemacht. Wovon sollen wir dann leben?", wollte Gesine wissen.

„Ich habe mir wirklich den Kopf darüber zerbrochen. Das kannst du mir glauben. Letztlich bin ich zu dem Schluss gekommen, dass wir die Kühe verkaufen sollten. Dann verpachten oder verkaufen wir einen Großteil der Wiesen und Felder, die zum Hof gehören, soweit das noch nicht geschehen ist. Außerdem schwebt mir vor, dass wir den Kuhstall, die Scheune oder die alte Wagenremise zu einem Café umbauen. Und wir könnten Künstlern aus der Region einen Platz für ihr Schaffen oder für Ausstellungen bieten.

„Ein Café auf unserem Hof? fragte ihre Mutter entgeistert.

„Genau."

„Und ein Atelier für Künstler", sagte Gesine ungläubig, als habe sie ihre Tochter nicht richtig verstanden.

„Vielleicht. Darüber muss ich noch etwas genauer nachdenken. Ich habe vor kurzem zwei Künstlerinnen kennengelernt. Mit denen werde ich mal Kontakt aufnehmen, um zuhören, was die davon halten. Vielleicht haben die beiden sogar Interesse an einer Ausstellung in einem Café oder dergleichen. Ich werde das schon mal abklopfen.

„Und was sind das für Künstlerinnen?", fragte Gesine.

„Eine Hobbyfotografin und eine Holzskulpturen-Künstlerin", erwiderte Rieke.

„Hört sich gut an. Ist bestimmt sehr interessant", gab ihre Mutter zu.

„Also fändest du es auch toll, wenn auf dem Hof ein Café entstünde und wenn Künstler bei uns für eine gewisse Zeit an ihren Werken arbeiteten und ihre Kunstobjekte ausstellten?", wollte Rieke wissen.

„Das ist jetzt alles ein bisschen viel auf einmal. Da muss ich erstmal in Ruhe drüber nachdenken", gab sie zu bedenken, doch Rieke redete unbeirrt weiter.

„Ich habe auch darüber nachgedacht, ob wir den Dachboden vom Wohnhaus zu Ferienzimmern ausbauen könnten. Wobei das für den Anfang möglicherweise ein zu großer Aufriss im Haus wäre. Vielleicht wäre Glamping eher eine Möglichkeit. Damit würden wir sicher viele Gäste anlocken. Oder ein Stellplatz für Wohnmobile. Nicht gleich zu Anfang, sondern als Zukunftsidee", endete sie.

„Glamping?", wiederholte Gesine mit fragendem Gesichtsausdruck. Was soll das bitteschön sein? Davon habe ich ja noch nie gehört."

„Das ist was richtig Cooles, Mutti!", dabei holte sie ihr Handy hervor und googelte den Begriff. „Das nennt man auch glamouröses Camping."

Zusammen sahen sie sich unzählige Bilder von Glampingunterkünften auf dem Handy an. Luxuriöse Zelte und interessante Holzhäuschen. Allesamt in der Natur stehend, im Wald, auf Wiesen, an Seen und jedes mit Aussicht in eine faszinierende Landschaft.

„Das ist vollkommen verrückt, was du da vorschlägst. Nein, ich glaube, das wird alles nichts. Dem wird dein Vater niemals zustimmen. Darüber brauchen wir gar nicht weiter nachzudenken. Mit so etwas kommen wir nicht durch. Das weiß ich genau", kommentierte Gesine die Vorschläge ihrer Tochter.

„Um Vati geht es mir jetzt erstmal gar nicht. Ich will wissen, was du dazu sagst", dabei sah sie ihre Mutter eindringlich an.

Nach mehreren Minuten Überlegungszeit, die Rieke wie eine Endlosschleife erschienen, meldete sich Gesine wieder zu Wort.

„Wenn ich es mir recht überlege, finde ich deine Ideen gar nicht mal so schlecht. Bloß habe ich keinen blassen Schimmer, wie ich dabei nützlich sein kann. Ich bin weder handwerklich begabt, noch weiß ich, wie man ein Café führt oder Zelte aufbaut. Das einzige, was ich wirklich gut kann ist Gartenarbeit, Kochen und Backen. Das war es auch schon. Ach was …", dann machte sie mit der Hand eine wegwerfende Bewegung. „So weit ist es ja noch lange nicht. Im Moment kacken ja noch unsere Kühe in den Stall", sagte sie lachend.

Einen Moment lang war Rieke sprachlos. Es war genau das eingetreten, was sie sich in ihren kühnsten Träumen nicht vorzustellen gewagt hatte. Ihre Mutter war tatsächlich auf ihrer Seite. Wenn auch nur, weil Riekes Vater durch Abwesenheit glänzte und ihr gerade einmal nicht ins Wort fallen konnte.

„Genau das ist es. Du weißt alles über Gartenarbeit, Kochen und Backen. Du hast mir gerade vor kurzem erzählt, dass du früher sogar für die Nachbarschaft auf Bestellung gebacken hast. Oder war das erfunden?", fragte sie.

„Natürlich nicht. Was denkst du denn von mir? Meine Torten waren damals der Renner auf den benachbarten Höfen. Da brauchst du nur Martha und Enno zu fragen, für die habe ich oft gebacken", erzählte sie voller Leidenschaft.

„Dann wissen wir ja beide, wer in unserem Café für das Backen zuständig sein würde", sagte Rieke, was ihrer Mutter schier die Sprache verschlug.

„Lass uns in nächster Zeit zusammen einen Plan ausbaldowern. Wenn wir alles bis ins Kleinste hinein ausgeklüngelt haben, holen wir Vati mit ins Boot. Aber wirklich erst dann", schärfte sie ihrer Mutter ein.

„Also, ich bin echt platt. Ich weiß gar nicht, was ich noch sagen soll. Und du willst wirklich wieder bei uns einziehen? Es würde dir wirklich nichts ausmachen, wieder mit uns unter einem Dach zu wohnen?"

„Nein, ich glaube das wäre schon okay", entgegnete Rieke.

„Meinetwegen kannst du gleich heute deine Koffer packen und in dein altes Zimmer ziehen. Du weißt ja, ich habe alles so gelassen, wie du es damals verlassen hast. Wir haben wirklich nichts angerührt."

So hatte Rieke sich das Umziehen auf den Hof natürlich nicht vorgestellt. Schonend erklärte sie ihrer Mutter, dass sie im Alter von achtundzwanzig Jahren nicht wieder in ihrem Kinderzimmer wohnen wollte. Stattdessen kündigte sie an, gleich morgen einen Blick in die Wohnung der Großeltern zu werfen, die sich zur Gartenseite des Hauses befand und sogar über eine eigene Haustür verfügte. Dass ihre Eltern an der Wohnung der Großeltern bisher keine Hand angelegt hatten, war ihr dabei durchaus bewusst. Doch das würde sich nun bald ändern.

10

Gleich am nächsten Tag fuhr Rieke wieder zum Hof. Dieses Mal allerdings mit dem Fahrrad. Einerseits wollte sie Benzin sparen, da sie ab jetzt über Geldausgaben immer zweimal nachdenken würde, andererseits war es natürlich umweltschonender, wenn sie in die Pedale trat. Drittens war es ein herrlicher Morgen mit vollkommen unverbrauchter Luft und wie gemacht für eine Radtour über Land.

In der Wohnung ihrer Großeltern roch es abgestanden, was nicht verwunderlich war. Die Einrichtung entsprang der Mitte des letzten Jahrhunderts und war im Laufe der Jahre einer Unmenge von Gerüchen ausgesetzt gewesen. Eigentlich hatte ihre Mutter die Wohnung bisher immer gewissenhaft gepflegt. Durchgefegt, Staub geputzt und täglich gelüftet. In der Aufregung der letzten Monate war sie jedoch vollkommen darüber hinweggekommen.

Rieke öffnete die Fenster und die Terrassentür. Frische Morgenluft eroberte die Räume im Handumdrehen. Von der kleinen Terrasse, die nur wenige Meter von der ihrer Eltern entfernt angelegt und durch eine Hainbuchenhecke abgetrennt war, sah sie in den weitläufigen Garten. Auf der Streuobstwiese am Ende des Gartens erblickte sie ihre Mutter. Gerade bückte sie sich und hob etwas auf. Rieke rief zu ihr herüber, dass sie da sei, und ihre Mutter winkte ihr zurück. Wenig später stand sie mit einem mit Fallobst gefüllten Korb auf der kleinen Terrasse.

„Schau dir das an", sagte sie zur Begrüßung und hielt ihr den prall gefüllten Korb entgegen. „Da lagen schon wieder so viele Äpfel unter den Bäumen. Dithmarscher Paradiesapfel, Tönninger Herbstapfel und der köstliche Arlewatt. Dabei habe ich neulich doch erst aufgesammelt und Apfelmus gekocht."

„Bist du dieses Jahr so spät dran mit dem Pflücken, oder warum sind schon so viele runtergefallen?", wollte Rieke wissen.

„Ich weiß es auch nicht. Eigentlich hängen die im September immer alle noch am Stiel. Ob das an den verrückten Temperaturen liegt? Ich kann es dir nicht sagen. Ich weiß nur, dass ich die nicht vergammeln lassen kann. Also aus denen mache ich jetzt erstmal Apfelmus und mit den anderen …"

„… da machen wir später Saft draus", ergänzte Rieke zur Freude ihrer Mutter.

Lange Zeit war Rieke nicht mehr in der Wohnung ihrer Großeltern gewesen. Ganz gleich in welchem Raum sie sich umsah, in welches Schubfach und hinter welche Schranktür sie schaute, überall lauerten Erinnerungen. So ließ der alte Kartoffelstampfer, dessen Griff Opa Joost vor langen Jahren aus einem Besenstil gesägt und sorgfältig abgeschliffen hatte, sie an den köstlichen Kartoffel-Sellerie-Stampf denken, den ihre Oma oftmals auf den Tisch gebracht hatte.

Die gestickte Tischdecke mit Zwiebelmustermotiven, die den niedrigen Sofatisch zierte, erinnerte sie an die unzähligen Stunden, die Oma Jette mit dem Stickrahmen in der Hand am Fenster saß, weil dort der beste Lichteinfall zum Sticken gewesen war. Auch der Zigarrenkasten, aus dem sich ihr Opa oftmals bediente, schwor ein längst vergessenes Bild herauf. Rieke sah ihn in die Schachtel greifen und hörte zugleich ihre Oma schimpfen: „Finger weg! Du weißt doch, was der Arzt gesagt hat", woraufhin er fast immer den Deckel der Zigarrenkiste missmutig schloss und im gequälten Tonfall antwortete: „Mit jeder weiteren Zigarre stehe ich einen Schritt näher am Grab. Ich weiß." Womit der alte Hausarzt damals recht behalten sollte. Leider musste Opa Joost seine Worte unterschätzt haben, so dass sich das Unvermeidliche schließlich nicht mehr abwenden ließ. Dann war er auf einmal tot gewesen, die Zigarrenschachtel unangetastet, und Oma Jette hatte allein dagestanden.

All diese Gedanken gingen Rieke beim Anblick der Schachtel durch den Kopf. Zwar lebte ihre Oma noch etliche Jahre ohne ihn weiter, aber alles in allem waren die beiden dermaßen aufeinander fixiert gewesen, dass keiner ohne den anderen gut durchs Leben kam. An was ihre Oma letztlich gestorben war, war nie eindeutig geklärt worden. Sie war einfach eines Nachmittags in dem alten Ohrensessel eingeschlafen und nicht mehr aufgewacht. Gefühlvoll strich Rieke über die Lehne des Sessels, dabei zog ein Kälteschauer über ihre Haut. Sogleich fragte sie sich, ob sie den Lieblingssessel ihrer Oma behalten sollte, wenn sie in die Wohnung zog. Oder ob er sie immer an ihre letzten Atemzüge erinnern würde. Nicht nur über den Sessel, auch über alle anderen Einrichtungsgegenstände musste sie sich Gedanken machen. Vielleicht sah das ein oder andere Möbelstück in Verbindung mit ihren eigenen gar nicht so schlecht aus.

Am Bücherregal im Wohnzimmer blieb sie stehen. Wie sie wusste, war Opa Joost kein großer Leser gewesen. Seine einzige tägliche Lektüre war die Tageszeitung gewesen. Rieke widmete sich den Titeln auf den Buchrücken. Dabei sprang ihr eines der Bücher sofort in den Blick, und sie erinnerte sich, ihre Oma oft damit gesehen zu haben. Sie nahm es aus dem Regal und besah es von allen Seiten. Es schien uralt, der leinene

Einband war stark abgegriffen, und sie fragte sich, wie oft sie darin gelesen haben mochte und wie lange es eigentlich dauerte, bis Buchseiten zu Staub zerfielen.

Ein Buch mit demselben Titel, offensichtlich jüngeren Datums, stand neben der entstandenen Regallücke. Sie stellte das alte Buch vorsichtig zurück und nahm das neuere heraus: „Um Ellwurth" von der Autorin Thusnelda Kühl. Wer oder was war Ellwurth, fragte sie sich augenblicklich. Weder Titel noch Autorin sagten ihr etwas. Lediglich das Umschlagbild, das einen Eiderstedter Haubarg zeigte, kam ihr vertraut vor. Was sie nicht sehr wunderte, da es auch heute noch auf der Halbinsel solche jahrhundertealten Bauernhäuser gab. Ihre Freundin Antje lebte mit ihrer Familie sogar in einem. Von ihr wusste sie auch, dass diese alten Höfe eine Unmenge an Kosten verursachten, insbesondere wenn man nicht immer mit Sanierungen und Reparaturen auf dem Laufenden blieb. Rieke wendete das Buch und las den Klappentext. Das Geschriebene traf sie vollkommen unvorbereitet und wie ein Blitzschlag.

„Drei Themen vor allem durchziehen das Romangeschehen: das Schicksal eines Hofes, der „wüste" zu werden droht, damit eng verknüpft: der soziale Aufstieg eines Landarbeiters zum Hofbesitzer, und schließlich: die Mühen und Hindernisse, mit denen eine Frau auf dem Weg zu ihrer Selbstverwirklichung zu kämpfen hat."

Sie starrte auf die Zeilen, und die Buchstaben begannen vor ihren Augen zu tanzen. Auf und ab hüpften die Worte „wüster Hof", „sozialer Aufstieg", „Frau" und „Selbstverwirklichung". Sie meinte, ihren Augen nicht trauen zu können. Sollte es mehr als ein Zufall sein, dass sie gerade jetzt dieses Buch in die Hand nahm? Sollte sich diese Autorin womöglich das

Leben der Frauen in der damaligen Gesellschaft und alles, was damit zusammenhing, auf die Fahne geschrieben haben?

Vorsichtig begann sie, darin herumzublättern. Dabei erblickte sie Randnotizen in der unverwechselbaren geschwungenen Schrift ihrer Oma, und ihre Neugier war zum zweiten Mal geweckt. Sie steckte es in ihre Handtasche und beschloss, es am Abend, wenn sie zurück in ihrer Wohnung war, zu lesen. Irgendetwas an der Schreibe dieser Autorin musste ihre Oma gefallen haben, und dem wollte sie auf den Grund gehen.

Weitere Bücher derselben Autorin, ebenfalls in alter und neuer Auflage, standen im Regal. Aus einigen schauten Zettel heraus, die vielleicht als Lesezeichen gedient haben mochten. Insgesamt zählte sie dreizehn Bücher, die ihre Oma von dieser Autorin gesammelt hatte. Schon jetzt empfand sie es als eine enorme Leistung für eine Frau der damaligen Zeit, so viele Bücher geschrieben zu haben. Und wer weiß, ob das überhaupt alles war, was diese Dame zu Papier gebracht hatte.

Sicherlich war im Internet einiges über diese Schriftstellerin und ihr Leben zu finden. Sie nahm sich vor, am Abend diesbezüglich ein wenig zu recherchieren. Im Moment ging es schließlich erstmal darum, welche Möbel sie behalten und was sie mit dem Rest anstellen sollte. Deswegen war sie hier. Als sie sich die Küche besah, kam ihr eine Idee. Was, wenn die Möbel, die sie selbst nicht brauchte, im künftigen Café einen neuen Platz fänden? Ansprechend dekoriert könnten sie zu richtigen Hinguckern werden.

„Und? Weißt du schon, was du alles behalten willst?", fragte ihre Mutter, die über die offenstehende Terrassentür in die Wohnung kam.

„Ja. So gut wie. Das Küchenbuffet, den alten Sekretär, die Blumenbank und die Stehlampe mit dem Granny-Schirm."

Weiter kam sie nicht.

„Was für einen Schirm?", fragte ihre Mutter.

„Ich meine die Stehlampe mit dem ledernen Lampenschirm und den Fransen. Granny-Schirm nennt man das heute, Mutti", erklärte Rieke.

„Ach, das Ding meinst du."

„Die Lampe ist bestimmt noch aus den Sechzigern. Die fand ich früher schon immer schön."

„So?", sagte Gesine ungläubig.

„Der Frisiertisch im Schlafzimmer kann auch drinbleiben", entgegnete Rieke.

„Und der Rest? Was machen wir mit dem? Müssen wir wohl doch einen Container bestellen. Das wollten wir schon längst. Sind aber immer wieder drüber hinweggekommen, weil Wichtigeres zu tun war."

„Zum Glück! Die Sachen können wir bald nämlich noch gut gebrauchen", sagte Rieke und erklärte ihrer Mutter, was sie mit den Möbeln vorhätte.

„Die können wir in unser Café integrieren. Tische und Stühle brauchen wir dort sowieso. Da können wir gleich die Küchen- und Esszimmergarnituren von Oma und Opa dazunehmen. Sie kosten uns nichts und sehen gemütlich aus. Außerdem sind Vintage-Möbel gerade voll im Trend. Und in Kombination mit neuen Möbeln sieht das sicher richtig gut aus. Die Wohnzimmerregale könnten wir ebenfalls wieder verwenden. Vielleicht sogar jahreszeitmäßig dekorieren. Ich sehe das schon alles genau vor mir", schwärmte sie.

„Aber das alte Ehebett kommt weg", sagte ihre Mutter bestimmend.

„Nein. Ich glaube, das behalten wir auch. Daraus lassen wir zwei Bänke zimmern. Aus Kopf- und Fußende je eine. So etwas habe ich neulich mal in einer Wohnzeitschrift gesehen. Das sieht richtig klasse aus, wenn es gut gemacht ist. Kissen aus altem Stoff wären passend dazu. Leinen womöglich, wenn wir sowas haben."

„Alte Leinenhandtücher haben wir wie Sand am Meer. Daraus kannst du gerne etwas zaubern, wenn du willst."

„Ich dachte da eher an dich. Hast du deine Nähmaschine noch?", fragte Rieke nachdenklich.

Bei dem Gedanken an die bockige Maschine brach Gesine nicht gleich in Euphorie aus.

„Vielleicht kriegen wir das irgendwie hin. Auf jeden Fall wäre es nachhaltig, und wir können Geld sparen, wenn wir die Kissen aus altem Stoff selbst nähen. Das ist überhaupt das Wichtigste. Daran sollten wir bei allem, was wir planen, denken", erklärte Rieke.

„Sitzbänke aus dem alten Bett, mit Kissen aus uraltem Stoff. Ganz ehrlich, ich weiß nicht, ob Leute, die ein Café besuchen, so etwas so toll finden. Aber du wirst schon wissen, was du tust", sagte ihre Mutter kopfschüttelnd und mit weinerlicher Stimme, wodurch sich in Rieke eine klitzekleine Unsicherheit einnistete.

Ihrer Mutter gegenüber gab sie ihre Unsicherheit nicht preis. Stattdessen fragte sie: "Was ist mit dir? Bist du traurig?"

„Ach Rieke, ich finde deine Idee mit dem Café ja eigentlich richtig gut. Aber ..."

„Was, aber?"

„Ich habe Angst, dass es nicht klappt. Und ich habe Angst, dass dein Vater einen Aufstand probt, wenn er davon erfährt. Er wird außer sich sein, und dann ist mit ihm echt nicht Gut-Kirschen-Essen", stöhnte sie.

„Kirschenzeit ist schon vorbei", witzelte Rieke.

„Nein, jetzt mal im Ernst. Wann wollen wir es ihm sagen?", wollte Gesine wissen.

„Alles zu seiner Zeit. Jetzt setzen wir uns gleich erstmal zusammen und rechnen alles durch. Danach sehen wir weiter", beruhigte Rieke ihre Mutter und warf noch hinterher: "Vielleicht brauchen wir dazu einen richtig guten Tee."

„Wenn wir fertig sind vielleicht auch einen Köm", zwinkerte ihre Mutter ihr zu, und es schien, als habe sie sich wieder im Griff.

Mit der Absicht, schon mal Teewasser aufzusetzen, verschwand sie und ließ Rieke in der Wohnung, die nun bald die ihrige sein würde, allein.

Rieke seufzte und ließ sich in den Ohrensessel fallen. Als die Federung unter ihr quietschend stöhnte und ihr bewusst wurde, dass sie sich nun doch in den Sterbesessel ihrer Oma gesetzt hatte, konnte sie die Tränen nicht mehr zurückhalten. Zu viel war in den vergangenen Monaten geschehen, das ihr Kopfzerbrechen bereitete. Einige dieser Momente traten nun aus dem Tränenschleier, der ihre Augen – wie ein Theatervorhang die Bühne – verhüllte, unaufgefordert zu Tage.

Da war ihre Arbeitsstelle, an der sie sich schon seit langem unterfordert fühlte. Ihre anfängliche Unfähigkeit, herauszufinden, was sie eigentlich vom Leben wollte. Das Gespräch mit ihrer Freundin Antje, die sie dazu ermutigte, endlich die Verantwortung für ihr eigenes Leben zu übernehmen. Die Vorfreude auf ihre Urlaubsreise kam ihr ebenso in den Sinn wie der Stolz, den sie empfand, als sie die Reise plante. Und dann der Unfall ihres Vaters, der alle Freude zunichtemachte und die Pläne in Sekundenschnelle hinfällig werden ließ. Kurz blitzten Wortwechsel zwischen ihm und ihr auf, die seine Niedergeschlagenheit offenbarten. Schmerzhaft ergriff die Erkenntnis Besitz von ihr, dass Menschen, ja das Leben selbst, endlich waren.

Auch die Gespräche mit ihrer Mutter machten die Situation für Rieke nicht besser. Obwohl eigentlich kerngesund, bemitleidete sie sich täglich selbst und sah sich als Leidtragende des Unfalls an. Einmal mehr wurde Rieke sich ihrer Aufgabe bewusst, dass es an ihr allein war, den Karren aus dem Watt zu zerren. Sie wischte sich die Tränen aus den Augen, schalt sich für die weinerlichen Minuten und richtete ihren Blick auf die positiven Seiten dieser Misere. Schließlich war nicht alles in den vergangenen Wochen und Monaten schlecht gewesen.

Dabei kamen ihr die mitfühlenden Gespräche mit Martha, Enno, ihrem Chef und natürlich ihrer Freundin in den Sinn, die ihr einerseits deutlich gemacht hatten, dass sie für ihr Leben selbst verantwortlich war, andererseits aber auch beteuerten, ihr jeder Zeit zur Seite zu stehen.

Sie konnte alles tun und musste nichts, so hatte Enno es ausgedrückt. Womit sie ihm recht gab. Wenn sie wollte, konnte sie den Hof wieder zum Laufen bringen. Wenngleich nicht auf die Art und Weise, wie es sich ihr Vater vorstellte. Doch sie musste das nicht tun. Sie könnte sich auch aus allem raushalten. Dann würden ihre Eltern so weitermachen, wie sie es gewohnt waren, selbst wenn das nur schwer möglich war. Zumindest würden sie es versuchen. Gleiches galt für ihren Job. Sie hatte die freie Wahl. Sie konnte im Fotoladen weiterarbeiten, bis der Laden bankrottging, oder ihn rechtzeitig verlassen.

Es war ihr Leben, und es stand einzig und allein in ihrer Macht, was sie damit anstellte. Nichts und niemand konnte ihr vorschreiben, was sie zu tun oder zu lassen hatte. Ein Lächeln erhellte ihr Gesicht. Die Tränenschleier verflüchtigten sich, und sie sah wieder klar.

Liebevoll strich sie über die Polsterung des Sessels, und ein wohliges Gefühl durchflutete sie. Letztlich ging es immer um die eigene Sichtweise. So konnte dieser alte Ohrensessel in ihren Gedanken den Platz einnehmen, an dem Oma Jette ihr Leben aushauchte, oder aber sie erlaubte ihm, als Lieblingssessel in ihrer Erinnerung zu bleiben. Genauso war es mit den Entscheidungen, die sie in ihrem weiteren Leben treffen würde. Sie konnte Trübsal blasen und sich hinter ihrer Unsicherheit verstecken oder sich in unbekanntes Terrain vorankämpfen und Neues wagen.

Unweigerlich fragte sie sich, wie oft ihre Oma wohl hier gesessen und über dergleichen nachgedacht hatte. Sicherlich war auch in ihrem Leben nicht immer alles glatt gelaufen. Ihr kam das Buch in den Sinn, das in den Untiefen ihrer Handtasche darauf wartete, am Abend gelesen zu werden. Dabei streifte ihr Blick über die vielen anderen Bücher, die unscheinbar und angestaubt ihr Dasein im Bücherregal fristeten. Ohne genau hinzusehen, zog sie noch eines heraus, woraufhin die anderen wie Dominosteine zur Seite fielen. Sie las den Titel, der sich ihrer Meinung nach vollkommen unspektakulär anhörte: „Die Töchter von Friedrichsholm". Ebenfalls von der ihr unbekannten Autorin.

„Tee ist fertig, Rieke. Kommst du?", drang das Rufen ihrer Mutter an ihre Ohren.

Schnell drehte sie das Buch um und warf noch einen kurzen Blick auf die Inhaltsangabe. Da sie ihre Mutter nicht mehr länger warten lassen wollte, las sie quer:

„… die Rolle der Frau in einer unübersichtlich gewordenen Welt, ihr Versuch, aus traditionellen Verhaltensmustern und Normen auszubrechen …"

Ihr stockte der Atem. Sie konnte immer noch kaum glauben, dass ihre Oma sich dafür interessiert hatte. Doch solcherlei Lektüre war immer aktuell, egal in welchem Jahrzehnt oder Jahrhundert man lebte. Auch dieses Buch steckte sie in ihre Handtasche. Dann ging sie nach nebenan, wo ihre Mutter mit dem Sonntagsnachmittagstee auf sie wartete.

Der Nachmittag verlief überwiegend positiv. Nach kurzem Selbstmitleid ihrer Mutter darüber, wie schwierig das Leben nun für sie werden würde, und Riekes aufmunternden Worten widmeten sie sich den Kosten, die in absehbarerer Zeit auf sie zukamen. Schließlich sollte Torben in den nächsten Wochen aus der Reha entlassen werden, und dann musste die Wohnung wenigstens teilweise so hergerichtet sein, dass er sich auch im Rollstuhl darin bewegen konnte. Die Tatsache, dass ihre Eltern sich in den vergangenen Jahren nie etwas Neues gekauft und auch sonst kaum Geld für eigene Belange ausgegeben hatten, kam der aktuellen Situation zugute. Dieses finanzielle Polster würde jetzt die Umbaumaßnahmen finanzieren.

„Manchmal hat es etwas Gutes, nicht immer allen neuen Firlefanz, der in der Werbung angepriesen wird, anzuschaffen. Vor kurzem erst wollte ich unser Sofa rausschmeißen, weil der Bezug nicht mehr ansehnlich war und ich in einer Zeitungsbeilage eines mit verstellbarer Rückenlehne gesehen hatte. Wie du siehst, haben wir unser altes behalten und nur einen neuen Überwurf gekauft, damit man die schadhaften Stellen nicht mehr sieht. Man gut! Das Geld hätte uns jetzt vielleicht gefehlt", merkte sie an, doch Rieke war bereits mit ihren Gedanken woanders.

„Wir könnten Antjes Bruder Finn fragen, ob er uns nach Feierabend hilft. Der ist Tischler", schlug sie vor und rief ihn noch im Beisein ihrer Mutter an. Dieser versicherte, noch am gleichen Tag vorbeizuschauen, um sich einen ersten Eindruck zu verschaffen. Schon nach einer knappen Stunde war er zur Stelle und maß die Türen aus, begutachtete die Türschwellen mit hochgezogenen Augenbrauen und besah sich das Badezimmer.

„Ihr habt lange nichts mehr am Haus gemacht. Aber das spielt jetzt keine Rolle. Wir müssen die Türen vergrößern, dazu das Mauerwerk wegstemmen und neue Zargen einbauen. Neue Türblätter braucht ihr natürlich auch. Ich habe euch schonmal einen Katalog mitgebracht. Wenn ihr euch fix entscheidet, kann ich die gleich morgen bestellen. Dann kriegen wir das vielleicht noch geschaukelt, bevor Torben zurück ist.

„Das wäre prima, wenn er von dem ganzen Staub und Lärm nichts mitbekäme", gab Rieke zu.

Gesagt, getan. Unter seiner fachkundigen Beratung suchten die beiden Frauen Türen, Klinken, Schlösser und viele weitere Dinge aus, die Finn für den barrierefreien Umbau benötigte.

„Ich werde Druck machen, damit das Material schon zum Ende der Woche geliefert wird und ich anfangen kann."

„Schaffst du das dann noch, bis er aus der Reha entlassen wird?", fragte Gesine besorgt.

„Ich werde mein Bestes geben. Vielleicht finde ich noch jemanden, der mir hilft. Ich höre mich mal um", versprach er.

Als er vom Hof fuhr, holte Gesine eine Flasche Köm aus dem Schrank und stellte sie auf den Tisch.

„Den haben wir uns jetzt wirklich verdient", sagte sie und schenkte ein, hielt im Einschenken inne und fragte, ob Rieke ihn pur oder lieber als Teepunsch trinken wollte.

„Nein. Dafür ist es heute wohl noch zu warm. Den Punsch trinken wir wieder, wenn es draußen kalt ist."

Ihre Mutter nickte zustimmend, und sie ließen sich den Kümmel-Anis-Schnaps schmecken.

Kurz bevor Rieke vom Hof auf die Landstraße einbog und sich auf den Heimweg machte, fiel ihr ein, dass sie ihre Mutter noch nach den Büchern ihrer Oma hatte fragen wollen. Sie kehrte um, stieg vom Fahrrad und ging zurück zum Haus. Ihre Mutter stand noch vor der Haustür. Als sie auf sie zuging, fragte sie überrascht: „Hast du etwas vergessen?"

„Irgendwie schon. Ich wollte noch wissen, ob du die Bücher von Thusnelda Kühl kennst, die bei Oma im Regal stehen. Hast du die gelesen?"

„Nein. Du weißt doch, zum Lesen fehlt mir immer die Zeit. Ich habe hier so viel zu tun, da schlafe ich über einem Buch sowieso nur ein. Das macht für mich überhaupt keinen Sinn", erklärte sie entschuldigend. „Aber Schwiegermutter hat immer viel gelesen. Auch die Bücher von der Marschendichterin. Das weiß ich genau."

„Marschendichterin?"

„Ja, unter diesem Beinamen ist sie hier schon viele Jahrzehnte bekannt. Schließlich war sie eine von uns", erklärte Gesine.

„Eine Eiderstedterin?"

„Genau. Aus Oldenswort. Aber das ist auch das einzige, was ich von dieser Frau weiß."

Rieke verabschiedete sich nochmals von ihrer Mutter und machte sich auf den Weg.

„Warte!", rief sie ihr hinterher. „Da ist noch etwas. Ich erinnere mich, dass Schwiegermutter diese Bücher immer mit Martha hin und her tauschte. Wenn du also mehr wissen willst, musst du sie fragen.

11

Am Abend telefonierte Rieke zuerst mit der Künstlerin Liz, die sie im Kunsthaus in St. Peter Ording kennengelernt hatte. Danach rief sie die Hobbyfotografin Lydia an, die sie auf der Aussichtsplattform im Katinger Watt traf. Sie erzählte ihnen von ihrer Idee, ein Café zu eröffnen, in dem sie Kunstschaffenden eine Bühne für deren Arbeiten bieten wollte, wovon beide sehr angetan waren. Zudem standen sie in gutem Kontakt zu anderen Künstlerinnen und Künstlern und versprachen ihr, sie zu gegebener Zeit mit ihnen bekannt zu machen.

„Wir haben ein ganz gutes Netzwerk untereinander. Da gibt es sicher viele, die gern bei dir ausstellen würden", sagte Liz.

„Und was machen die für Kunst?", wollte Rieke wissen.

„Alles, was du dir vorstellen kannst. Aquarell- und Acrylmalerei, Fotos und Collagen, Schmuck aus altem Silberbesteck, Bernsteinschleifen", begann Liz aufzuzählen.

In dem Gespräch mit der Holzkünstlerin erfuhr sie sogar von einer Künstlerin, die Kunstwerke aus Metallschrott herstellte.

Letztlich sagte Rieke den Künstlerinnen zu, dass sie sich bei ihnen melden wollte, wenn das Café eröffnet werden würde.

Den restlichen Abend verbrachte sie mit der Geschichte, die die Marschendichterin Thusnelda Kühl in ihrem Buch „Um Ellwurth" zum Leben erweckt hatte. Nachdem sie sich an die Schreibweise der Autorin, die die Ausdrucksweise der damaligen Zeit widerspiegelte, gewöhnt hatte, zog die Geschichte sie in ihren Bann. Gleich im Vorwort erfuhr sie, dass es sich bei Ellwurth um eine von der Autorin erdachte Hofanlage handelte, die sich aus unterschiedlichen Merkmalen verschiedener Eiderstädter Höfe zusammensetzte.

Nach und nach wurden ihre Augelider schwerer, und die Buchstaben begannen, auf den Seiten zu tanzen. Ein letzter Satz suchte sich seinen Weg in ihr Bewusstsein, und fast war ihr, als beschriebe die Autorin den Hof ihrer Eltern.

„... die Sonne wollte nicht wanken noch weichen, und drückend lag die Einsamkeit über Haus und Hof ...", dann fielen ihr die Augen zu.

Als sie am frühen Montagmorgen aufwachte, lag das Buch noch aufgeklappt auf ihrer Bettdecke. Sie musste vor Erschöpfung die ganze Nacht starr im Bett gelegen haben. Sogar das Nachttischlicht war noch an.

Bevor sie aufstand, überlegte sie, was sie heute vorhatte. Allem voran musste sie natürlich wieder zur Arbeit. Schließlich hatte ihr Chef ihr nur den vergangenen Samstag freigegeben. Auch würde er heute eine Antwort von ihr erwarten, wie sie sich ihre zukünftige Mitarbeit vorstellte.

Am Abend beabsichtigte sie, Martha und Enno zu besuchen. Schon allein, um Martha nach den Büchern zu fragen, denn seltsamerweise bekam sie diese Autorin nicht mehr aus dem Sinn. Beim Blick aufs Handy sah sie eine Nachricht ihrer Mutter.

„Komme heute allein klar. Du brauchst nicht vorbeizukommen. Ich bin den Tag mit Einkochen beschäftigt. Kuss, Mutti", stand dort.

Auch gut, dachte Rieke. Dann würde sie erst morgen wieder bei ihr auf dem Hof vorbeischauen.

Der Tag zog sich wie Kaugummi. Im Laufe des Vormittags fanden sage und schreibe zwei Kunden den Weg in den Laden, schauten sich mehrere Kameras an, ließen sich beraten und kauften letztlich doch nichts. Verärgert knallte Petersen eine Schublade des Verkaufstresens zu.

„Was sind das eigentlich alles für komische Leute? Sich lang und breit von mir beraten lassen, mir meine kostbare Zeit stehlen und dann nichts kaufen. Wahrscheinlich bestellen die alle im Internet. Unerhört! So etwas hat es früher nicht gegeben! Da braucht sich niemand mehr zu wundern, dass so viele inhabergeführte alteingesessene Läden der Reihe nach dicht machen. Was sagen Sie denn dazu, Friederike. Oder machen Sie das etwa auch so?", fragte er gereizt.

Jetzt durfte sie nichts Falsches sagen, sonst flippte er noch mehr aus. So gut kannte sie ihn mittlerweile. Zwar geschah es nicht oft, dass er die Fassung verlor, aber einige Male hatte sie ihn schon in diesem Zustand erlebt. Genau genommen war er – seitdem sie ihn kannte – ganze dreimal aus der Haut gefahren. Das erste Mal lag bereits mehrere Jahre zurück. Dabei war es um eine Postbotin gegangen, die regelmäßig an ihn gerichtete Postkarten las und daraus keinen Hehl machte. Darüber war ihm dermaßen der Kamm geschwollen, dass er einen bitterbösen Brief verfasste, aufgrund dessen die Dame in einen anderen Bezirk versetzt wurde. Das andere Mal ärgerte er sich über sich selbst, da er sich um mehrere hundert Euro bei den Tageseinnahmen verrechnet hatte, was ihm niemals zuvor passiert war. Das dritte Ereignis hing mit der Umstellung des Kassensystems zusammen. Wenn es nach Petersen ginge, würden sie noch heute mit Stift und Quittungsblock hantieren und der Euro wäre wahrscheinlich niemals eingeführt worden. Diese Vorstellung ließ sie schmunzeln.

„Und?", fragte Petersen.

„Bitte?", schreckte Rieke aus ihren Gedanken hoch.

„Ob Sie auch im Internet kaufen, habe ich gefragt."

Da sie nicht sofort antwortete, wertete er ihr Zögern als Zustimmung.

„Sie also auch. Das hätte ich jetzt nicht von Ihnen gedacht", sagte er kiebig.

„Nur ganz manchmal. Und nur, wenn es einen sehr großen Preisunterschied gibt", verteidigte sie sich.

„Na gut. Das will ich Ihnen nochmal durchgehen lassen. Sei es drum. Aber gut finde ich das nicht."

Mit diesen Worten beendete er das Thema und begann stillschweigend, eine Warenlieferung aus einem Karton zu räumen, während Rieke sich das Regal mit den Fotoalben vornahm und sie für die Kundschaft ansprechend aufreihte.

„Haben Sie über unser Gespräch von letzter Woche nochmal nachgedacht?", fragte Petersen, wobei er sich durch die eintönige Auspackarbeit wieder beruhigt zu haben schien.

Daraufhin berichtete Rieke ihm von ihren Überlegungen. Sagte, dass sie sich darüber klargeworden sei, dass sie nun auf dem Hof gebraucht würde. Dass sie sich dazu entschlossen habe, ein Café zu eröffnen und später, wenn es zum Laufen gekommen wäre, sich mit dem Fotografieren ein zweites Standbein aufzubauen.

„Das nenne ich mal eine Hundertachtziggradwende. Hut ab! Ich gratuliere Ihnen zu dieser Entscheidung. Es wird sicher nicht immer alles so laufen, wie Sie es sich vorstellen, und ein Kraftakt wird es ganz sicher werden, solch ein Projekt zu stemmen. Gerade auch, weil Sie wohl bisher keinerlei Erfahrungen im Führen eines Cafés haben. Aber ich bin überzeugt davon, dass Sie das schaffen. Außerdem bin ich ja auch noch da. Wenn Sie mich also brauchen, sagen Sie einfach Bescheid", bot er an.

Rieke schaute ihn erstaunt an und überlegte, wie ihr Chef ihr bei ihrem Projekt behilflich sein könnte.

„Ich kann ganz vortrefflich Kaffee kochen. Sogar mit Milchschaum und Muster drauf. Im allergrößten Notfall bekomme ich sogar einen Kuchen gebacken. Nein, jetzt mal Klartext. Ich kenne mich ganz gut mit Zahlen aus, da wäre ich Ihnen wirklich gern behilflich", sagte er und strahlte dabei übers ganze Gesicht.

„Danke für das Angebot. Ich weiß das sehr zu schätzen", sagte sie und fragte sich insgeheim, warum der Fotoladen rote Zahlen schrieb, wenn ihr Chef sich mit finanziellen Belangen angeblich so gut auskannte.

„Und Ihre Arbeit hier wollen Sie erstmal behalten? Oder kann ich bald nicht mehr mit Ihnen rechnen?"

„Fürs Erste wäre es schön, wenn ich noch bleiben könnte. Allerdings möchte ich tatsächlich auf Ihr Angebot eingehen und meine Arbeitszeit etwas verkürzen."

„Das kommt mir sehr gelegen. Sie wissen ja, wie es um den Laden bestellt ist."

Damit war für Petersen alles gesagt, was es zu sagen gab, und er wandte sich wieder dem auszupackenden Karton und Rieke sich dem Regal zu.

Nach langweiligen weiteren Stunden, in denen nur wenige Kundinnen und Kunden den Laden betraten, war endlich Feierabend, und Rieke schwang sich aufs Fahrrad.

Pünktlich zur Abendessenzeit stand sie bei Martha und Enno vor der Haustür. Zwar hatte sie es nicht darauf angelegt, bei ihnen zu Abend zu essen, dennoch nahm sie die Einladung gerne an. Als der Tisch abgeräumt war, fragte sie Martha nach den Büchern. Diese bestätigte ihr das, was sie von ihrer Mutter schon wusste. Oma Jette und Martha hatten die Bücher jahrelang hin und her getauscht.

„Das sind einfach lebensnahe Geschichten. Natürlich nur, wenn man sich auf die etwas gestelzte Sprache einlassen will und sich für die Mühen des Lebens zur Jahrhundertwende auf Eiderstedt interessiert", erklärte Martha, pausierte kurz, dann nahm sie erneut Fahrt auf.

„Wir haben die Bücher alle hoch- und runtergelesen. Und als Ende der Neunziger die Neuauflagen rauskamen …"

„… habt ihr die auch gleich noch gekauft", beendete Rieke ihren Satz.

„Genau. Ich finde, wenn man hier wohnt, sollte man diese Bücher kennen. Schon wegen der Autorin. Das muss eine tolle Frau gewesen sein."

„Jou, so isses", mischte Enno sich räuspernd ein. „Hat richtig viel Rückgrat gehabt, die Gute. Habe mir mal ihren Lebenslauf zu Gemüte geführt. Da schlackerst du mit den Ohren, wenn du den gelesen hast. Eigentlich war sie ja Lehrerin von Beruf. Aber den hat sie für ihre Schreiberei an den Nagel gehängt. Übrigens, das mag dich vielleicht interessieren. Sie war genauso alt wie du jetzt, als sie ihr erstes Buch veröffentlichte."

„Echt jetzt?", entwich es Rieke.

„Richtig bekannt wurde sie erst zwei Jahre später. Du siehst also, man muss einfach am Ball bleiben, wenn man etwas erreichen will", sagte Enno und legte freundschaftlich seine Hand auf ihre Schulter.

„Und wo wir gerade so schön in der alten Zeit unterwegs sind. Wusstest du eigentlich, dass es auf Eiderstedt immer schon interessante Frauen gegeben hat?", wollte er wissen, was ihm einen amüsierten Seitenblick von Martha einbrachte, worauf er sofort ansprang: „Euch zwei natürlich eingeschlossen."

Rieke legte ihre Stirn in Falten.

„Ganz oben auf meiner Liste steht natürlich die Graue Frau", sagte er. „Sie steht schon seit Jahr und Tag im Heimatmuseum in St. Peter-Ording. Nee, das heißt anders. Wartet mal!"

Nachdenklich legte er eine Hand an seine Stirn.

„Museum Landschaft Eiderstedt", so ist der richtige Name.

„Die steht gleich im Eingangsbereich. Ist also nicht zu übersehen."

Auf Riekes Nachfrage, was es mit dieser Frau auf sich habe, erklärte er ihr, dass es sich um eine Sandsteinskulptur aus dem sechzehnten Jahrhundert handelte, die eine wohlhabende Eiderstedterin in Tracht darstellte. Wie sie hieß und wie sie ihr Leben verbrachte, sei jedoch nicht bekannt, wusste er zu berichten.

„Verrückt. Das hätte die sich damals sicher nicht träumen lassen, dass sie einmal zum Anschauungsobjekt in einem Museum wird", nahm Martha an.

„Ich sage euch, so kann es gehen. So ist das in der Welt", sagte Enno kopfnickend.

„Und warum?", fragte Rieke.

„Warum was?", wollte Enno wissen.

„Warum wurde sie in Sandstein gehauen?"

„Das ist eine eher traurige Geschichte. Sie soll schon früh gestorben sein. Ich glaube, sie wurde noch nicht mal fünfzig Jahre alt. Zumindest meine ich, das gelesen zu haben. Als Liebesbeweis und aufgrund seiner großen Traurigkeit hat ihr Ehemann, der wohl ein sehr wohlhabender Eiderstedter gewesen sein muss, sie in Sandstein verewigt. Die Skulptur war ursprünglich eine Grabfigur. Sie stand noch etliche Zeit, wie lange kann ich dir nicht sagen, im Tönninger Schlosspark und kam erst Anfang letzten Jahrhunderts ins Museum."

„Dann hat sie ihre Prominenz also gar nicht mehr erlebt", stellte Rieke erschrocken fest.

„Da hast du wohl recht", und an seine Frau gerichtet, sagte Enno: "Wenn du also beabsichtigen solltest, mich in einem deiner hölzernen Kochlöffel zu verewigen, tue es jetzt und nicht erst, wenn ich unter der Erde bin", dabei brachen alle drei in schallendes Gelächter aus, denn die Vorstellung, Enno von Kopf bis Fuß als Kochlöffelfigur zu sehen, erschien äußerst amüsant.

Als Rieke im Schein der über den Eiderstedter Wiesen untergehenden Sonne zu ihrer Wohnung zurückfuhr, schnurrten nicht nur die Fahrradreifen auf dem Straßenbelag, sondern auch die Gedanken in ihrem Kopf. Eines war ihr an diesem Tag erneut klargeworden. Sie wusste zu wenig über die Gegend, in der sie lebte. Wenn sie ehrlich zu sich war, hatten Urlauberinnen und Urlauber, die regelmäßig auf Eiderstedt ihre Ferien verbrachten, wahrscheinlich mehr Ahnung als sie selbst. Aufs Peinlichste berührt, nahm sie sich fest vor, diesem Unwissen in nächster Zeit Abhilfe zu schaffen. Dermaßen unbedarft wollte sie nicht mehr durchs Leben gehen.

Mit jeder Pedaldrehung kamen neue Gedanken in Schwung. Wenn es eine junge Frau Anfang des letzten Jahrhunderts geschafft hatte, Schriftstellerin zu werden und damit einen Bekanntheitsgrad gewinnen konnte, dann würde es ihr in der heutigen Zeit wohl möglich sein, dem elterlichen Hof neues

Leben einzuhauchen und sich als Fotografin auf eigene Beine zu stellen.

Sie fragte sich, ob es Zufall war, dass ihr gerade in diesem schwierigen Lebensabschnitt die tanzende Jungfrau von Hoyerswort, die Graue Frau und die Marschendichterin Thusnelda Kühl begegneten? Sie beschloss, diese Frauen als Wegbegleiter anzusehen. An ihnen wollte sie sich orientieren, wenn ihr Projekt einmal nicht so gut lief. In der Annahme, dass diese taffen Frauen sicherlich nicht bei jedem Rückschlag den Kopf in den Sand gesteckt hatten, wurde der Ausspruch „Das Leben tanzen" für Rieke zu einem geflügelten Wort, an dass sie sich in Zukunft halten wollte.

12

Nach einigen Tagen startete der barrierefreie Umbau der elterlichen Wohnung. Antjes Bruder Finn hatte, wie angekündigt, seine Kontakte spielen lassen, und innerhalb kurzer Zeit war sämtliches Arbeitsmaterial geliefert worden und es konnte losgehen. Auch erschien er nicht alleine zum Arbeitseinsatz, sondern in Begleitung seines Freundes Mattis. Als Rieke nach Feierabend auf dem Hof eintrudelte, saßen die beiden Männer gerade beim Feierabendbierchen auf der großen Terrasse, und Riekes Mutter tischte ihnen herzhaft belegte Brötchen auf.

„Hoppla, wen haben wir denn da?", rutschte es Rieke heraus, als sie ihren ehemaligen Mitschüler, den sie seit mehreren Jahren nicht mehr gesehen hatte, am Tisch sitzen sah. Dabei klopfte eine leise Erinnerung bei ihr an, und sie meinte sich zu entsinnen, dass Mattis in Schulzeiten einmal sehr für sie geschwärmt hatte. So schnell der Gedanke kam, verschwand er auch wieder, und sie ließ sich von beiden erzählen, wie weit sie mit ihrer Arbeit schon gekommen waren.

„Ihr habt ja richtig rangeklotzt", lobte sie, als sie später durch die Räume der elterlichen Wohnung ging.

„Das will ich meinen. Wir wollen schließlich fertig sein, ehe dein Vater aus der Reha kommt. Nicht, dass wir ihn mit Klopfen und Hämmern empfangen."

„Wir können von Glück sagen, dass Mattis mithilft", warf ihre Mutter ein, woraufhin dieser, ohne Rieke anzusehen, erklärte, dass das Unternehmen, in dem er sich seit mehreren Jahren als Buchbinder mit der Restauration von alten Büchern beschäftigte, insolvent gegangen und er gerade auf Jobsuche war, also eh gerade zu Hause untätig herumsaß.

„Es kommt mir gar nicht ungelegen, hier zu helfen. Ich bin zwar kein Tischler wie Finn, aber zupacken kann ich", sagte er, wobei er keinerlei Blickkontakt zu Rieke aufnahm.

„Komischer Kauz", zischte es ihr durch den Kopf, und sie fragte sich, ob er schon immer so gewesen war.

„Und zu zweit sind wir einfach schneller", brachte Finn es auf den Punkt.

„Ich freue mich wirklich, dass ihr uns helft", sagte Gesine, und tätschelte den beiden Männern die Wangen, als wären sie kleine Kinder.

Verständnisvoll und grinsend ließen sie ihr mütterliches Gehabe über sich ergehen und füllten ihre Münder mit weiteren Leckerbissen.

Nach mehreren Tagen, die mit Klopfen und Hämmern, Staub und Schweiß einhergingen, waren sämtliche Arbeiten erledigt. Alle Türen waren verbreitert worden. Es gab keine Türschwellen mehr, über die Torben hätte stolpern oder über die der Rollstuhl nur mit Kraftaufwand hätte fahren können. Auch das Badezimmer war barrierefrei. Es gab einen Haltegriff in der Dusche und noch zwei weitere. Glücklicherweise war die Haustür ebenerdig, so brauchte keine Rampe für den Rolli gezimmert zu werden.

„Ich habe es ihm übrigens gestern am Telefon verraten", sagte Riekes Mutter vollkommen unvermittelt, als die beiden Frauen am Vorabend von Torbens Rückkehr mit dem Aufhängen einer Willkommensgirlande beschäftigt waren.

„Was hast du ihm verraten?", fragte Rieke.

„Dass wir alles haben umbauen lassen."

„Ich habe es schon geahnt. Und? Wie hat er reagiert?"

„Ich dachte, er legt gleich auf. Ich glaube, er fühlte sich von uns übergangen", sprang Gesine für ihren Mann in die Bresche.

„Dann hätte er damals, als wir nach seiner Diagnose mit ihm darüber reden wollten, nicht so aufbrausend reagieren sollen. Wie ich mich erinnere, wollte er nichts von alledem wissen. Schon gar nichts davon, dass er vielleicht nicht wieder richtig auf die Beine kommt."

„Da wusste er ja selbst noch nicht, wie es weitergehen sollte", sagte Gesine beschwichtigend.

„Nun nimm du ihn nicht auch noch in Schutz. Was hat Vati sich denn vorgestellt, wie er hier klarkommen will? Er muss sich doch darüber Gedanken gemacht haben."

„Hat er bestimmt auch", erwiderte Gesine.

„Still und heimlich vielleicht. Aber davon bekommen die Türen keine breiteren Zargen und Türblätter", echauffierte sich Rieke.

„Nun reg dich ab. Ich habe es ihm gesagt, und er hat sich bedankt. Jetzt müssen wir einfach abwarten, wie er morgen reagiert."

Den nächsten Tag begrüßte die Halbinsel mit einem spätsommerlichen Frühnebel. Über Wiesen, Feldern und Deichen lag eine Nebeldecke, die sich beim genaueren Hinsehen langsam voran bewegte. Die Sonne versuchte mit aller Kraft, die Nebelwand zu durchdringen. Wie hinter einem Schleier färbte sich der Morgenhimmel zartorange, von dem sich Büsche und Bäume dunkel abhoben. Kühe und Schafe reckten ihre Köpfe und Leiber vereinzelt aus dem Dunst hervor, und wie von Geisterhand verschwanden sie wieder. Küstenvögel nahmen

Kurs auf saftige Wiesen zwecks Nahrungssuche. Sie tauchten in die Nebeldecke ein, um wenig später gen Himmel empor zu schießen. Die Rufe unzähliger Zugvögel durchbrachen den Morgen. Sie erhoben sich von ihrer nächtlichen Ruhestätte, formierten sich, überflogen die Halbinsel und ihre Rufe schallten weit über das platte Land.

Die vergangene Nacht verbrachte Rieke in der Wohnung ihrer Großeltern. Zwar wohnte sie eigentlich immer noch in ihrer Wohnung in St. Peter-Böhl, doch einige Nächte war sie schon auf dem Hof geblieben. Insbesondere, weil ihre Mutter sich allein in dem großen Haus überhaupt nicht wohl fühlte. Aus diesem Grund war ihr Weg zum Fotoladen nun viel länger als sonst. Trotzdem zog sie ihr Fahrrad dem Auto vor. Auch wenn sie deshalb früher aufstehen musste, um zur Ladenöffnungszeit pünktlich zu sein. Zugegebenermaßen war diese morgendliche Radtour ihre Mühe wert.

Beim Anblick der Landschaft mit dem unverwechselbaren Geruch, den ihre Heimat ausatmete, ging ihr das Herz auf. Einmal mehr sagte sie innerlich „ja" zu ihrer Entscheidung, mit einem Café frischen Wind auf den Hof ihrer Eltern zu bringen. Selbst wenn es keine einfache Sache werden sollte, war sie sich sicher, dass sie das Richtige tat. Natürlich war sie sich mittlerweile darüber klar, dass ihr nicht nur Wohlwollen entgegenschlagen würde. Auch Missgünstlinge saßen wahrscheinlich schon in ihren Startlöchern und warteten nur darauf, dass sie die Segel strich.

„Menschen reden immer. Wenn sie nichts zu reden haben, werden sie krank", sagte ihr Chef, der ihr inzwischen zu einem guten Vertrauten geworden war und mit dem sie schon an der einen oder anderen Idee herumfeilte.

„Neid muss man sich verdienen, Friederike. Wenn Sie also merken, dass Ihnen jemand neidvoll entgegentritt, dann haben Sie schon richtig was geschafft."

Petersen musste es wissen. Wie er erzählte, war es für ihn damals kein Zuckerschlecken gewesen, den Laden von seinem Vater zu übernehmen. Er hatte sich durchsetzen müssen, insbesondere gegen seinen alten Herrn, der ihn nur zu gerne bevormundete und jeden seiner Schritte stets mit kritischem Blick überwachte. Zu allem Überfluss neidete sein eigener Vater ihm letztlich, dass er besser bei der Kundschaft ankam als er selbst. Soweit würde es bei ihr und ihren Eltern sicherlich nicht kommen. Wenn ihr Vater dem Unternehmen zustimmte, konnte sie davon ausgehen, dass er auch das Rad mit zum Laufen brachte. Natürlich nur, soweit es sein gesundheitlicher Zustand zuließ. Aber soweit war es noch nicht. Bisher wusste er von alldem nichts, da weder Rieke, ihre Mutter, Martha oder Enno ihn bisher von dem anstehenden Hof-Projekt in Kenntnis setzten.

Doch jetzt war die Zeit reif. Heute kehrte er aus der Reha zurück, und ein klärendes Gespräch über die Zukunftsentwicklung des Hofes war unaufschiebbar. Tag X begann und mit ihm Riekes Aufbruch in ein neues Leben. Sie würde sich der unvermeidlichen Diskussion mit ihrem Vater stellen. Ihm gegebenenfalls die Stirn bieten, für ihre Ideen einstehen und sie ihm schmackhaft machen.

Alle bisherigen Überlegungen und Gespräche über ihr weiteres Leben waren bis zu diesem Tag hinter einem Schleier verdeckt gewesen, ähnlich wie bei dem Nebel, der die Eiderstedter Wiesen an diesem Morgen verbarg. Jetzt bahnten sich sämtliche in den Startlöchern stehenden Gedanken einen Weg an die Oberfläche. Wollten ausgesprochen werden und Gehör finden. Sollten für gut befunden und auch von ihrem Vater abgenickt werden. Kurz dachte sie daran, was geschehen sollte, wenn er seinen Sturkopf herauskehrte und sich gegen alles stellte. Auch das lag im Bereich des Möglichen. Dann wären alle ihre Pläne binnen Sekunden hinfällig, und sie müsste von neuem damit beginnen, ein Lebensziel für sich zu finden. In dem Fall würde sie den Untergang des elterlichen Hofes unweigerlich mit ansehen müssen, wobei sie nicht wusste, ob sie das ertrüge.

Noch vor einem halben Jahr wäre es ihr egal gewesen, was aus dem Hof wurde. Doch es war ein Wandel in ihr vorgegangen, der ihr Heimatgefühl neu entfachte. Das Verhältnis zu ihrer Mutter hatte sich deutlich verbessert, und wie ihr Miteinander mit ihrem Vater werden sollte, würde sich in Kürze zeigen.

„Heute ist also Tag X. Sind Sie aufgeregt?", wollte ihr Chef wissen, und ohne ihre Antwort abzuwarten, beantwortete er seine Frage gleich selbst. „Natürlich sind Sie das. Sie sind ja kein Eisblock. Wenn ich Ihnen noch einen Tipp geben darf? Erwarten Sie nicht zu viel von Ihrem alten Herrn. Für ihn ist die Thematik ganz neu, und er wird sich erst an die Vorstellung gewöhnen müssen, dass nun alles anders werden soll."

Rieke nickte. Daran hatte sie auch schon gedacht.

„Ich würde zu gerne Mäuschen spielen, wenn er nach Hause kommt. Das können Sie mir glauben. Das wird ein großer Augenblick für Ihren Vater und für Sie und Ihre Mutter natürlich auch. Wie lange war er jetzt weg?"

„Über drei Monate", antwortete Rieke.

„Und Sie erzählen mir morgen, wie es gelaufen ist?", fragte Petersen.

„Natürlich. Ich verspreche es", dabei dankte sie ihm herzlich, dass er ihr nochmals kurzfristig einen halben Tag Urlaub zugestand, um bei der Ankunft ihres Vaters dabei zu sein. Insgeheim dankte sie ihm dafür, dass sie sich an diesem Tag nur ganze vier langweilige Stunden die Zeit um die Ohren schlagen musste, ohne großartig etwas zu tun gehabt zu haben. Aber diesen Dank behielt sie wohlweislich, um es sich mit ihrem Chef nicht zu verderben, für sich.

Als das Taxi mit ihrem Vater auf den Hof fuhr, standen Gesine, Rieke, Martha und Enno Spalier vor der Haustür. Die Situation ähnelte einer Filmszene aus Riekes britischer Lieblingsserie Downton Abbey, in der sich alles um die Welt einer Adelsfamilie drehte und von der sie einfach nicht genug bekommen konnte. Allerdings hatte sie in den letzten Wochen kaum Zeit gefunden, sie zu schauen. Ein einziges Mal hatte sie sich am Abend eine DVD in den alten Player geschoben. Doch schon nach der Eingangsmusik war sie auf dem Sofa eingeschlafen. Auch das unverkennbare Läuten des Dienstbotenglöckchens, das zu Beginn der Serie oftmals ertönte, verschlief sie.

Auf jeden Fall standen die Daheimgebliebenen in der Serie genauso wie sie, ihre Mutter, Martha und Enno, aufgereiht vor der Eingangstür. Wobei die Adligen und ihre Bediensteten in schicklicher Kleidung des beginnenden zwanzigsten Jahrhunderts gekleidet waren. Die Frauen in langen Kleidern, Männer in Anzug und Binder, die Bediensteten in Uniform, klassisch schwarz-weiß. Demgegenüber waren Rieke und ihre Lieben eher leger gekleidet. Für damalige Verhältnisse wären ihre Jeans und die Oversizebluse sehr wahrscheinlich vollkommen unangebracht beim Eintreffen ihres Vaters gewesen.

Dergleichen Gedanken gingen ihr durch den Kopf, als das Taxi vorfuhr und sich ihr Vater in Zeitlupentempo aus dem

Sitz schälte. Er schaffte nur wenige Schritte, dann ließ er sich in den Rollstuhl, den der Taxifahrer zwischenzeitlich aus dem Wagen gehievt hatte, fallen.

„Da bin ich also wieder", sagte Torben und bewegte sich missmutig mit dem Rolli voran. Als Rieke Anstalten machte, ihm zu helfen, wehrte er sofort ab: „Nix da. Das muss ich jetzt alleine hinkriegen. Du bist ja sonst auch nicht da, um mir zu helfen."

Von guter Laune, dass er endlich wieder zuhause war, ließ er wenig spüren. Als er mit dem Rollstuhl vor der Haustür stand und merkte, dass er dort komplikationslos hindurchpasste, verdrückte er jedoch einige Tränen und wischte sie schnell fort. Trotzdem legte er seinen herrischen Ton nicht gleich ab und fragte: „Was habt ihr hier angestellt?" woraufhin Gesine ihn daran erinnerte, dass sie darüber unlängst gesprochen hatten. Daraufhin grinste er und ließ seiner Freude und dem Glück, endlich wieder daheim zu sein, freien Lauf.

„Dann ist der Deich ja nun endlich gebrochen", sagte Enno und klopfte Torben freundschaftlich auf die Schulter. „Und den Rest, den schaffst du auch noch. Wirst schon sehen."

„Den Rest?", fragte Torben zwischen Tränen und Naseschnäuzen, wobei Rieke seinen zwinkernden Seitenblick zu ihrer Mutter wahrnahm, den sie allerdings nicht deuten konnte.

„Später", sagte Gesine und schob ihren im Rolli sitzenden Ehemann ins Wohnzimmer, wo der Kaffeetisch wie zu einem Staatsempfang gedeckt war.

Also doch wie bei Downton Abbey, dachte Rieke und konnte sich ein Grinsen nicht verkneifen. Als habe ihre Mutter die Abstände zwischen den Tellern, Gläsern, Tassen und Kerzenleuchtern nachgemessen, präsentierte sich diese Kaffeetafel als die eleganteste und perfekteste, die sie jemals sah. Ganz zu schweigen von der Torte, die in der Tischmitte alle Blicke auf sich zog.

„Schoko-Bananentorte à la Schweizer Haus, die gab es ja lange nicht", sagte Torben voller Begeisterung, und seine Augen nahmen erneut einen wässrigen Glanz an.

„Extra für dich. Ich weiß ja, wie gerne du sie magst", sagte Gesine und strahlte ihn an.

„Und ich erst", sagte Enno.

„Die hast du ewig nicht mehr gebacken", stellte Torben fest.

„Wenn ich die essen will, muss ich immer erst zum Schweizer Haus nach Tating fahren. Martha backt ja leider keine Torten", erklärte Enno.

„In den Genuss könntet ihr bald öfter kommen", platzte es aus Rieke heraus.

Unwissend schaute ihr Vater sie an. Aber vielleicht täuschte sie sich auch. Vielleicht ahnte oder wusste er mehr, als ihr lieb war. Vielleicht hatte ihre Mutter, entgegen ihrer Absprache, doch geplaudert?

„Jetzt wird erstmal gegessen, und danach können wir immer noch alles besprechen", versuchte Gesine abzulenken.

„Worüber?", wollte Torben wissen und zog die Augenbrauen in die Höhe.

„Als wenn du dir das nicht längst denken kannst. Nun tu mal nicht so dösig. Oder hast du dir in der langen Zeit etwa keine Gedanken über deinen Hof gemacht?", fragte Enno.

„Gesine, gibst du mir bitte ein Stück Torte? Wenn möglich ein großes Stück. Ich bin fast ausgehungert. Das Essen in der Klinik war wirklich nicht so prickelnd. Das kann ich euch sagen", lenkte Torben ab.

Dann widmete er sich genussvoll der Torte, und Gesine begann, Tee nachzuschenken und weitere Tortenstücke auf die anderen Teller zu verteilen. Allem Anschein nach stand Riekes Vater nicht der Sinn danach, sofort darüber zu sprechen, wie es mit dem Hof weitergehen sollte. Nach Tee und Kuchen ließ er sich erst einmal mit dem Rollstuhl durch die Wohnung schieben und besah sich alle Neuerungen. Schlussendlich beendete er die Rundtour mit den Worten: "Gar nicht mal so übel. Hätte ich selbst wohl nicht viel besser hingekriegt. Danke."

Das war mehr, als Rieke von ihm erwartet hatte. Gesine atmete tief durch und war heilfroh, dass ihr Mann den barrierefreien Umbau passabel fand. Auch zu den Kosten, die ein großes Loch in ihre Geldreserve gefressen hatten, zuckte er nur die Schultern und sagte: „Es ist so, wie es ist."

Erst als Martha und Enno sich verabschiedeten und den Gang nach Hause antraten, rüstete Rieke sich innerlich für das zukunftsweisende Gespräch mit ihren Eltern. Zwar drang ihre Mutter darauf, noch einen Tag zu warten, damit sich Torben erstmal wieder zuhause eingewöhnen konnte. Aber für sie war das keine Option. Ihrer Ansicht nach brauchte ihr Vater keine weitere Schonung. Damit musste nun Schluss sein. Außerdem wollte sie endlich wissen, woran sie war. Schließlich stand und fiel ihr Hof-Projekt mit seiner Zustimmung oder Ablehnung. Wenn er nichts davon hielt, würde sie ihre Idee begraben. Soviel war klar. Sollte er sich darauf einlassen, müsste über alle Einzelheiten gesprochen werden.

„Du willst was?", fragte er. Besser gesagt, er schrie ihr die Frage förmlich vom Sofa, auf dem er gerade saß, quer über den Couchtisch entgegen. „Du willst aus unserem Hof ein Café machen? Nur über meine Leiche", motzte er.

„Nun hör dir Riekes Plan doch erstmal an, bevor du gleich dagegen bist", beschwichtigte ihn Gesine.

„Wozu sollte ich? Das ist vollkommener Schwachsinn. Hofcafé im Kuhstall. Das ich nicht lache!"

„Hast du eine bessere Idee?", wollte Rieke wissen, worauf ihr Vater nur verbissen die Lippen zusammenpresste und etwas Unverständliches vor sich hin grummelte.

Genauso hatte Rieke sich das vorgestellt. Ein Gespräch mit ihrem Vater war, solange sie denken konnte, immer so gut wie unmöglich gewesen. Außer natürlich, man war seiner Meinung, dann war es kein Problem. Sie war sich sicher, dass er stur wie eh und je auch heute auf seiner Meinung beharren und keinen Zentimeter von dieser abweichen würde.

Doch sie wollte für ihre Zukunft kämpfen und sich von ihm nicht einschüchtern lassen. Schließlich war sie nicht mehr die kleine Friederike, die seine Worte fürchtete und blindlings nach seiner Pfeife tanzte. Sie war eine erwachsene Frau mit eigenem Willen, eigenen Ansichten und Visionen. Wenn sie jetzt einknickte und sich durch seine aufbrausende Art abschrecken ließ, hatte sie kampflos verloren.

„Denk immer daran, bevor du das Leben tanzen kannst, musst du lernen, es in kleinen Schritten zu erobern." So sagte Enno zu ihr, bevor er mit Martha nach Hause ging.

Genau das beabsichtigte sie, nun zu tun. „Kleine Schritte machen. Immer weitergehen. Nicht stehenbleiben", hämmerten seine Worte in ihrem Kopf.

Ungeachtet der Worte, die ihr Vater ihr gerade entgegenschmissen hatte, sprach sie unbeirrt weiter und breitete ihre Zukunftspläne vor ihm aus. Dabei versuchte sie, seinem Blick standzuhalten, ihm nicht auszuweichen, wie sie es früher tat, selbst wenn es ihr schwerfiel. Seine Augen sprachen Bände und signalisierten, dass er nichts von ihrer Idee hielt. Oder irrte sie sich? Vielleicht war das Ganze auch nur ein

Machtspiel zwischen ihm und ihr. Wenn sie nicht alles täuschte, blitzten seine Augen sie für einen Moment amüsiert an.

„Es ist ja nicht so, dass ich mir schon immer gewünscht hätte, unseren Hof zu bewirtschaften."

Da war es wieder, dieses klitzekleine Wort. Wie selbstverständlich war es in ihre Sätze gekrochen. „Unser Hof", hatte sie gesagt, woraufhin ihr Vater sein Gesicht zu einem breiten Grinsen verzog und ihre Mutter ihren gesenkten Blick mühelos aufgab.

„Na endlich! Jetzt bleibt unser Hof wohl doch in der Familie", sagte Torben und legte liebevoll den Arm um die Schultern seiner Frau, die unverzüglich in Freudentränen ausbrach und ihr Glück kaum fassen konnte.

Rieke für ihren Teil wusste überhaupt nicht, was geschah. Dann dämmerte es ihr. Ihr Vater wusste längst Bescheid über all ihre Pläne, hatte Unwissenheit simuliert und nur so getan, als hielte er von alldem nichts. Entgeistert suchte sie nach den passenden Worten und brachte letztlich nur eine kurze vorwurfsvolle Frage zustande.

„Wie lange weißt du es schon?"

„Von Anfang an", entgegnete er.

„Du glaubst doch wohl nicht, dass ich deinen Vater die ganze Zeit im Unklaren über unseren Hof gelassen habe", warf ihre Mutter erklärend ein.

„Also hast du mich die ganze Zeit lang angelogen", stellte Rieke fassungslos fest und sah ihre Mutter eindringlich an.

„Und warum?", wollte sie wissen.

„Um herauszufinden, ob du das alles wirklich willst. Ob du für den Hof brennst. Ob du dich mit Haut und Haaren in diese schwierige Aufgabe reinknien wirst. Selbst wenn ich mir das

Ganze immer noch nicht richtig vorstellen kann, wenn ich ehrlich bin", ergriff ihr Vater das Wort.

„Ich glaub es ja nicht. Ihr seid echt nicht normal", entfuhr es ihr.

„Das waren wir noch nie, oder?", entgegnete er.

13

Die Vorstellung, dass ihr Vater in Zukunft mit ihr an einem Strang ziehen wollte, traf Rieke vollkommen unvorbereitet. Alles in allem hatte sie gar nicht damit gerechnet, dass er sich interessiert zeigen oder gar mit ihrem Plan einverstanden sein würde. Diese Möglichkeit war ihr, wenn sie ehrlich zu sich war, utopisch erschienen.

Noch unglaublicher als sein offensichtliches Interesse an ihrem Hof-Projekt war, dass er ihr den Hof nun auch noch überschreiben wollte.

„Er würde dir eh irgendwann einmal gehören und warum eigentlich nicht schon jetzt. Ich habe mit deiner Mutter lang und breit darüber gesprochen, und wir sind uns einig, dass wir lieber mithelfen und miterleben wollen, was du aus ihm machst, als wenn …", er stockte und führte den Satz erst nach einem kurzen Zögern zu Ende, „… als wenn es sich wiederholt, wie bei mir und meinen Eltern. Vielleicht erinnerst du dich noch, dass dein Opa Joost hier immer das Sagen hatte und ich erst Hofbesitzer wurde, als er starb. So sollst du es nicht erleben müssen", offenbarte er ihr.

„Bei der Queen und ihrem Sohn war es genauso. Prinz Charles hat auch erst den Thron bestiegen, nachdem sie gestorben war", warf ihre Mutter ein.

„Recht hast du. Nur dass sie eben keinen Bauernhof auf Eiderstedt bewirtschaftete. Aber wenn man es genau nimmt, geht es um die gleiche Sache", merkte er belustigt an.

„Jedenfalls wissen wir, dass wir ihn in Zukunft nicht mehr halten können. Das steht außer Frage. Die Arbeit ist einfach zu schwer für deinen Vater. Er kann sich nicht mehr wie in der Vergangenheit bis auf die Knochen abschinden. Das schafft er gesundheitlich nicht mehr. Mich will ich jetzt mal ganz außenvor lassen. Fest steht, wenn du ihn nicht nimmst, werden wir ihn verkaufen. Wildfremde Menschen würden in unseren vier Wänden wohnen. Im schlechtesten Fall bekämen wir ihn gar nicht los, und dann hätten wir den Salat", meldete sich Gesine zu Wort.

„Also überleg dir bitte genau, ob du das alles hier wirklich willst. Wenn deine Ideen nur Eintagsfliegen sind, hat das alles sowieso keinen Sinn", gab ihr Vater zu bedenken.

„Doch! Ich will das unbedingt!", warf Rieke von einer inneren Stimme getrieben ein. „Ich habe mir das alles gut überlegt und auch schon mit einem Architekten, einigen Handwerkern und der Bank gesprochen. Ich dachte, wir machen zeitnah mal alle zusammen eine Hofbegehung. Also ihr beide, ich und die Fachleute", sagte sie.

„Du hast ohne unser Wissen schon mit anderen Leuten über dein Projekt gesprochen?", entrüstete sich ihr Vater, und auch ihre Mutter schien nicht sehr begeistert zu sein.

„Wäre ja sonst vertane Zeit gewesen, wenn ich euch etwas vorschlage, was sich später als nicht umsetzbar herausstellt. Einen Businessplan habe ich schon begonnen zu schreiben, aber er ist noch nicht ganz fertig", offenbarte sie ihnen und sprach aufgeregt weiter. „Natürlich werden der Umbau und die ganzen Neuerungen erstmal große Kosten verursachen. Vielleicht bekomme ich ja vom Staat noch etwas wegen der Umnutzung des Gebäudes dazu. Fördergelder meine ich. Sicher gibt es irgendwelche Darlehen für die Existenzgründung. Da bin ich noch dran. Ich werde eine gute Strategie ausarbeiten, der wir mit dem Café folgen. Ihr braucht euch nicht zu sorgen, dass ich blauäugig an die Sache rangehe. Wenn das Café erstmal in Gang gekommen ist, werden hier Menschen von nah und fern sitzen, die bei uns leckeren Kuchen schlemmen", dabei trafen sich die Blicke von Mutter und Tochter, und beide schienen das Gleiche zu denken.

„Die Leute werden Muttis Torten lieben und sich bei uns pudelwohl fühlen. Mit den Ferienwohnungen im Obergeschoss könnten wir das ganze Jahr über regelmäßige und kalkulierbare Einnahmen einplanen. Aber das ist eher Zukunftsmusik. Für Ausstellungen im Café sollten wir einen Obolus von den Künstlern nehmen. Im Gegenzug können sie hier auf dem Gelände gerne mit ihrer Staffelei kostenfrei herumsitzen und malen. Durch die ein oder andere Vernissage werden immer mal wieder Interessenten den Weg zu uns finden, die noch nicht bei uns waren. Also, … ich denke, … das könnte durchaus eine richtig tolle Sache werden. Natürlich nur, wenn wir alle zusammenarbeiten. Wenn ihr mich unterstützt und an meiner Seite seid. Ohne euch möchte ich das nicht angehen. Es muss eine Gemeinschaftssache werden, von der wir alle profitieren, und selbstverständlich muss das Ganze so viel abwerfen, dass wir mit den Einkünften in Zukunft unser Auskommen haben.

„Und dein Job im Fotostudio? Was ist mit dem?", fragte ihr Vater, ohne auf ihre vorherigen Ausführungen eingegangen zu sein. Seinen fehlenden Kommentar wertete sie als stillschweigende Zustimmung. Anderenfalls wäre er ihr hundertprozentig ins Wort gegrätscht.

„Ich habe schon mit Petersen gesprochen. Der ist eigentlich ganz froh, dass ich demnächst ein paar Stunden weniger bei ihm arbeite."

„Tatsächlich?"

„Ja, der Laden ist nicht mehr sehr rentabel. Meine Stelle stand eh schon länger auf wackeligen Beinen, hat er mir gerade neulich erst im Vertrauen erzählt. Und wo wir gerade dabei sind. Ich habe noch ein zweites Projekt im Sinn. Ich spiele mit dem Gedanken, hier auf dem Hof ein kleines Fotostudio einzurichten. Als zweites Standbein sozusagen."

„Weiß ich auch schon. Hat deine Mutter schon von erzählt."

„Und?", fragte Rieke neugierig.

„Also, ich finde das gut", sagte ihr Vater.

Rieke schaute ihn erstaunt und entgeistert zugleich an. Hatte sie richtig gehört? Er fand gut, was sie tat. Das war einfach unglaublich und kaum mehr zu überbieten. Er schien genau zu wissen, was in seiner Tochter vorging und ergriff erneut das Wort.

„Ich weiß, ich habe früher nie viel davon gehalten, dass du nicht gleich hier auf dem Hof mit eingestiegen bist. Und von deinem Fotografieren … na ja …", dabei wackelte er mit dem Kopf hin und her, als wäre er eine Wackelkopffigur in einem Auto.

„Du meinst meine Knipserei. So hast du das früher doch immer genannt", erinnerte sie ihn.

„Stimmt", gab er zu, und dabei schien er die Abwertung, die er seiner Tochter damals zuteilwerden ließ, erstmals wirklich zu spüren. Jetzt denke ich anders darüber. Vielleicht ist es ganz gut, dass du genauso ein Sturkopf bist wie ich. Man hat ja schon oft davon gehört, was passieren kann, wenn Hoferben den vorbeschriebenen Weg einschlagen, obwohl sie es nicht mit Herz und Seele wollen. Das muss nicht unbedingt gut enden", gab er zu.

„Außerdem bin ich ja keine Marionette", warf sie ein.

„Wohl wahr, und das ist auch gut so."

Dann schlich sich eine Pause in die Unterhaltung ein, die Riekes Mutter dazu nutzte, ein paar Bilderalben aus dem Schrank hervorzuholen und darin herumzublättern.

„Was willst du denn jetzt mit dem alten Kram?", fragte Torben. „Wir haben doch wirklich Wichtigeres zu besprechen, als in den vergilbten Fotos rumzugucken." Ungeachtet seiner Worte schlug Gesine eine Seite nach der anderen um, bis sie fand, wonach sie suchte.

„Hier!", sagte sie und hielt ihrer Tochter eine aufgeschlagene Seite des Albums entgegen.

Bevor sich Rieke dem Foto zuwandte, fragte sie, was das für ein Album sei, das sie bisher noch nie gesehen hatte.

„Ach, das ist das olle Ding aus Mutters Schapp", sagte Torben, womit er meinte, dass es sich um ein Album aus dem Schrank seiner Mutter handelte.

Rieke nahm das Buch an sich und besah sich die Aufnahmen. Bei den Fotos handelte es sich um uralte Schwarz-Weiß-Aufnahmen mit gewelltem Bilderrand. Das erste zeigte eine Bauernfamilie, die vor der Haustür eines Bauernhauses aufgereiht stand.

„Und?", fragte ihre Mutter. „Erkennst du unser Haus wieder?"

Erst bei längerem Hinsehen erkannte sie den elterlichen Hof. Da war vieles, was ihn von seinem heutigen Erscheinungsbild unterschied. Zudem irritierte sie die Schwarz-Weiß-Optik der Aufnahme. Fakt war jedoch, es war der elterliche Hof. Mit Misthaufen auf dem noch ungepflasterten, staubigen Hof und mit einem furchterregend dreinblickenden zotteligen Hund.

Auf Nachfrage erfuhr sie, dass es sich bei den abgelichteten Personen um ihre Urgroßeltern und deren Söhne Claas und

Joost handelte. Ihr Opa Joost hatte den Hof später übernommen, sein jüngerer Bruder Claas, den sie nie kennenlernte, soll im Krieg, irgendwo in den deutschen Ostgebieten, gefallen sein, berichtete ihr Vater. Das zweite Foto erschien ihr ebenso alt. Wer darauf zu sehen war, wussten weder Gesine noch Torben.

„Das müssen irgendwelche Landarbeiter gewesen sein. Auf jeden Fall ist das Bild hinterm Haus auf einer unserer Weiden aufgenommen worden."

„War es zu der damaligen Zeit nicht eher selten, dass man Fotos machte? Hatte unsere Familie überhaupt Geld dafür?", wollte Rieke wissen.

„Ich will mal so sagen. Ganz zu Anfang, als der Hof gebaut wurde, das war Anfang 1900, muss es um die Finanzen meiner Urgroßeltern ganz gut bestellt gewesen sein. Wie sonst hätten sie als Ortsfremde einen Bauernhof hier auf Eiderstedt aus dem Boden stampfen können?", sagte ihr Vater.

„Heißt das etwa, unsere Familie kommt eigentlich gar nicht von der Halbinsel? Das wusste ich ja noch gar nicht. Ich dachte, uns gibt's hier schon ewig", sagte Rieke erstaunt.

„Nein. Vor fünf Generationen war unsere Familie ausschließlich in der Husumer Region beheimatet. Sie sollen dort einen ganz ansehnlichen Hof besessen haben. Aber wie ich aus Erzählungen weiß, war das Leben auf der Geest mit den mageren sandigen Böden nicht sehr ertragreich. Daher kaufte die Husumer Familie schon Ende des achtzehnten Jahrhunderts Ländereien auf Eiderstedt. Einer der Söhne, der den Husumer Besitz so und so nicht erben konnte, fing hier bei null an. Du musst wissen, den fruchtbaren Marschboden, den wir auf Eiderstedt haben, den wollten die Bauernfamilien auf der Geest natürlich auch gern bewirtschaften."

„Und der Husumer Besitz? Was ist mit dem passiert? Gibt es den denn noch?", wollte sie wissen.

Torben kratzte sich nachdenklich am Kopf.

„Der soll angeblich einem Brand zum Opfer gefallen sein, den keiner unserer Vorfahren überlebt haben soll. Aber mehr weiß ich darüber nicht", erklärte er.

Das nächste Foto zeigte eine Landschaft mit vielen Kühen. Im Hintergrund waren schemenhaft ein Dorf und ein Kirchturm zu erkennen. Um welches Dorf es sich dabei handelte, war auf den ersten Blick nicht zu erkennen. Doch irgendwie kam ihr dieser Anblick bekannt vor. Auch bei der nächsten und übernächsten Albumseite erging es ihr nicht anders. Auf einem Foto allerdings erkannte sie sofort den Haubarg von Antjes Familie, ein weiteres Bild zeigte die Dünen bei St. Peter.

„Das sind die ältesten Fotos, die wir vom Hof und von Eiderstedt haben. Ich finde, sie sollten später einen Ehrenplatz im Café bekommen", sagte Gesine, klappte das Album zu und stellte es wieder in den Schrank zurück.

„Die Idee ist super. Fotos vom Ursprung des Hofes und seinem Werdegang, vielleicht in Vergrößerung in alten Bilderrahmen, die an weißgetünchten Wänden im Café aufgehängt werden. Zusammen mit anderen alten Bildern von Eiderstedt", sagte Rieke.

Die Luftbildaufnahme, die ihre Mutter auf dem Flohmarkt erstanden hatte, könnte ebenfalls einen geeigneten Platz finden. Auf diese Weise würde sich jeder Gast ein genaues Bild vom Hof und der Region machen können.

„Das machen wir. Ich sehe es alles schon ganz genau vor mir. Ich werde mir die Fotos später alle nochmal vornehmen. Eventuell finde ich die Orte, an denen fotografiert wurde, heraus", sagte Rieke hochmotiviert.

„Und wozu soll das gut sein?", fragte ihr Vater.

„Dann mache ich aus der gleichen Perspektive ein aktuelles Foto, so dass wir ein paar Vorher-Nachher-Fotos aufhängen können. Das fände ich einfach kolossal", rief sie.

„Ich muss sagen, ich bin wirklich platt", gab ihr Vater zu. „So viel Tatendrang habe ich bei dir schon seit ewigen Zeiten nicht mehr gesehen", womit er vollkommen recht hatte, denn auch Rieke selbst wunderte sich, welche Energien in ihr schlummerten und nun Oberhand gewannen.

„Wer weiß, was noch alles in unserer Rieke steckt, wovon wir noch keine Ahnung haben", sagte Gesine und an ihre Tochter gerichtet: "Du weißt ja gar nicht, wie stolz ich auf dich bin, dass du so für unser Zuhause kämpfst", dabei ruhte ihr Blick voller Mutterliebe auf ihr.

Nach diesem klärenden Gespräch konnten sich weder Rieke noch Gesine oder Torben über zu wenig Arbeit beschweren. Vieles galt es, zu besprechen und zu bedenken. Nicht jede Idee würde in Zukunft zur Umsetzung kommen. Rieke verkürzte ihre Arbeit im Fotostudio auf eine Viertagewoche. Ihr monatliches Gehalt fiel nun geringer aus. Daher kündigte sie zeitnah ihre Wohnung und zog in die Wohnung der Großeltern. Etliches altes Mobiliar stellte sie mit Hilfe von Antje, Finn und Mattis in der Scheune unter. Einiges davon würde Wiederverwendung im Café finden, anderes konnte für kleines Geld verkauft, manches verschenkt werden. Zum Wegwerfen schien ihr kein einziges Möbelstück marode genug zu sein.

Ihrer Meinung nach gab es für jeden alten Plunder Interessenten, und gerade bei den erheblichen Preissteigerungen in den letzten Jahren kauften nun noch mehr Menschen als vorher gern aus zweiter Hand.

„Vielleicht machst du ja mal einen Flohmarkt auf dem Hof. Das wäre doch was, oder?", schlug Antje vor. Der Vorschlag traf Rieke quasi zwischen Tür und Angel. Gerade war sie mit ihr und Finn dabei, ihren Kleiderschrank, den sie vor ein paar Tagen in ihrer Mietwohnung abgebaut hatten, in der neuen Wohnung wieder aufzubauen.

„Gute Idee. Aber bestimmt nicht jetzt sofort. So etwas würde ich erst auf die Beine stellen, wenn ich wieder mehr Zeit habe."

„Klar. Ich wollte es nur angesprochen haben. Das hat auch Zeit", sagte Antje, worauf sich Finn einmischte.

"Von wegen", sagte Finn lachend. „Wenn ich an den ganzen alten Kram denke, der bei uns zuhause auf dem Dachboden herumsteht, ist deine Idee wohl eher eigennützig", sagte er zu seiner Schwester.

„Ertappt! Wir haben wirklich viel altes Zeug bei uns. Als wir dieses Jahr das Dach neu eindecken ließen, war ich nach langer Zeit mal wieder oben", dann stoppte sie.

„Und?", fragte Rieke.

„Ich dachte, ich falle vom Glauben ab. Das war der vollkommene Wahnsinn, was sich bei uns in den Jahren … nein, Jahrzehnten oder Jahrhunderten so angesammelt hat. Ich habe mich wirklich gefragt, ob niemals etwas weggeschmissen worden ist. Sieht das bei euch unterm Dach oder in der Scheune auch so aus?", wollte sie wissen.

„Nein. Eher nicht. Unser Hof ist ja nicht so steinalt wie eurer. Klar haben wir dieses und jenes auf dem Dachboden. Aber die großen Schätze sind bei uns sicher nicht zu finden."

Nach und nach wurde aus der großelterlichen Wohnung das schmucke Heim einer jungen Frau des einundzwanzigsten Jahrhunderts. Die Wände wurden in einem zarten Farbton gestrichen und die dunkle Holzdecke, die die Räume zu erdrücken schien, bekam einen hellen Anstrich. Sämtlicher Vergangenheitsstaub fiel dem Putzlappen zum Opfer. Die Fenster wurden im Handumdrehen blitzblank und ließen einen unverstellten Blick in den Garten und bis zum Deich zu. Nun fehlte es nur noch an Deko, Büchern und alldem, was ihrer Wohnung eine persönliche Note verlieh. Zusammen mit ihrer Freundin machte sie sich an die noch ungeöffneten Kisten, die Finn in die Wohnung schleppte, und innerhalb weniger Stunden wurde die Wohnung von Oma Jette und Opa Joost zu einem Wohlfühltempel.

„Und nun?", fragte Finn und ließ sich auf den alten Ohrensessel fallen.

„Jetzt können wir zumindest hinter meinen Umzug einen Haken machen und uns dem nächsten Projekt zuwenden", antwortete Rieke.

„Aber nicht mehr heute. Ich bin echt platt", sagte Finn.

„Außerdem muss ich erstmal zuhause nach dem Rechten sehen. Auch wenn unsere Mutter sich echt rührend um unseren kleinen Jens kümmert, ich will ihre Hilfsbereitschaft nicht überstrapazieren. Ist ja schließlich unser Kind, und sie ist nur die Oma. Und Leon freut sich sicher auch, wenn ich mal wieder mehr Zeit am Abend für ihn habe. In den letzten Wochen war ich ja mehr hier als zuhause", warf Antje ein.

Schlagartig bekam Rieke ein schlechtes Gewissen. Doch ihre Freundin sprach die Wahrheit, und in dem Moment wurde ihr klar, dass sie Antje in den zurückliegenden Wochen ziemlich stark vereinnahmt hatte. Oft genug quatschte sie ihr mit ihren Überlegungen die Ohren voll, und sie gingen zusammen das Für und Wider des Hofprojekts durch. Ganz zu schweigen von dem regen Austausch, in dem sie standen, bevor Riekes Vater aus der Reha zurückkehrte. Stundenlange Telefonate, unzählige Handynachrichten, alles in allem viele Stunden, in denen ihre Freundin für sie da gewesen war.

Anderenfalls erinnerte sie sich noch gut an die Zeit, in der Leon damals zu Antje auf den Hof gezogen war. Er, der Nicht-Landwirt. Der Sesselhocker, wie Antjes Eltern ihren späteren Schwiegersohn zu der Zeit noch betitelten. Damals war es Antje gewesen, die jemanden zum Reden und zum Sorgenteilen brauchte, und Rieke war für sie da gewesen. Hatte ihr solange zur Seite gestanden, bis die Wogen geglättet waren. Und was war, als Antje mit dem kleinen Jens schwanger gewesen war und monatelang liegen musste? Auch da war sie ihr nicht von der Seite gewichen.

Ihre Gedanken wanderten zu ihren Eltern und führten sie in ihre eigene Vergangenheit. Sie hörte die Worte ihrer Mutter, wie sie wieder und wieder versuchte, ihr die Grundlagen des Hauswirtschaftens nahezubringen. Sie vernahm die Stimme ihres Vaters, der darauf bestand, sie würde eines Tages Agrarwissenschaften studieren oder zumindest eine landwirtschaftliche Ausbildung absolvieren. Doch sowohl das eine wie das andere hatte Rieke sich nicht vorstellen können.

Nicht, dass sie das Landleben nicht liebte. Ganz im Gegenteil. Sie lebte gern auf dem Land. Sie liebte den Geruch, und ohne die Weite der Eiderstädter Landschaft wollte sie schon damals nicht sein. Das wurde ihr in diesen Minuten, die wie Stunden langsam vorankrochen, bewusst. Sie hatte funktioniert, sich dem Willen ihrer Eltern gebeugt, immer gehorsam zugehört, ihr auferlegte Arbeiten erledigt, wenn auch nicht immer mit Freude. Hatte Gespräche über Sorgen und Nöte des Hofes sich ebenso angehört wie Zwistigkeiten zwischen ihren Eltern erlebt. Die Erinnerungen, die von ihr Besitz ergriffen, waren derart präsent, als würde sie alles erneut durchleben. Letztlich bohrte sich ein einziger Satz in ihr Bewusstsein: „Vielleicht bin ich jetzt einfach mal an der Reihe."

Finns Stimme war es, die sie aus ihren Gedanken riss.

„Rieke! Hallo! Erde an Rieke!" sagte er amüsiert, und erst dann nahm sie Notiz von ihm.

„Mensch, du bist ja richtig weit weg gewesen. Was war denn los mit dir? Du hast einfach nur dagesessen und vor dich hingestarrt, als wenn du einen Geist gesehen hättest", sagte er besorgt.

„Ach, nichts", entgegnete sie.

„Nach nichts sah mir das jetzt gar nicht aus. Schieß los, was war das eben?"

Da sie annahm, dass er so und so nicht lockerlassen würde, dazu kannte sie ihn zu gut, erzählte sie ihm, was gerade in ihr vorgegangen war.

„Und nun denkst du, dass du auch mal Hilfe einfordern darfst. Recht hast du." Ich finde, es ist überfällig, dass du jetzt mal etwas vom Kuchen abbekommst. Du hast jahrelang den Samariter für alle gespielt und dabei viel zu wenig an dich selbst gedacht. Klar, du hast damals den Hof verlassen und hast dein Ding gemacht. Also deine Ausbildung in dem Fotoladen. Was auch gut und richtig war, und das hätte dir niemals jemand ankreiden dürfen. Aber so sind Menschen nun mal. Die meisten denken immer erstmal nur an sich. Genau wie deine Eltern. Kein Wunder, dass du damals die Flucht ergriffen hast. Hätte ich wahrscheinlich auch, wenn es bei uns so gewesen wäre. Du solltest stolz auf dich sein, dass du jetzt den Mut aufbringst, noch mal alles in deinem Leben umzureißen. Wer etwas anderes behauptet, bekommt es mit mir zu tun", sagte er in lautem Ton, obwohl außer ihnen niemand mehr im Raum war.

„Warum schreist du so?", fragte sie, als er mit seiner Ansprache fertig war.

„Die Wände haben auf alten Bauernhöfen Ohren. Wusstest du das noch nicht?", antwortete er verschmitzt.

Finn war wirklich ein sehr guter Freund. Das war er früher schon gewesen, und das zeigte sich nun noch verstärkt. Als Zimmermann war er nicht nur für seine guten Handwerksarbeiten bekannt, sondern er pflegte auch allerlei Kontakte zu anderen Handwerkern im Umkreis. So dauerte es nicht lange, bis er mit einer großen Schar von Fachleuten auf dem Hof anrückte. Tischler, Dachdecker, Haustechniker und Fliesenleger. Einige von ihnen kannte sie, andere Gesichter waren ihr neu. Manche witterten ein großes Geschäft, andere hielten sich bedeckt.

Natürlich ließ sich mit so einer Umbauaktion für ein Handwerksunternehmen gutes Geld verdienen. Schon jetzt war ihr klar, dass sie mehrere Angebote einholen und sich genau überlegen musste, welches Gewerk sie an welche ausführende Firma übergab.

In der Gruppe der Anwesenden erweckte eine Person durch ihre Bekleidung sofort Aufmerksamkeit und sorgte für Gesprächsstoff. Ein Zimmermann in schwarzer Kluft mit Schlapphut und Wanderstock. Ein Elektriker hatte ihn auf der Landstraße aufgegabelt und auf dem Weg zum Hof kurzerhand mitgenommen. So wie er ihnen berichtete, war er auf der Walz und suchte derzeit auf Eiderstedt nach einer neuen Beschäftigung. Augenblicklich versuchten zwei der anwesenden Dachdecker, ihn anzuwerben und rissen sich um ihn als freien Mitarbeiter.

Der Zimmerer, der sich mit Namen Lorenz vorstellte, zeigte sich davon unbeeindruckt. Stattdessen wandte er sich an

Rieke, die er als Chefin des Hofes vermutete, und fragte, ob er nicht auch gleich dableiben könnte, zumal es hier offensichtlich eine ganze Menge für ihn zu tun gäbe. Dabei traf sein Blick auf ihren, und ihr wurde augenblicklich warm ums Herz. Sie schaffte es kaum, ihre Augen von den seinen abzuwenden. So etwas war ihr noch nie zuvor passiert.

Ihre Mutter, die entweder als einzige oder schneller als der Rest der Gruppe bemerkte, was in ihrer Tochter vorging, sprang ihr zu Hilfe: „Also meinetwegen kann der junge Mann gerne bleiben, meinst du nicht auch, Rieke?", dabei sprach sie dermaßen laut, dass Rieke sich von den Augen des jungen Mannes losriss. Erst dann realisierte sie, wie sie ihn angestarrt haben musste, was ihr mehr als unangenehm war. Schnell beantwortete sie seine Frage, sagte, dass er gerne so lange bleiben könnte, wie es Arbeit auf dem Hof gäbe.

„Drei Monate allerhöchstens. Länger auf keinen Fall. So schreibt es die Zunft vor, der ich angehöre", erklärte er.

Im Gegenzug für seine Arbeitskraft würde Lorenz freie Kost und Logis bei ihnen erhalten. Bei diesem Gedanken wurde Rieke erneut heiß und kalt. Sie ertappte sich bei dem Gedanken, dass es ihr richtig gut gefiel, dass dieser fremde Wandergeselle bei ihnen für einige Zeit unterkam. Auf eine Weise, wie sie es noch nie bei einem Fremden empfand, fühlte sie sich von ihm angezogen. Vielleicht war es sein offener Blick, der Ehrlichkeit vermittelte. Oder es war seine freie und selbstbestimmte Art. Unbestritten gab er in seiner Kluft eine mächtig gute Figur ab. Er war anders als alle anderen Männer, die ihr bisher in ihrem Leben über den Weg gelaufen waren. All diese Gedanken kamen ihr innerhalb weniger Sekunden und verschwanden wie ein Fingerschnippen.

Zu ihrem großen Glück war Finns Freund Hanno Architekt, und auch der hatte sich Zeit für den heutigen Rundgang genommen. Zuallererst begutachteten sie den Kuhstall, der mittlerweile gähnend leer war, da die Kühe bereits verkauft worden waren. Danach folgten die Scheune und die Remise. Das Resümee der Besichtigungstour war eindeutig. Es war machbar! Allerdings anders als in Riekes Vorstellung.

Hanno schlug vor, statt des Kuhstalls die Scheune, in der derzeit noch landwirtschaftliche Gerätschaften standen, zum Café umzubauen. Zwar würde dieser Umbau ebenfalls eine große Aktion werden, jedoch nicht so immense Kosten verursachen wie der Umbau des Kuhstalls.

„Wenn ich dir etwas raten darf …", begann er.

„Unbedingt", sagte Rieke auffordernd.

„Ich würde den Kuhstall erstmal ganz aus dem Spiel lassen. Normalerweise bin ich immer dafür, alte Bauten in ihrem Erscheinungsbild zu erhalten. Aber ich will ehrlich zu dir sein. Das Mauerwerk lässt wirklich sehr zu wünschen übrig. Es ist nur einsteinig mit Backsteinen hochgemauert. Eine Isolierschicht ist für mich nicht zu erkennen. Vielleicht hat es sie auch nie gegeben. Wir haben hier Schimmelbildung und poröse Wände. Feuchtigkeit und hohe Salzbelastung durch die jahrzehntelange Tierhaltung. Ihr müsstet definitiv neue Innenwände setzen lassen", dann wandte er sich dem Fußboden zu. „Der sollte meines Erachtens komplett raus. Müsste alles ausgekoffert, neu verfüllt und danach ein neuer Bodenbelag geschaffen werden", erklärte er.

Sie traten ins Freie und besahen sich das Dach.

„Wenn ich richtig liege, wird der Stall in den Fünfziger- oder Sechzigerjahren an das Langhaus angebaut worden sein", dabei warf er einen fragenden Blick zu Riekes Vater, der dieser

Aussage zustimmte und erklärte: „Der ursprüngliche Stall war damals viel zu klein, deswegen haben wir ihn erweitert. Das war tatsächlich so um 1960."

„Die Dacheindeckung besteht noch aus Faserzementplatten. Sehr langlebig, allerdings schon lange Zeit verboten. Die reißen dir sicherlich irgendwann mal ein richtiges Loch ins Portemonnaie bei der Entsorgung."

Als er Anstalten machte, sich über die Dachrinne auszulassen, die offensichtlich an der rückwärtigen Seite bereits lose war, winkte Rieke ab und sagte, dass sie nun über den Kuhstall genügend informiert wäre.

„Dann bauen wir eben die Scheune zum Café um. Das ginge doch auch. Nicht, dass deine Gäste sich später beim Tortenessen noch über Restaroma beschweren. Damit hättest du nichts gewonnen", schlug Finn vor, dem offensichtlich daran gelegen war, den Ausführungen seines Freundes irgendetwas Positives abzugewinnen oder dessen Expertise milder wirken zu lassen.

„Restaroma?", Riekes Mutter runzelte die Stirn, wenig später fiel der Groschen.

„Wer schlemmt schon gerne Torte, wenn es duftet, als stünde man mit einem Bein im Kuhstall", witzelte einer der Fachleute und schob noch hinterher: „So etwas kann durchaus passieren, wenn am falschen Ende gespart wird. Habe ich alles schon erlebt."

„Sollte deine Wahl trotz aller Bedenken auf den Kuhstall fallen, schlage ich vor, von innen vor die alte Außenwand eine neue Wand einzuziehen, um eine Geruchsbarriere zu schaffen und das Risiko, dass es noch unerwünscht riecht, auf ein Minimum zu reduzieren. Aber auf einen hundertprozentigen Geruchsstopp würde ich auch dabei nicht schwören. Die Dacheindeckung müsste allerdings komplett neu."

Doch davon wollte Rieke nichts mehr wissen.

„Darüber brauchen wir gar nicht weiter zu reden. Wir nehmen die Scheune. Das erscheint mir sicherer. Da gibt es solche Düfte nicht und hoffentlich auch keine verbotenen alten Baustoffe", wandte sie ein.

„Dann hätten wir unsere Kühe ja gar nicht verkaufen müssen", moserte Torben leise, jedoch immer noch laut genug, dass es für alle zu hören war, vor sich hin. Sein Einwand traf ins Leere. Niemand schenkte dem Gemurmel des im Rollstuhl sitzenden Vaters Beachtung, was ihn sichtlich ärgerte.

Stattdessen setzte die Gruppe ihren Rundgang weiter fort. Schlussendlich, nach Abwägen von Für und Wider, stand für Rieke fest, dass die Scheune zum Café umgebaut werden sollte. Zwar bestand auch sie nur aus einfachem Backsteinmauerwerk, aber zumindest war sie von innen trocken. Das Dach war glücklicherweise mit Tonpfannen gedeckt und nur an einigen Stellen schadhaft.

„Solche Pfannen kann man heute noch nachfertigen lassen. Das sollte kein Problem darstellen. Das kriege ich raus, wo es die noch gibt", versprach Hanno.

„Und wie würde der Umbau vonstattengehen?", wollte Rieke wissen.

„Ich sehe hier die Möglichkeit, die Außenwände komplett stehen zu lassen und nach dem Prinzip Haus im Haus zu arbeiten. Wir schaffen komplett neue Innenwände. Auf diese Weise haben wir später kein Problem mit der Wärmedämmung. Aus Nachhaltigkeitsgesichtspunkten würde ich ein Holzständerwerk mit Naturdämmung vorschlagen. Welches Dämmmaterial Verwendung finden könnte, darüber müssten wir noch sprechen. Da gibt es verschiedene Möglichkeiten."

„Und der Fußboden?", fragte Finn.

„Die Ziegelpflasterung muss natürlich aufgenommen werden. Ich schätze, dass wir da drunter keine Bodenplatte finden werden. Das müsste also alles neu gemacht werden. Ich würde auch eine Fußbodenheizung in Betracht ziehen, damit sich in den kühleren Jahreszeiten niemand über kalte Füße beschweren kann. Wenn das fertig ist, kann der Boden wieder mit den alten Ziegeln, so sie denn noch brauchbar sind, gepflastert werden. Generell bin ich dafür, so viel wie möglich vom alten Material wieder in den Umbau mit einzubinden."

Nach einer kurzen Pause sagte er: "Ihr habt Glück, dass ihr nicht einen denkmalgeschützten Haubarg habt. Bei denen ist so ein Komplettumbau immer eine schwierige Nummer. Da gäbe es weitaus mehr zu bedenken."

Hanno schaute zum Wohnhaus. „Ich finde diese Geesthardenhäuser, wie ihr eines habt, sind im Grunde genommen richtig zweckerfüllende Bauten. Wohn- und Wirtschaftsräume wurden getrennt voneinander angelegt, wodurch sich Wirtschaftsräume und Stallungen auf eine beliebige Größe erweitern ließen. Zudem ist euer Hof erst ziemlich späten Baujahrs und steht somit nicht unter Denkmalschutz. Das wird euch jetzt und auch bei späteren Umbauten zugute kommen."

Rieke schwirrte der Kopf. Während ihre Eltern noch mit dem Architekten, dem Zimmerer und den beiden Dachdeckern über Dacheindeckungen der letzten Jahrhunderte fachsimpelten, hing sie selber für eine kurze Zeit den Erkenntnissen der vergangenen Stunde nach. Der Kuhstall würde ihnen also vorerst erhalten bleiben. Das gefiel ihr zwar nicht, aber eine andere Verwertungsmöglichkeit sah sie derzeit nicht. Sicher war allerdings schon jetzt, dass sie ihn zu gegebener Zeit zurückbauen lassen würde. Das würde allerdings noch dauern und war erst möglich, wenn sie genug Geld für solch eine Aktion lockermachen konnte. An seinem Platz stellte sie sich eine Rasenfläche mit Außensitzplätzen oder ein gepflastertes Areal vor, das als Parkfläche dienen könnte. Schließlich würden nicht alle Gäste mit dem Fahrrad zum Café radeln. Steine würden vom Abbruch des Kuhstalls genug da sein und könnten mit der Pflasterung sogar eine neue Bestimmung finden. Aber vielleicht würde ihr auch noch etwas anderes einfallen.

Nach Abschluss der Begehung waren kaum mehr Fragen offen. So stand der endgültigen Ausarbeitung des Geschäftsplanes nichts mehr im Weg.

Aus der Scheune würde ein Café werden. Mit Küche, Gastraum, sanitären Anlagen und einer Lagerfläche auf dem Dachboden. Aus einem Teil der Remise sollte ein Stall für Ferientiere werden. Für den anderen Teil der Remise plante Rieke einen Schauraum für landwirtschaftliche Gerätschaften. Wobei hier definitiv nur alte Geräte zu sehen sein sollten. Alles was neueren Datums war, würden sie zu Geld machen. Denn ab jetzt zählte jeder Cent!

14

„Was sollte eigentlich vorhin dein Gerede über Ferientiere. Ich kann mich nicht erinnern, dass wir beiden über so etwas gesprochen hätten, und deine Mutter hat davon auch nichts verlauten lassen", blaffte Torben seine Tochter angesäuert an, als sie am darauffolgenden Tag den Hofrundgang Revue passieren ließen.

Langsam wurde er wieder der Alte. So wie er sich bereits seit einigen Tagen verhielt, über Gott und die Welt und ihre Umbauaktion herummeckerte, verfiel er wieder ganz in seine unleidlichen Gewohnheiten. Doch mittlerweile hatte Rieke gelernt, damit umzugehen. Sie war nicht mehr seine kleine verzagte Tochter, die vor ihm kuschte und mit ihrer Meinung hinter dem Deich hielt. Nur schien er das noch nicht wirklich begriffen zu haben.

„Nun mach mal halblang, Vati, und reg dich wieder ab. Es wird alles wunderbar werden. Ich werde die richtigen Entscheidungen für den Hof treffen. Sei unbesorgt!", sagte sie mit fester Stimme.

Torben zog die Augenbrauen in die Höhe.

„Pah! Ich weiß ja nicht. Wenn das man nicht alles zum Scheitern verurteilt ist", warf er ihr an den Kopf.

Wut schwoll in ihr. Aufsteigende Hitze, schwitzige Handflächen, ihr Puls stieg. Sie fragte sich, was ihr Vater mit seiner Schwarzmalerei überhaupt bezweckte. Und warum er das Projekt auf einmal in Frage stellte.

„Was ist eigentlich dein Problem?", fragte sie ihn und versuchte, den Zorn, der in ihr schwelte, aus ihrer Stimme fernzuhalten.

„Ich habe kein Problem. Die Einzige, die bald ein Problem bekommen wird, das bist du allein!"

Sie fühlte sich zurückversetzt in ihre Jugendzeit. So wie jetzt war er schon früher mit ihr umgesprungen. Dem musste zwingend ein Riegel vorgeschoben werden.

„Ich weiß ja echt nicht, was auf einmal mit dir los ist. Aber letztlich ist das auch ganz egal. Du hast mir den Hof überschrieben, und ich bin nun allein für alles hier verantwortlich. Schon vergessen? Du und Mutti, ihr könnt hier wohnen bleiben, wie es im Vertrag steht. Ihr könnt euch einbringen und nochmal etwas ganz Neues erleben oder es sein lassen. Ich werde euch zu nichts zwingen. Und falls es dich noch irgendwie interessieren sollte, die Ferientiere, von denen ich vorhin gesprochen habe, die wären dein Ressort gewesen. Sollte eigentlich eine Überraschung werden. Die hast du dir jetzt wohl selber verdorben."

Entgeistert schaute er sie an. So hatte seine Tochter noch nie mit ihm gesprochen. Normalerweise hätte er etwas Passendes zurückgeschossen, schließlich war er der Herr im Hause und nicht sie. Wenig später realisierte er ihre Worte. Es war seine Tochter, die jetzt das Sagen hatte und nicht er. Er war freiwillig in die zweite Reihe zurückgetreten. Es war seine Entscheidung gewesen, dies zu tun. Minutenlanges Schweigen bahnte sich zwischen Vater und Tochter einen Weg. Minuten, in denen Riekes Blutdruck wieder einen normalen Wert erreichte und Torben kopfnickend und in sich gekehrt im Rolli saß. Just in dem Moment, als seine Frau ins Zimmer trat, meldete er sich wieder zu Wort.

„Es tut mir leid", sagte er kleinlaut.

„Bitte? Ich habe dich nicht verstanden", entgegnete Rieke, was natürlich nicht stimmte.

„Entschuldigung", sagte er um einiges lauter.

„Wofür?", wollte sie wissen.

„Ich habe das alles nicht so gemeint", versuchte er es erneut.

„Was hast du nicht so gemeint? Habe ich irgendetwas verpasst?", wollte Riekes Mutter wissen. Dabei sah sie ihren Mann prüfend an, und es dämmerte ihr, dass wieder einmal die Pferde mit ihm durchgegangen waren.

„Du kannst es einfach nicht lassen, oder? Hast wieder den Herrn im Haus gespielt. Stimmt's?", und ohne seine Antwort abzuwarten, wandte sie sich ihrer Tochter zu.

„Ich will ihn jetzt nicht in Schutz nehmen, aber ich glaube, er hat mehr an der Situation zu knabbern, als ihm lieb ist. Die Hausübergabe war wirklich ein großer Schritt", versuchte sie sein Verhalten zu erklären.

„Du brauchst gar nicht so reden, als wäre ich nicht da. Ich kann auch selbst für mich sprechen. Es ist so …, ich will sagen, … ich fühle mich überflüssig", gab er offen zu und kehrte damit sein Innerstes nach außen.

Genau so etwas in der Art hatte Rieke sich schon gedacht. Ihr Vater wusste nicht mehr, wo sein Platz war. Seit dem Tod seines Vaters führte er den Hof nach bestem Wissen und Gewissen, kümmerte sich um alles, versorgte Tiere, bestellte Felder oder verpachtete sie. Und nun? Nun spielte er die zweite Geige und sollte sich unterordnen. Das musste wirklich schwierig für ihn sein.

„Aber das brauchst du doch gar nicht. Es gibt hier so viel zu tun für uns alle. Du musst dich nur darauf einlassen", gab sie ihm zu verstehen.

„Nun gut. Was war das jetzt für eine Sache mit den Ferientieren? Was hast du damit gemeint?", nahm er seine anfängliche Frage wieder auf. Dieses Mal in einem annehmbaren Tonfall, der darauf schließen ließ, dass er wirklich daran interessiert war.

Daraufhin erklärte Rieke ihm, dass sie beabsichtigte, Tiere für eine bestimmte Zeit auf dem Hof aufzunehmen und Künstlern die Gelegenheit zu geben, sie fotografisch festzuhalten oder mit dem Pinsel auf die Leinwand zu bringen.

„Ich möchte Künstlern die Chance geben, die Tiere hautnah zu erleben und sich ein Bild von ihnen zu machen. Meinetwegen können sie auch mit ihrer Staffelei auf der Wiese sitzen, wenn sie sich das trauen", sagte sie voller Vorfreude.

„Verrückte Idee", kommentierte ihr Vater. „An was für Tiere hast du gedacht?", fragte er interessiert und schien wie ausgewechselt.

„Darüber bin ich mir noch nicht ganz klar. Am liebsten wären mir solche, die vom Aussterben bedroht sind und Seltenheitswert haben. Dazu bräuchten wir allerdings direkte Kontakte zu Züchtern. Esel sollten auf jeden Fall dabei sein. Eigentlich wollte ich dir diese Entscheidung überlassen. Du kennst dich mit Tieren aus, weißt, wie man sie versorgt, und könntest …"

„… vollkommen in dieser Aufgabe aufgehen", schloss ihre Mutter den Satz.

„Also keine Streichelwiese, wie man sie sonst kennt?", wollte er wissen.

„Nein. Mein Plan ist, dass wir mit allem, was wir hier tun, ein Zeichen setzen. Also auch mit den Tieren. Ziegen zum Streicheln gibt es überall. In jedem Zoo und anderswo. Für unsere Gäste soll der Besuch des Hofes ein besonderes Erlebnis werden. Etwas, was noch lange in ihnen nachhallt und was sie unbedingt wieder erleben wollen.

Vielleicht könnten wir mit einer besonderen schützenswerten Schafrasse anfangen. Schafe gehören schließlich zu Eiderstedt. Da gibt es sicher Rassen, die hier nur noch selten gehalten werden, oder? Und mit Schafen kennst du dich doch aus."

Seitdem Rieke die Schafe ins Spiel brachte, lebte ihr Vater sichtlich auf. Es war ein gelungener Schachzug von ihr gewesen. Noch gut erinnerte sie sich daran, wie ihr Vater die hofeigene Schafherde, es waren Texelschafe gewesen, nach dem Tod von Opa Joost verkaufte. Wie ein Transportwagen auf dem Hof vorfuhr und die Tiere einlud. Es musste ihm höllisch schwergefallen sein, diesen Schritt zu gehen. Gerade auch, weil es auf dem Hof seit Anbeginn immer Schafe gegeben hatte. In den Wintermonaten grasten sie auf den Wiesen direkt hinter dem Haus, und von Frühjahr bis Herbst konnte man sie von weitem am Deich entlangstaksen sehen.

„Jedes einzelne Schaf ist für uns Eiderstedter enorm wichtig. Sie halten das Gras an den Deichen kurz, so dass dort nicht gemäht werden muss. Außerdem trampeln sie den Boden fest", hatten ihr Opa und Vater erklärt, schon als sie noch ein Kind war.

Trotzdem waren hier und da bereits Maschinen am Deich im Einsatz, die diese Arbeit verrichteten. Sie konnte es förmlich hören, wie sehr sich ihr Vater darüber aufregte, als er das zum ersten Mal sah.

„Unsere Deiche werden dadurch nicht besser. Wo die Schafe die Grasnarben festtrampeln, reißen die ollen Maschinen mit ihren Rädern alles wieder hoch", echauffierte er sich auch heute noch ab und an.

Doch die Kühe und die Schafe zu behalten, das wäre selbst für ihn zu viel gewesen. Dann hätte er eine Hilfskraft auf dem Hof einstellen müssen, und dergleichen Geldausgaben hatten sich ihre Eltern nicht leisten können. So wurden die Schafe letztendlich verkauft.

„Vergiss alles, was ich vorhin gesagt habe. Ich bin ein oller Sturkopf. Das weißt du doch. Ich muss mich an die neue Situation erst noch gewöhnen. Außerdem geht mir dieses verdammte Ding gehörig auf die Nerven", dabei hämmerte er mit den Händen auf die Armlehnen des Rollstuhls.

„Wenn du regelmäßiger deine Übungen machen würdest, wärst du schon weiter und könntest mehr als ein paar Schritte gehen", warf Gesine ihm vor.

„Ja, ja, ich weiß", nölte er.

„Nun reiß dich verdammt noch mal endlich am Riemen und steck nicht alle paar Tage den Kopf in den Sand. Wir wissen alle, dass das für dich eine schwere Zeit ist, aber mit der Vogel-Strauß-Taktik wirst du ganz bestimmt nicht wieder auf die Beine kommen. Das muss dir doch klar sein", wusch sie ihm den Kopf.

„Coburger Fuchsschafe", sagte er, ohne weiter auf sie einzugehen. „Ich würde gerne Coburger Fuchsschafe haben. Für die habe ich mich schon immer interessiert. Und Ramelsloher", sagte er.

„Ramelsloher Schafe? Habe ich noch nie gehört", sagte Rieke irritiert.

„Nein. Hühner. Ramelsloher Hühner. Die sollen sich ganz gut miteinander vertragen und können zu richtigen Schmusehühnern werden."

„Das wäre was", sagte Rieke erfreut. „Dann ist das jetzt beschlossen. Du kümmerst dich um Schafe und Hühner, sobald der Umbau fertig ist. Die Esel können ja später immer noch dazukommen.

„Wenn das auch eine vom Aussterben bedrohte Art sein soll, fallen mir spontan Poitous ein", sagte ihr Vater.

„Sind das nicht diese zotteligen Großesel?", wollte Rieke wissen.

„Genau. Die sollen sehr zutraulich sein. Aber vielleicht ist das auch keine gute Idee. Dann bräuchten wir einen größeren Stall."

„Lass uns über die Esel später nochmal nachdenken. Bei den Hühnern könnte ich mir vorstellen, sie dauerhaft zu halten und nicht nur für einige Monate. Die Schafe sollten wirklich nur in der Sommerfrische bei uns zu Gast sein", führte Rieke aus.

Als ihre Eltern das Wort Sommerfrische hörten, brachen sie in schallendes Gelächter aus.

„Das habe ich ja wirklich lange nicht mehr gehört. Sommerfrische! Das hört sich an wie aus einem Geschichtsbuch. Wie bist du denn darauf gekommen?", fragte ihre Mutter.

„Da hat Enno mich drauf gebracht. Als ich neulich bei ihm und Martha zu Besuch war, haben wir uns über dieses und jenes unterhalten. Dabei stellte sich heraus, dass er gerade mal wieder tief in der Eiderstedter Geschichte unterwegs war."

„Schon wieder? Ich würde meinen, er weiß schon alles", sagte Gesine.

„Genau das habe ich auch zu ihm gesagt. Auf jeden Fall hat er mir ein wenig aus den Anfängen des Tourismus in Nordfriesland erzählt, und da kamen die Sommerfrischler zur Sprache. Als ich jetzt wieder daran denken musste, kam mir der Gedanke, dass es doch etwas Besonderes wäre, einige Tiere hier bei uns in den Urlaub zu nehmen. Tiere in der Sommerfrische. Das hört sich vielversprechend an, meint ihr nicht auch?", fragte sie, und ihre Eltern stimmten ihr einträchtig zu.

Lorenz durfte auf unbestimmte Zeit in eines der Gästezimmer ziehen, das sich im Wohntrakt von Riekes Eltern befand. Dort reihten sich etliche leerstehende Kammern aneinander. In einigen hatten ihre Eltern Sachen untergestellt, die sie in ihrer Wohnung nicht gebrauchen konnten, was ihnen aber zum Wegwerfen noch zu schade erschien.

Auch Riekes Kinderzimmer, das sie vorübergehend als Lagerraum für Wohnungsinventar der großelterlichen Wohnung nutzte, befand sich dort. Sogar mit einem eigenen Badezimmer konnte dieser Teil der Wohnung aufwarten, auch wenn es natürlich nicht den neuesten Standards entsprach, da dort seit den Siebzigerjahren nichts mehr verändert worden war. Sie erinnerte sich, wie sehr sie sich zu Teenagerzeiten darüber aufregte, dass ihre Eltern sich zierten, dieses Bad zu erneuern. Die orangeroten Fliesen mit Ornamenten und die hellgelben Sanitärobjekte konnte sie schon damals nicht leiden. Bis heute hatte sich ihr Geschmack diesbezüglich zwar nicht verändert, dennoch war sie heilfroh, dass es dieses Badezimmer überhaupt gab und Lorenz es nutzen konnte.

Doch bevor er sich auf dem Hof für mehrere Monate heimisch fühlen konnte, musste er sich einem eingehenden Gespräch mit der Familie unterziehen, was für ihn nichts Neues war. Dergleichen Frage- und Antwortspielen war er auf seiner Reise schon vielfach ausgesetzt gewesen. Wer holte sich schon gerne einen Unbekannten ins Haus und ließ ihn über längere Zeit bei sich wohnen, ohne zu wissen, was das für ein Typ war. Auf diese Weise erfuhren sie, dass Lorenz aus der Lüneburger Heide stammte und schon seit zweieinhalb Jahren unterwegs war.

„So lange schon?", fragte Rieke entsetzt. „Du hast deine Familie seit zweieinhalb Jahren nicht mehr gesehen? Habe ich das jetzt richtig verstanden?", woraufhin er zustimmend nickte. Daraufhin erklärte er, dass er als Zimmerer auf der Walz drei Jahre und einen Tag unterwegs sein würde und sich um seine Heimatstadt ein Bannkreis von fünfzig Kilometern befand, den er innerhalb dieser Zeit nicht überschreiten durfte.

Ungläubig sah sie ihn an.

„Da hast du dir ja ganz schön was vorgenommen, Junge", sagte Torben und fragte, wo er denn schon überall gewesen sei und wie es ihm während dieser Zeit ergangen war.

„Ich würde sagen, ich habe in den letzten Jahren eine Deutschlandreise hinter mich gebracht. Einmal ringsherum und mittendurch. Mir fehlte nur noch Schleswig-Holstein, ansonsten bin ich in allen Bundesländern unterwegs gewesen."

„Und die ganze Strecke immer zu Fuß?", fragte Rieke.

„Nicht nur. Ich bin auch per Anhalter gefahren. Bus oder Bahn zu nehmen, war nicht mein Plan. Einmal hat mich ein alter Mann auf seinem Trecker mitgenommen. Das war wirklich abenteuerlich", sagte er schmunzelnd und erzählte ihnen, dass der Traktorfahrer mit einem Bauwagenanhänger, in dem er auf seiner Reise wohnte, unterwegs gewesen sei.

„Und wo war das?", fragte Torben interessiert.

„Irgendwo in Bayern. Wo genau weiß ich nicht mehr."

Nach kurzem Nachdenken berichtete er, dass der abenteuerlustige Treckerfahrer mit seinem Gefährt die Alpen überqueren wollte.

„Leute gibt's!", sagte Torben und schüttelte amüsiert seinen Kopf.

„Ein anderes Mal durfte ich ein paar Kilometer mit einer Rikscha mitfahren. Das war aber schon hier in Schleswig-Holstein. In Elmshorn."

„Und danach bist du direkt nach Eiderstedt weitergetrampt?"

„Nein, meine nächste Station war Bad Segeberg."

„Ach, wie toll. Da wollte ich auf meiner Reise auch unbedingt hin", unterbrach Rieke ihn augenblicklich.

„Welche Reise? Du hast uns gar nicht gesagt, dass du verreisen wolltest", sagte ihr Vater und an seine Frau gerichtet: "Oder wusstest du davon?"

„Habe ich ganz vergessen, dir zu erzählen", antwortete Gesine.

„Aber das ist auch nicht mehr wichtig", sagte Rieke schnell, denn eigentlich hatte sie ihre Eltern mit ihren ursprünglichen Reiseplänen gar nicht behelligen wollen, da diese nun so und so hinfällig waren.

„Nun sag schon, wo wolltest du hin? Und wann?", bohrte ihr Vater unnachlässig.

„Na gut. Ihr wollt es ja nicht anders. Das war, als es dir noch gut ging, Vati. Also vor dem Unfall. Da habe ich mir ziemlich viele Gedanken gemacht, wie mein Leben weitergehen sollte."

„Sag bloß", warf er staunend ein.

„Ich wollte eine kleine Schleswig-Holstein-Reise machen, um meine Heimat besser kennenzulernen. Aber dann passierte dein Unfall, und auf einmal war alles anders. Den Rest kennt ihr", sagte sie und schaute ihre Eltern an.

„Das tut mir leid, dass ich dir das so vermiest habe. War nicht meine Absicht. Kannst du mir glauben. Ich hätte dir den Urlaub wirklich gegönnt. Ich habe schon oft zu deiner Mutter gesagt, dass du von der Eiderstedter Scholle mal runter musst. Dass es für eine junge Frau dieser Tage gar nicht gut ist, den eigenen Dunstkreis nie zu verlassen", erklärte ihr Vater.

„Wirklich? Das hast du gesagt? Und ich dachte immer, du wolltest nichts anderes, als dass ich hier auf dem Hof bliebe. Dir war es doch schon zu viel, als ich damals vom Hof weg bin", sagte sie.

„Wenn du es nicht glaubst, frag deine Mutter. Die wird dir nichts anderes sagen."

„Ist so, wie er sagt. Zumindest haben wir seit ein paar Jahren öfter darüber gesprochen", bestätigte Gesine ihrer Tochter.

„Vielleicht kannst du die Reise ja noch nachholen. Überhaupt sollten wir in Zukunft mehr darauf achten, dass wir ab und zu aus der Tretmühle rauskommen. Es ist nicht gut, immer nur zu malochen. Sieht man ja an mir, wo das hinführt", sagte ihr Vater.

Überrascht schauten Frau und Tochter ihn an. Das sagte genau der Richtige. War er es nicht gewesen, der immer bis zur Erschöpfung arbeitete und nie etwas von Urlaub wissen wollte? Der Unfall musste tatsächlich etwas in ihm losgetreten haben, dachte Rieke und freute sich über seinen Sinneswandel.

„Vielleicht mache ich das tatsächlich irgendwann. Aufgeschoben ist ja nicht aufgehoben", sagte sie, womit sie das Thema beendete und sich wieder Lorenz zuwandte.

„Und nach Bad Segeberg, wo warst du dann noch?"

„In Plön, danach in Eckernförde, in Heide, ein paar Tage in Wesselburen und jetzt bin ich hier bei euch gelandet."

„Und wenn du bei uns fertig bist, wohin soll es dann gehen?", wollte Gesine wissen.

„Das weiß ich noch nicht so genau. Auf jeden Fall habe ich danach noch drei oder vier Monate vor mir, je nachdem wie lange ich hier zu tun habe. Ich könnte mir gut vorstellen, in Richtung Flensburg zu wandern."

„Und ins Ausland wolltest du gar nicht? Das hört man doch immer wieder, dass Wandergesellen gerne Auslandserfahrungen sammeln", sagte Torben.

Daraufhin erklärte Lorenz, dass er vor seiner Reise natürlich darüber nachgedacht habe, ob er auch ins Ausland gehen wolle, sich aber dagegen entschieden habe.

„Ich dachte, wenn ich drei Jahre in Deutschland auf und ab unterwegs bin, werde ich meine Heimat fast bis in den letzten Winkel kennen. Das war neben den vielen Erfahrungen, die ich sammeln wollte, mein Anreiz", verriet er.

„So etwas würde ich mir ja nicht zutrauen", sagte Rieke ganz offen.

„Ich denke, für Frauen ist das nichts. Das ist eher eine Männergeschichte", sagte Gesine felsenfest überzeugt.

Allerdings wurde sie von Lorenz eines Besseren belehrt.

„Es gehen auch Zimmerinnen auf die Walz. Das ist heutzutage auch möglich, je nachdem welcher Zunft man sich anschließt."

„Krass. Die trauen sich was", entglitt es Rieke.

„Na, ich weiß ja nicht. Das ist doch sicher gefährlich so ganz allein als Frau, in der Weltgeschichte und noch dazu die meiste Zeit zu Fuß oder per Anhalter unterwegs zu sein", gab Gesine zu bedenken.

„Ganz ohne ist das sicher nicht. Aber die Zimmerinnen, die ich bisher kennengelernt habe, berichteten ausschließlich positiv über ihre Zeit", sagte er abschließend.

Da es mit dem Beginn des Scheunenumbaus aufgrund ausstehender Angebote der ausführenden Firmen noch etwas dauern würde, sollte Lorenz sich vorübergehend der Sanierung der Remise widmen. Diese befand sich im Vergleich zur Scheune in einem besseren, wenngleich auch nicht gerade guten Zustand. Sie war einst komplett aus Holz gefertigt. An verschiedenen Stellen musste das Holz ersetzt werden. Zudem gehörte sie abgeschliffen und lechzte nach einem neuen Anstrich. Eine Trennwand musste eingezogen werden, die zukünftig den Stall der Ferientiere vom Schauraum landwirtschaftlicher Geräte abteilte. Für die Hühner schlug er den Bau eines fahrbaren Hühnerstalls vor, der immer an verschiedenen Stellen des Geländes stehen konnte. So war gewährleistet, dass das Federvieh immer frisches saftiges Gras und genügend Auslauf bekam.

„Der Stall müsste ein richtiger Hingucker werden und er soll zu uns und der Gegend passen. Ich stelle mir etwas Besonderes vor. Irgendwas mit Wow-Effekt", woraufhin Lorenz angestrengt überlegte.

„Ein Hühnerstall, der aussieht wie der Westerhever Leuchtturm, mit rechts und links je einem kleinen Haus, ist wohl zu schwierig, oder?", fragte sie, und noch bevor er darauf antworten konnte, sagte sie: „Ich hab's", und strahlte übers ganze Gesicht. „Kannst du einen Stall bauen, der wie die Stelzenhäuser am St. Peter-Ordinger Strand aussieht?"

„Das ist bestimmt möglich. Allerdings habe ich bisher nur von diesen Häusern gehört und sie noch nicht in natura gesehen. Wäre gut, ich würde sie mir erstmal anschauen."

„Jetzt gleich?", fragte Rieke aus dem Bauch heraus.

„Kein Problem. Ich habe heute sowieso schon genug Lärm mit der Schleifmaschine gemacht. Deine Eltern sind bestimmt froh, wenn ich wenigstens am Abend Ruhe gebe", sagte er.

„Außerdem musst du ja auch mal Pause machen und nicht den ganzen Tag durchpowern. Das verlangt hier niemand. Außerdem läuft uns die Remise ja nicht weg."

Lorenz schulterte sein Bündel, und Rieke packte ihre Badetasche. Wenig später steuerten sie den Strandabschnitt von Ording an. Als sie über den Deich fuhren, um auf dem Großparkplatz zu parken, bemerkte sie aus dem Augenwinkel seinen faszinierten Blick.

„Das ist ja der Wahnsinn. So weitläufig habe ich mir den Strand gar nicht vorgestellt", gab er zu. Die spätsommerliche Abendluft genießend, schlenderten sie den Holzsteg entlang Richtung Stelzenhäuser. Als dieser endete, schlug Lorenz allerdings eine andere Richtung ein als Rieke.

„Da lang müssen wir", sagte er amüsiert, worauf sie ihn erschrocken anschaute, da sich zu der von ihm angedeuteten Seite der FKK-Strand befand.

„Eine Badehose habe ich nicht dabei. Zimmerer auf der Walz tippeln nur mit dem Allernotwendigsten", sagte er schlicht und ergreifend, entledigte sich seines festen Schuhwerks und ging barfuß weiter.

Dabei entging ihm nicht, dass Rieke für einen Moment zögernd stehenblieb, bevor sie ihm folgte.

„Worauf wartest du?", fragte er, stoppte kurz, bis sie sich ihm anschloss.

Noch nie in ihrem Leben hatte sie nackt am Ordinger Strand oder anderswo in aller Öffentlichkeit gebadet. Noch nicht einmal im Hallenbad, wenn sie duschte, zog sie ihren Badeanzug aus. Zugegebenermaßen war es ihr ziemlich peinlich, sich ohne jegliche Bekleidung zu zeigen. Aber im Grunde genommen musste sie das ja auch gar nicht. Sie konnte sich, wie sie es gewohnt war, im Badeanzug in die Fluten der Nordsee stürzen. Schließlich war es kein Zwang, hier nackt herumzulaufen und zu schwimmen.

Als wäre es das Natürlichste von der Welt, zog Lorenz ohne Umschweife seine Zimmererkluft aus und lief ins Wasser. Von weitem rief er ihr fragend zu, wo sie bliebe, dann schwamm er mit kräftigen Armzügen dem Horizont entgegen.

Rieke pellte sich aus ihrem Sommerkleid und zog ihren Badeanzug an, Blicke missachtend, die ihr dabei zugeworfen wurden. Aus einem nahegelegenen Strandkorb raunte ihr eine Stimme zu: „Hast du doch gar nicht nötig. Lass den Fetzen weg."

Nicht nachschauend, wer hier unaufgefordert seine Meinung kundtat, lief sie Lorenz ins Wasser hinterher.

„Ihr habt hier den Himmel auf Erden. Weißt du das eigentlich", rief er ihr entgegen und schwamm auf sie zu.

„Schöner Badeanzug", sagte er, als er sie erreichte. „Steht dir ausgezeichnet. Sollte aber auch nass werden." Bei den Worten griff er nach ihr, hob sie hoch, als wäre sie ein Leichtgewicht, und schmiss sie lachend in die Wellen. Rieke kreischte auf. Sowas hatte noch niemand mit ihr gemacht. Doch sie musste zugeben, dass es ihr gefiel. Zwar schluckte sie beim Eintauchen in die Wellen eine ganze Ladung Salzwasser, aber das machte ihr nichts. Sie war so glücklich wie schon lange nicht mehr. Eine ganze Weile schwammen sie Schulter an Schulter, anschließend dümpelten sie im warmen Flachwasser und vergruben ihre Füße im Sand. Dabei plauderten sie ziemlich unbefangen und vertraut über Gott und die Welt. Sie gestand sich ein, dass diese Stunden für sie zu den schönsten der vergangenen Zeit gehörten. Zudem merkte sie erst jetzt, dass sie zu ihrem Exfreund nie solch eine Nähe empfunden hatte wie zu Lorenz, obwohl sie ihn ja noch nicht lange kannte. Sollte sie sich etwa verliebt haben?

Zurück am Strand trocknete sie sich ab und setzte sich auf die mitgebrachte Strandmatte. Lorenz legte sich mangels eines Handtuchs neben sie in den warmen Sand.

„Willst du mein Handtuch?", fragte sie ihn.

„Nicht nötig. Ist ja warm, da werde ich ganz fix trocken", entgegnete er.

Stillschweigend sahen sie aufs Meer. Die Sonne strahlte hinter den Wolken und tränkte den Himmel in ein zauberhaftes Licht. Als sie ihren Tiefststand erreichte, schien sie wie eine große Orange auf der Wasserfläche zu hocken. Zu schwer, um sich darauf zu halten, tauchte sie ins Meer ein, bis nur noch eine schmale Rundung zu sehen war.

„Wunderschön", sagte Lorenz und sah Rieke an.

Ob er damit den Sonnenuntergang meinte oder zum Ausdruck bringen wollte, dass sie ihm gefiel, wusste sie nicht. Auf ein Zeichen, möglicherweise sogar auf einen Kuss hoffend, blickte sie ihn an. Doch nichts geschah.

15

Fortan waren Riekes Tage bis zum Rand gefüllt. Von Montag bis Donnerstag arbeitete sie im Fotoladen. Mit Erlaubnis ihres Chefs nutzte sie während der Arbeitszeit jede freie Minute, ihren bisherigen Businessplan weiter zu spezialisieren. Dazu recherchierte sie im Internet und las alles, was sie zu diesem Thema in die Finger bekam. Mit der Unterstützung von Petersen war es ihr sogar möglich, an Online-Workshops zur Gründung eines Startups teilzunehmen, wofür sie ihm sehr dankbar war. Sie führte verschiedene Gespräche mit der Bank, und schließlich war auch das Bankdarlehen unter Dach und Fach.

Im Zuge des Planungsgeschehens, das sie nun voll und ganz forderte und in Beschlag nahm, wurde ihr erst so richtig bewusst, dass sie nicht nur die Bauherrin des Umbaus, sondern zukünftig selbst Chefin eines Unternehmens sein würde. Hierzu fehlte ihr bisher noch das komplette Handwerkszeug. Auch musste sie sich darüber klarwerden, wo ihr Platz auf dem Hof in Zukunft sein sollte. Dabei fragte sie sich, wie eigentlich der Arbeitsalltag einer Chefin aussah? Würde sie in der Küche stehen und Kuchen backen? Darin war sie nun wirklich keine Fachfrau. Sie fragte sich zum x-ten Mal, wo ihre Stärken lagen. Natürlich beim Fotografieren, das sie unbedingt einbeziehen wollte. Aber darum ging es im Augenblick noch gar nicht.

Erst durch ein Gespräch mit ihrer Freundin Antje kristallisierte sich die Antwort heraus. Sie würde der Kopf und das Herz des Ganzen sein. Als Strippenzieherin war es ihre Aufgabe, Kontakte zu pflegen, Dinge zu organisieren, die finanzielle Seite im Auge zu behalten und auf die Stimmung im Team achtzugeben. Wobei sich das Team gerade zu Anfang wohl nur aus ihr selbst, ihrer Mutter und ihrem Vater zusammensetzen würde. Doch wer wusste schon, wo die Reise noch hinging. Tatsache war, sie musste von allen Vorgängen Ahnung haben.

Seitdem Gesine wusste, dass sie über kurz oder lang in der Küche des Cafés den Rührlöffel schwingen sollte, war sie von ihrem Backofen nicht mehr wegzulocken. Wenn es so weiterging und Rieke jeden zweiten Tag als Torten- und Kuchentesterin herhalten musste, würde sie innerhalb kürzester Zeit aus den Nähten platzen. Der Tatendrang ihrer Mutter war nicht mehr zu stoppen. Ebenso erging es ihrem Vater. Auch ihm hatte die Aussicht auf ein Leben mit einer neuen Aufgabe frische Lebensenergie eingehaucht. Konsequent und ohne Nörgelei machte er täglich seine Übungen, arbeitete hart an sich, um wieder beweglicher zu werden. Zunehmend schaffte er es, wieder mehr Schritte am Stück zu gehen. Jedoch würde er allem Anschein nach und wenn man den Ärzten Glauben schenken wollte, weiterhin auf Gehhilfen und auch auf den Rollstuhl angewiesen sein.

Nachdem sie alle klärenden Gespräche hinsichtlich der finanziellen Lage, der Fördermöglichkeiten und der Zukunftsaussichten des Hofes hinter sich gebracht, Angebote eingeholt, angenommen oder abgelehnt hatte, gaben sich nun Handwerker quasi die Scheunentür in die Hand. Klopfen, Hämmern, Sägen, Bohren, schlichtweg jedwede Geräuschkulisse einer Baustelle waren an der Tagesordnung und verebbten erst am späten Nachmittag. Die Bauarbeiten schritten voran, würden jedoch, wie Architekt Hanno ihr erklärte, noch bis zum nächsten Frühjahr andauern. Nach Riekes Vorstellung wäre eine Eröffnung des Cafés in der Vorweihnachtszeit einfach genial gewesen, leider aber utopisch, wie Hanno ihr deutlich machte.

„Denk immer daran, dass wir aus der Scheune das Beste rausholen wollen. Ein zügigerer Umbau geht nur auf Kosten der Qualität. Ich habe den Zeitplan bis März gesteckt. Und selbst das ist schon eine ziemliche Herausforderung. Wenn alles nach Plan läuft, könntest du vielleicht zu Ostern eröffnen."

Riekes Stimmung fuhr talwärts. Doch was erwartete sie eigentlich? Ein Umbau war schließlich keine Hexerei. In der Realität ging es nicht zu wie im Märchen „Der Fischer und seine Frau", in dem die unzufriedene Ehefrau sich erst ein Haus und wenig später ein steinernes Schloss wünschen konnte. Schlagartig hellte sich ihre Stimmung wieder auf, und sie musste über sich selbst lachen.

„Was ist los?" wollte Hanno wissen.

„Ach, nichts", winkte Rieke ab.

„Nein, das kannst du jetzt nicht machen. Wenn es was zu lachen gibt, will ich es auch wissen. Der Alltag ist schon ernst genug."

„Na gut. Du willst es nicht anders. Ich habe gerade gedacht, dass du kein Butt bist und ich nicht die Frau eines Fischers", sagte Rieke in der Annahme, dass Hanno wusste, was sie damit meinte.

Sein Gesicht verzog sich zu einem breiten Grinsen, und er rezitierte mit verstellter Stimme:

„Manntje, Manntje, Timpe Te,
Buttje, Buttje in der See,
mine Fru, de Ilsebill,
will nich so, as ik wol will."

„Na, was will sie denn?"

„Sie will ein steinernes Schloss."

„Geh nur hin, sie hat es schon."

„Zaubern kann ich tatsächlich nicht. Ich kann nur versuchen, dass wir den Fertigstellungstermin einhalten", sagte er abschließend, womit sich Rieke zufriedengab.

Nachdem sie sich voneinander verabschiedet hatten und er vom Hof gefahren war, umrundete sie nochmals Scheune und Remise, um sich seine Ausführungen in aller Ruhe vor Augen zu führen.

Die Remise war nicht das Problem. Fehlende und kaputte Bretter waren von Lorenz ersetzt, geschliffen, geschmirgelt, lasiert und gestrichen, Fenster eingebaut und Rahmen lackiert worden. Er hatte Holzregale gezimmert und Aufhängungen für landwirtschaftliche Geräte platziert. Die schadhaften Stellen der Dacheindeckung konnte er reparieren und abgängige Dachpfannen durch neue ersetzen. Letztlich fertigte er noch mehrere Nistkästen, die er an der Rückseite der Remise anbrachte. Nun fehlte lediglich noch die Unterkunft für die Ferientiere, die ebenfalls in einem Teil der Remise untergebracht werden sollten. Damit wollte er sich in den kommenden Tagen beschäftigen.

Demgegenüber befand sich die Scheune in einem eher bedauernswerten Zustand. Zwar war ihr Dach wieder intakt, weil es im Hinblick auf mögliche Küstenstürme als allererstes repariert worden war. Doch statt der alten Pflasterung befand sich eine riesige dunkle Grube im Scheuneninneren. Die Arbeiten für den neuen Fußbodenaufbau für das künftige Café würden noch eine ganze Menge Zeit in Anspruch nehmen. Wie sie da vor der Grube stand, konnte sie es sich noch gar nicht vorstellen, dass die alten Pflastersteine in nur wenigen Monaten wieder eine durchgängige Fußbodenfläche bilden sollten.

Sie schlenderte weiter zur Streuobstwiese. Es war ein ertragreiches Erntejahr gewesen. Sogar die Äste der Guten Luise, Riekes Lieblingsbirnbaum, hatten an ihrer Last schwer zu tragen gehabt. Mit vorausschauendem Blick auf die zukünftigen Backaktionen hatte ihre Mutter eine Unmenge Obst eingekocht, um es später als Kuchen- oder Tortenbelag zu verwenden. Die Birnbäume waren wie leergefegt, nur an den Apfelbäumen hingen noch vereinzelte Früchte. Als sie am kleinsten der Bäume, der Agathe von Klanxbüll, vorbeikam, pflückte sie einen leuchtendroten Apfel, rieb ihn am Pulli blank und biss hinein. Er schmeckte süß und sauer zugleich. Neben den Birnen der Guten Luise waren Agathes Äpfel ihr zweites Lieblingsobst. Einerseits weil sie hervorragend schmeckten, andererseits wegen der Geschichte, die hinter dieser Sorte steckte und an die sie sich immer gern erinnerte.

Rieke fragte sich, ob es Zufall war, dass sie gerade jetzt an diese Erzählung dachte. An eine Geschichte wahren Ursprungs, die wieder einmal auf das Handeln einer Frau zurückzuführen war. Sie setzte sich mit dem bis auf den Griebsch abgeknabberten Apfel auf die alte Holzbank.

Genau solch ein Apfelrest und die Lobpreisungen über diese äußerst schmackhafte Frucht brachten vor über hundert Jahren die Wirtin eines Gasthofes im nordfriesischen Klanxbüll dazu, einen Gast um seinen Apfelrest zu bitten. Sie soll alle Kerne herausgepult und sie in einen Blumentopf gesetzt haben. Die Triebe, die sich aus ihnen entwickelten, pflanzte sie in den Garten, und sie wuchsen zu ansehnlichen Bäumen heran, die nach einigen Jahren erste Früchte trugen. Viele Jahre später wurde Agathes Apfelsorte durch einen Gärtner entdeckt und hielt Einzug in nordfriesische Gärten. Widerstandsfähig und den extremen Wetterverhältnissen angepasst, machte sie sich einen Namen als aromatischer Herbstapfel. Gerade in der Nachkriegszeit schätzten sich viele Gartenbesitzer glücklich, dass sie die reich tragenden Agathe von Klanxbüll im Garten stehen hatten.

Natürlich konnte Wirtin Agathe weder damit rechnen, dass gerade diese Apfelsorte vielen Menschen im Norden über die schlechte Zeit hinweghelfen würde, noch, dass diese Sorte in Zukunft ihren Namen tragen sollte.

Nachdenklich saß Rieke auf der Bank. Sie pulte die Apfelkerne aus ihrem Griebsch, um sie später in Blumenerde zu stecken. Dabei dachte sie über die Namensgeberin der Apfelsorte nach. Sie fragte sich, was Agathe wohl zu ihrem Hofumbauprojekt gesagt hätte? Sehr wahrscheinlich: „Nicht lang schnacken, einfach machen" oder ähnliches. Auf jeden Fall hätte sie sicher in die Hände gespuckt, die Ärmel hochgekrempelt und sich an die Arbeit gemacht. Im weiten Bogen warf sie den kernlosen Griebsch in die Wiese. Die Apfelkerne fest in der Hand, machte sie sich auf die Suche nach einem Blumentopf und Erde. Dabei verankerte sich in ihren Gedanken: Säen, wachsen, ernten. So war und ist es mit allen Dingen auf der Welt.

Riekes einstiger Mitschüler Mattis, der ihr schon beim Umzug auf den Hof geholfen hatte, heuerte bei einem der Handwerksbetriebe als Hilfskraft an, da er immer noch keinen Job als Buchbinder gefunden hatte. Seitdem war er fast jeden Tag auf dem Hof, und seitdem fand Rieke des Öfteren Blumensträuße aus herbstlichen Wiesenblumen vor ihrer Tür oder Zettel mit Gedichten in ihrem Briefkasten. Offensichtlich hatte er sich in sie verguckt, was ihr gar nicht behagte. Sie mochte ihn. Aber mehr auch nicht. Gerade heute holte sie wieder eine Postkarte, die er selbst gestaltet zu haben schien, aus dem Briefkasten. Wie schon oft war ein Vers eines unbekannten Gedichts darauf zu lesen. Sie vermutete, dass er möglicherweise selbst dichtete.

> „Der Himmel so hoch und weit das Land,
> die Wiesen voll Tau und sacht der Strand.
> Doch kommen die Winde und Wellen daher,
> betrübt sich der Himmel, das Herz wird mir schwer.
> Dann streif ich allein im Sturmgebraus,
> den Deich entlang zu deinem Haus.
> Ich klopfe nur zaghaft, der Wind peitscht das Haar.
> Mein Herz pocht zum Bersten, doch du bist nicht da.
> Da lauf ich zurück, meiner Heimstatt zu
> auf gewundenen Pfaden – in Gedanken nur Du!“

Nachdem sie es gelesen hatte, legte sie die Karte zu den anderen in eine Schublade des alten Sekretärs, der in ihrem Wohnzimmer stand. Sie konnte weder sagen, dass ihr diese Zeilen besonders gefielen, noch dass sie ihr egal waren. Auf jeden Fall waren sie schwülstig und altmodisch. Wenn sie die Verse allerdings von der richtigen Person, also nicht von Mattis erhielte, wären sie gar nicht mal so übel. Andererseits empfand sie es schon irgendwie eigentümlich, dass Mattis es vorzog, ihr Zettelchen in den Briefkasten zu stecken oder selbstgepflückte Blumen auf den Türvorleger zu legen, als auch nur ein einziges Mal mit ihr zu sprechen.

Tatsächlich waren sie sich, seitdem er auf dem Hof arbeitete, kaum mehr über den Weg gelaufen. Wenn sie nach Hause kam, war er schon gegangen, und an ihrem freien Freitag ließ er sich nicht blicken. Es erweckte bei ihr den Eindruck, dass er sich scheute, sie direkt anzutreffen. Möglicherweise war er extrem schüchtern und traute sich nicht, mit ihr zu reden. Im Grunde genommen tat er ihr leid, da er seine Zeit mit dem Dichten von Versen verbummelte, ohne zu wissen, ob sie ihn überhaupt mochte.

Tage und Wochen vergingen. Ein goldener Herbst legte sich über die Halbinsel, und mit ihm fegten die ersten Stürme über Nordfriesland. Die Nordseewellen tanzten übermütig und schäumend. Die Pfahlbauten am Strand waren meerumspült. Deiche trotzten den Naturgewalten und wagemutige Urlauber brachten sich trotz angesagter Orkanböen in Lebensgefahr. Was für Risikofreudige lediglich ein interessantes Naturschauspiel darstellte, wurde von Einheimischen seit jeher mit erhöhter Aufmerksamkeit beobachtet.

Auf dem Hof schritten die Bauarbeiten weiter voran. Die Remise war mittlerweile komplett fertiggestellt. Gerade war Lorenz dabei, die Wiese auf der die Ferientiere künftig stehen sollten, zu umzäunen. Mit kräftigen Hammerschlägen drosch er unzählige neue Pfosten in die Erde. Auch der Stelzenhaus-Hühnerstall stand bereits fix und fertig auf seinen Rollen. Er brauchte nur noch an die passende Stelle geschoben zu werden. Alles lief wie am Schnürchen.

Riekes Eltern hatten sich in die neue Situation hineingefunden und fanden es, mit einigem Abstand betrachtet, mittlerweile ganz angenehm, in die zweite Reihe zurückgetreten zu sein. Gesine nutzte die kalte Jahreszeit zum Schal- und Sockenstricken, da Rieke beiläufig erwähnte, dass sie im Café Regale mit Handarbeits- und Handwerksartikeln anbringen wollte. Auch andere handwerklich Begabte oder Bastelfreudige sollten für einen kleinen Obolus ein Regalbrett anmieten können, um ihre Artikel zum Verkauf anzubieten.

„Ich muss doch wohl keine Miete zahlen für ein Regal, oder?", fragte ihre Mutter sofort.

„Nein, natürlich nicht, Mutti. Das wäre ja noch schöner, wenn ich von dir Geld dafür nähme."

„Meinst du denn, unsere Gäste werden sich überhaupt für Selbstgemachtes interessieren?", wollte sie wissen.

„Ich bin davon überzeugt. Da braucht man sich nur auf Kunsthandwerkermärkten umzuschauen, wie groß dort die Nachfrage nach Strickwaren ist. Zudem kommen die Leute, die bei uns ein Regal mieten, immer wieder vorbei, um zu gucken, ob schon etwas verkauft wurde. Damit halten wir uns die schon mal warm. Zudem sagen sie es anderen weiter, dass wir ihre Handwerksarbeiten verkaufen. Diese Mund-zu-Mund-Propaganda ist nicht zu unterschätzen. Außerdem kommen wir auf diese Weise immer wieder an neue Gäste. Es wird sich schon rumsprechen, dass es uns gibt. Wirst schon sehen."

Riekes Vater hatte mit der Betreuung der Ferientiere, die bald auf dem Hof einziehen sollten, seine Bestimmung gefunden. So dauerte es nicht lange, bis die ersten Ramelsloher Hühner im und am Stelzenhaus herumstaksten, pickten und scharrten. Der Urlaub auf Zeit für die ersten Coburger Fuchsschafe war fürs Frühjahr geplant. Bis dahin würde er noch genug anderes auf dem Hof zu tun bekommen. Derzeit beschäftigte er sich damit, die alten landwirtschaftlichen Gerätschaften zu ordnen, zu entstauben und ihnen im Ausstellungsraum in der Remise einen geeigneten Platz zuzuweisen. Sogar über eine adäquate Beschriftung machte er sich bereits Gedanken. Dabei war es ihm ein Anliegen, dass Gäste nach dem Besuch des Museumsraumes mehr über das Leben auf einem Bauernhof in früherer Zeit wussten als zuvor.

Auch Riekes Tagesablauf hatte sich zwischenzeitlich verändert. Die Zeiten, in denen sie sich die Haare über ihrem Finanz- und Businessplan raufte, gehörten der Vergangenheit an. Mit der großen Verantwortung, die als Bauherrin auf ihr lastete und die ihr zu Beginn des Projekts schlaflose Nächte bescherte, hatte sie gelernt umzugehen. Natürlich war das Ganze kein Kinderspiel, dennoch bemühte sie sich, ausschließlich daran zu glauben, dass ihr Plan aufging. So oft sie konnte, machte sie sich ein Bild vom Baufortschritt. Und nicht nur das. Sie hielt sogar jede Neuerung bis zur Eröffnung des Cafés mit der Kamera fest.

Nun war es an der Zeit, sich um das Inventar zu bemühen. Küche, Sanitäranlagen und Mobiliar für den Gastraum wollten ausgesucht und bestellt werden, bestenfalls zeitnah, damit die Eröffnung nicht etwa wegen Lieferschwierigkeiten scheiterte.

Abgesehen davon war sie an den Wochenenden wieder mehr mit ihrem Fotoapparat auf der Halbinsel unterwegs. Manchmal, wenn es ihre Zeit zuließ, war ihre Freundin Antje mit von der Partie. Mehrfach wurde sie von Lorenz auf ihre Kameratouren begleitet. Allerdings war eine Nähe, wie sie sie beim Baden am Ordinger Strand empfunden hatte, nicht mehr zwischen ihnen aufgekommen. Doch vielleicht war das auch ganz gut so. Gerade gestern erst verriet er ihr, dass sich seine Reiselust wieder bemerkbar machte und er beabsichtigte, in Kürze weiterzuziehen. Ihr Erstaunen darüber hätte nicht größer sein können. Zumal sie davon ausgegangen war, dass er die angekündigten drei Monate, die er nach den Regeln seiner Zunft an einem Platz verbringen durfte, auch voll ausschöpfen wollte.

Möglicherweise war dies der Grund, weshalb er auf Abstand zu ihr ging. Er nahm bereits Abschied vom Hof. Besser, sie dachte gar nicht mehr so viel an ihn. Realistisch betrachtet, war es sogar gut gewesen, dass sich zwischen ihnen nichts abgespielt hatte. Wäre das der Fall gewesen, würde sie in Kürze auf ihrem schönen neuen Hof sitzen und in Liebeskummer versinken. Dergleichen Gefühlsduselei konnte sie sich derzeit überhaupt nicht leisten. Natürlich fehlte ihr ein Partner, mit dem sie über alles und jedes sprechen, rumalbern und lachen konnte. An dessen Schulter sie sich anlehnen durfte. Insgeheim wünschte sie sich nichts sehnlicher, als irgendwann einmal den Richtigen, ihren Mister Right, zu finden. Doch Trübsal darüber zu blasen, dass sie noch immer alleine dastand, das lag ihr nicht mehr.

Es gab vieles, worüber sie sich Gedanken machte und was sie sich weiterhin auf ihre gedankliche To-do-Liste schrieb. Dabei kam ihr die Veränderung, die sie in den vergangenen Monaten durchlebte, wie ein Umsturz ihrer bisherigen Persönlichkeit vor. Wobei sie sich eingestand, dass sie sich nie besser in ihrer Haut gefühlt hatte als gerade jetzt. Gerade auch, weil sie noch so viel vorhatte.

Sie wollte die Eiderstädter Landschaft mit ihrer Kamera erkunden und Orte aufsuchen, die sie auf den alten Fotoaufnahmen wiedererkannt hatte. Auch wollte sie endlich im Museum Landschaft Eiderstedt in St. Peter-Dorf der Grauen Frau einen Besuch abstatten. Den Erzählungen von Enno folgend, musste sie sich unbedingt das Herrenhaus Hoyerswort anschauen. Darüber hinaus hatte sie sich fest vorgenommen, den Hochdorfer Garten frostüberzogen oder schneebedeckt mit der Kamera einzufangen. Das Tönninger Packhaus, wenn es im Dezember seine Fenster als Adventskalendertürchen öffnete, stand ebenso auf ihrer Liste. Des Weiteren trug sie sich bereits mit ersten Gedanken, wie sie mit einem eigenen Fotostudio starten konnte. Überdies saß ihre Leselust wieder in den Startlöchern und wartete auf die Bücher der Marschendichterin Thusnelda Kühl.

Zunehmend empfand sie sich dem Land, in dem sie aufgewachsen war, der besonderen Landschaft und der Vergangenheit der Halbinsel zugehörig. Erstmals in ihrem Leben fühlte sie, ein Teil von Eiderstedt zu sein. Als ein solcher lag es ihr am Herzen, mit dem Hofkonzept einen Beitrag zum kulturellen Erbe der Halbinsel zu leisten.

16

Als Rieke an diesem Dezembermorgen aufwachte und aus ihrem Küchenfenster schaute, waren der Garten und der nahegelegene Deich von Raureif überzogen. Schnell schlüpfte sie in ihren flauschigen Jogginganzug, schwang sich einen Schal um, schlüpfte in ihre Sneakers und trat auf die Terrasse. Sie liebte die kalte Jahreszeit. Obwohl ein erster Frost natürlich noch keinen Winter machte. Die dampfende Teetasse wärmend in den Händen, sog sie die schneidend frische Luft tief ein.

„Herrlich, es gibt wohl nichts Schöneres", dachte sie und ließ ihren Blick über den Garten wandern. Die leuchtendroten Fruchtstände der Heckenrosen waren umhüllt von einer Eisschicht. Fast sah es so aus, als saßen die Hagebutten in einem gläsernen Kokon. Auch die Blätter der Hainbuchenhecke waren frostig und teilweise mit einer eisigen Glasur überzogen. Blütenstände, die im Herbst nicht heruntergeschnitten worden waren, zeigten nun ihre ganze Pracht im weißen Kleid. Als sich die Sonne durch den Winterhimmel schob, begann der Garten zu glitzern. Es war ein Feuerwerk der Winterkunst. Eine Symphonie zwischen Bäumen, Büschen, Gräsern und Blüten. Allerdings nur für einen kurzen Zeitraum. Sobald die Temperaturen stiegen, würde der weiße Traum dahin sein.

Schnell holte sie ihre Kamera und begann, den Garten in ihren Aufnahmen zu konservieren. Durchgefroren und froh über die vielen einmaligen Fotos saß sie wenig später am Küchentisch und wärmte sich bei einer zweiten Tasse Tee auf.

Dabei fragte sie sich, was sie an diesem herrlichen Winter-sonntag unternehmen sollte. Sie beschloss, die frühe Uhrzeit zu nutzen, um noch mehr Fotos zu schießen. Dabei hatte sie einerseits eine Foto-Ausstellung, die sie für den nächsten Winter plante, im Hinterkopf, andererseits wollte sie langsam, aber kontinuierlich mit dem Verkauf ihrer eigenen Fotos beginnen. Hierzu musste sie sich jedoch erst einmal ein größeres Foto-repertoire aufbauen, als sie es bisher besaß.

Sie beschloss, Richtung Westerhever zu fahren. War ihr doch gerade vor wenigen Wochen ein altes Winterfoto, das den Ortseingang von Westerhever zeigte, geschenkt worden. Es war ein Wettlauf mit der Zeit. Wenn sie – noch bevor es taute – dort sein wollte, musste sie sich jetzt wirklich sputen. Wie auf der Flucht vor einer Möwe, die auf ein Fischbrötchen aus war, zog sie sich flugs an, ließ ihre Kamera im Mittelfach ihres Rucksacks verschwinden und füllte Kaffee in eine Thermoskanne, die in einer der Seitentaschen des Rucksacks Platz fand.

Rieke folgte der Dorfstraße Richtung Ortseingang. Sie parkte ihren Wagen und ging zu Fuß bis zu der Stelle, von der das alte Foto damals aufgenommen worden sein musste. Auf dem alten Bild war die St. Stephanuskirche noch im Ganzen zu sehen. Heute schaute lediglich das spitze Dach des Backstein-turmes über die Baumwipfel hinweg. Da sie mit dieser Foto-aktion ziemlich schnell fertig war und der Frost immer noch über der Landschaft lag, fuhr sie aufs Geratewohl weiter. Hier und da würden sich ihr sicherlich einige effektvolle Foto-perspektiven bieten.

Der Leuchtturm Westerheversand war ein Muss für ihre Winterfotoserie. Sie stoppte direkt hinterm Deich, erklomm die Kuppe und konnte sich an dem Anblick, wie der Leuchtturm dort inmitten der winterlichen Salzwiesen thronte, gar nicht sattsehen.

Weiter ging es die Deichstraße entlang bis zum idyllischen Grünstrand von Stufhusen. Hier war sie sogar mit Lorenz einmal gewesen. Sie hatten sich gesonnt und die Füße ins Wasser gesteckt. Beim Gedanken an ihn überfiel sie eine eigentümliche Sehnsucht. Einige Wochen waren jetzt bereits vergangen, dass er sein Bündel schnürte und seine Wanderung weiter fortsetzte. Nur ungern erinnerte sie sich daran, wie sie ihm nachsah, als er losmarschierte. Auch den Schmerz, den sie fühlte, als er sich ein letztes Mal zu ihr umdrehte und ihr zuwinkte, konnte sie nicht vergessen. Doch dieses Kapitel war abgeschlossen. Lorenz war Vergangenheit. Sie würde ihn nicht wiedersehen, da machte sie sich nichts vor. Somit führte es zu nichts, wenn sie ihre Gedanken weiter an ihn verschwendete.

Stattdessen wurde es allerhöchste Zeit, dass sie sich über Mattis Gedanken machte. Seit Lorenz nicht mehr auf dem Hof präsent war, meinte er, freies Feld zu haben. Fast jeden zweiten Tag holte sie Zettelchen und Postkarten mit Gedichtversen oder Liebeszitaten aus ihrem Briefkasten. Mindestens einmal die Woche legte er ihr einen Blumenstrauß vor die Haustür. Das musste aufhören. Sie nahm sich fest vor, in allernächster Zeit mit ihm zu sprechen.

Als der Frost zunehmend das Weite suchte und die Sonne Oberhand gewann, setzte sie sich auf eine Bank am Stufhusener Deich und hing ihren Gedanken nach. Sie dachte daran, wie es wohl sein würde, wenn der Umbau des Cafés fertiggestellt war. Wenn sie endlich die Küche einräumte, den Gastraum dekorierte und der Duft von Kaffee, Tee und Kuchen die Räume durchzog. Schon jetzt konnte sie es kaum mehr erwarten, die erste eigene Fotoserie an die Wände des Cafés zu bringen.

Gleichwohl erinnerte sie sich daran, dass sie schon längst mit Kunstschaffenden der Halbinsel Kontakt aufgenommen haben wollte, um sie für eine Ausstellung auf dem Hof zu begeistern. Dazu war sie bisher nicht gekommen. Zuviel anderes war zu bedenken und zu erledigen gewesen. Da kam ihr die Hobbyfotografin Lydia in den Sinn, die sie vor einigen Monaten auf dem Aussichtsturm im Katinger Watt kennengelernt hatte. Augenblicklich fragte sie sich, ob sie wohl immer noch über Land zog und fotografierte, oder ob ihre Leidenschaft mittlerweile ihrem Brotjob in der Zahnarztpraxis zum Opfer gefallen war. Sie beschloss, sie anzurufen und schaute auf ihre Armbanduhr. Neun Uhr, Sonntagvormittag. Eigentlich war das keine gute Zeit, um irgendwo anzuklingeln. Sie tat es dennoch. Lydia nahm sofort ab. Schon nach wenigen Gesprächsminuten stellte sich heraus, dass sie auch schon auf den Beinen war.

„Wo bist du unterwegs?", wollte Rieke wissen.

„In Westerhever, und du?", fragte Lydia.

„Das gibt es ja nicht. Dann bist du ganz in meiner Nähe. Ich sitze gerade auf einer Bank auf dem Deich in Stufhusen."

„Das ist vollkommen verrückt. Da wollte ich gleich hin. Wenn du es nicht eilig hast, warte einfach dort auf mich. Bin in wenigen Minuten da", sagte Lydia, packte Kamera und Stativ ins Auto und brauste nach Stufhusen.

Wenig später saßen die beiden Frauen zusammen auf der Bank und schauten gemeinsam in die Weite.

„Das ist wirklich ein schönes Plätzchen. Ich bin schon oft hier gewesen", erzählte Lydia und richtete ihre Kamera in Richtung der Sandbänke, die an diesem klaren Wintermorgen mit bloßem Auge zu sehen waren, aber durch das Kameraobjektiv natürlich viel näher erschienen. Als sie genügend Fotos geschossen hatte, holte auch sie ihre Thermoskanne hervor.

„Ich kenne außer dir echt keine andere Frau in unserem Alter, die frühmorgens bei klirrender Kälte mit einer Thermoskanne auf dem Deich sitzt, anstatt schön gemütlich am Frühstückstisch", sagte Rieke.

„Dito", entgegnete Lydia, packte eine Box mit Butterbroten aus und bot ihr davon an.

„Was hast du in Westerhever gemacht?", wollte Rieke wissen.

„Ich war an der Kirche und wollte mir die Steine der Wogemannsburg ansehen", erklärte Lydia, woraufhin Rieke sie erstaunt ansah und wissen wollte, von welcher Burg sie sprach.

„Sag bloß, du kennst die Geschichte von den Wogemännern, die vor Jahrhunderten hier ihr Unwesen trieben, nicht."

Rieke schüttelte den Kopf und bat sie darum, ihr die Geschichte zu erzählen. Dabei stellte sich heraus, dass Lydia nicht nur eine gute Hobbyfotografin mit einem Gespür für das Zusammenspiel von Flora und Fauna war, sondern auch eine hervorragende Geschichtenerzählerin. Innerhalb kürzester Zeit fühlte sich Rieke, als erlebe sie die Zeit der verheerenden Sturmflut im Jahr 1362, die von Ost- bis Nordfriesland wütete, selbst mit. Lydia erzählte dermaßen anschaulich, dass sie alles genau vor sich sah. Nicht nur wegen der frostigen Temperaturen an diesem Sonntag fror sie. Auch aus der Vorstellung heraus, wie grauenvoll es für die Küstenbewohner damals gewesen sein musste, am eigenen Leib mitzuerleben, wie der Sturm unaufhaltsam anwuchs, Orkane Wellen in die Höhe peitschten und mit einer unermesslichen Naturgewalt Wassermassen gen Küste trieben.

„Dabei sind große Teile der Uthlande, also der Gebiete nördlich von Eiderstedt, untergegangen. Unzählige Menschen verloren ihr Leben und diejenigen, die diesen Wahnsinn überlebten, besaßen nur noch die Kleider, die sie auf dem Leib trugen", sagte sie.

„Und was war mit den Wogemännern?", wollte Rieke wissen.

„Dazu komme ich jetzt. Ist spannend, oder?"

Rieke nickte und fragte sich, warum Lydia eigentlich immer noch in einer Zahnarztpraxis arbeitete, obgleich sie als Gästeführerin, Geschichtenerzählerin oder dergleichen sicherlich richtig durchstarten könnte.

„Überlebende Bauern und Fischer, die ihre Heimat verloren hatten, schlossen sich zusammen. Unter ihnen soll sich auch eine Ritter-Familie namens Waage oder Woge vom heutigen Nordstrand befunden haben. Raubend und mordend brachten sie Angst und Schrecken übers Land. Schließlich bauten sie sich in Westerhever eine Burg. Acht Jahre lang trieben sie hier ihr Unwesen. Entrissen Mädchen und Frauen ihren Familien und verschleppten sie in ihre Burg. Eine Bürgerwehr war es schließlich, die die Burg stürmte. Doch nur durch die Hilfe der tapferen Frauen, die die Zugbrücke herunterließen, konnten die Wogemänner letztlich zu Fall gebracht werden."

Mittlerweile meinte Rieke, dass die Geschichten, die sich um die Frauen dieser Halbinsel rankten, sie verfolgten.

„Was ist aus der Burg geworden?"

„Sie wurde Stein für Stein abgetragen", erzählte Lydia.

„Und nach diesen Steinen hast du gesucht?"

„Genau. Die wurden nämlich als Fundament und zum Turmbau der Westerhever Kirche verwendet. Und falls es dich interessiert, auf der Warft, auf der einst die Burg stand, wurde vor über dreihundert Jahren ein Langhaus und eine Haubarg-scheune errichtet. Der Name „Wogemannsburg" hat sich bis in die heutige Zeit gehalten. So, nun weißt du Bescheid über die Wogemänner", sagte sie abschließend.

„Du kennst dich richtig gut in der Heimatgeschichte aus. Hut ab", lobte Rieke sie.

„Ich liebe einfach nordfriesische Sagen und Erzählungen. Die haben mich schon immer interessiert."

Während Lydia noch andere Geschichten aufzählte, die sie auch aus dem Stehgreif hätte erzählen können, wenn es nicht so kalt gewesen wäre, bekam Rieke eine Idee nicht mehr aus ihrem Kopf.

„Wie wäre es, wenn du mit deinen Fotos und Erzählungen zu mir ins Café kommen würdest", sprach sie ins Blaue hinein.

„Wie meinst du das?"

„Ich werde im Frühjahr ein Café bei uns auf dem Hof er-öffnen. Da könnte ich mir sehr gut eine Ausstellung mit dei-nen Fotos vorstellen, und damit es etwas sehr Besonderes wird, erzählst du zu den Bildern immer die passende Ge-schichte."

Sie war sofort Feuer und Flamme.

„Das ist eine tolle Idee. Du musst mir nur sagen, wann es losgehen soll."

„Dazu würde ich die Sommermonate anpeilen. Zur Eröff-nung starte ich erstmal mit meinen eigenen Fotos. Ich stelle mir einen Wechsel der Bilder im Drei- oder Viermonatstakt vor. Wenn du magst, kannst du gern den Juli einplanen."

Damit war es zwischen den beiden Frauen abgemacht. Ly-dia würde ab jetzt ihr Augenmerk auf das Fotografieren von Motiven legen, zu denen sie die Cafégäste später in die Eider-stedter Geschichtsruhe entführen konnte.

„Wo würdest du die Grenze ziehen? Nur Eiderstedter Fotos und Erzählungen oder auch darüber hinaus?", wollte sie wissen.

„Vielleicht erstmal nur von der Halbinsel. Wenn deine Ausstellung mit dem Vortrag gut ankommt, kannst du gerne nochmal mit Fotografien von Husum und umzu wiederkommen."

Die Ideen, die Rieke für das neue Ausflugsziel der Halbinsel entwickelte, rissen nicht ab. Immer noch hatte sie im Hinterkopf, dass sie auch mit der Kettensägen- und Treibholzkünstlerin, die sie vor etlichen Monaten im Kunsthaus kennenlernte, Kontakt aufnehmen wollte. Selbst, wenn sie ihr nicht gleich einen Termin für eine Ausstellung anbieten konnte, würde sie diese Künstlerin auf jeden Fall zur Eröffnung des Cafés einladen.

Zunehmend überzogen Kälte, Frost und Neuschnee die Halbinsel. Die Weihnachtszeit rollte heran und mit ihr die Weihnachtsmärkte in Garding, St. Peter-Ording, die Grachtenweihnacht in Friedrichstadt und das bedeutsame Weihnachtsereignis, das sich durch den ganzen Monat Dezember zog: der Adventskalender am Tönninger Packhaus mit seinem Lichterglanz von über einer Million Lichtern. An all diesen Orten war Rieke mit ihrer Kamera unterwegs. Auch den Hochdorfer Garten mit seiner Baumallee, den Haubarg und die Ruine lichtete sie ab. Zeit dazu hatte sie vor Weihnachten und zwischen den Jahren genug.

Die Arbeiten an der Scheune gingen trotz Kälte gut voran. Das Inventar sollte Ende Januar geliefert werden. Bis dahin schmiedete sie an Plänen für ihr zweites Standbein, das Fotostudio. Dazu war sie in den vergangenen Monaten kaum gekommen. Was jedoch nicht an der fehlenden Zeit lag, sondern daran, dass sie den Schritt in eine zweite Selbstständigkeit scheute. Je länger sie nachdachte, desto klarer sah sie. Mit dem Café und dem ganzen Drumherum war sie streng genommen schon genug beschäftigt. Unter dem Strich würde sie für die Büroarbeit, Bestellungen, Abrechnungen, Buchführung, Lohnzahlungen, die Stimmung im Team und bei den Gästen verantwortlich sein. Zumindest am Anfang. Später, wenn das Café lief, würde sie sicherlich ein oder zwei weitere Mitarbeiterinnen einstellen, um ihre Eltern und Freundin Antje, die ihr als Aushilfe zur Verfügung stand, zu entlasten.

Dabei fragte sie sich, ob sie sich den Stress mit einer zusätzlichen Selbstständigkeit überhaupt antun sollte oder ob das eine Schnapsidee war. Wenn sie es genau nahm, war eine zweite Selbstständigkeit kaum mehr umsetzbar. Der Gedanke, diesen Wunschtraum ad acta zu legen, schmerzte sie einerseits, andererseits atmete sie bei dieser Erkenntnis auf.

Sie würde noch einmal mit Petersen darüber sprechen. Er war ihr zu einem guten Ratgeber und – sie konnte sagen – zu einem väterlichen Freund geworden, den sie in Zukunft nicht missen wollte. Er hatte ihr zur Seite gestanden, als sie noch nicht recht wusste, wo ihr Weg langführen sollte. Er war es gewesen, mit dem sie die schwierigen Phasen der letzten Monate umschifft hatte. Mit ihm würde sie sprechen. Wer weiß, vielleicht sah er einen Weg, von dem sie bis jetzt noch nicht ahnte, dass es ihn gab.

Ihren Gedanken nachhängend, saß sie mit einer Tasse Tee am Küchentisch. Die Küche war schon immer ihr Dreh- und Angelpunkt gewesen. Ein Ort, an dem sie – seitdem sie denken konnte – sich immer am wohlsten fühlte. Sie sah aus dem Fenster. Es begann tatsächlich zu schneien. Zarte Schneeflocken rieselten vom Himmel herab und setzten sich auf die Fensterscheiben. Bei genauem Hinschauen konnte sie sogar die filigranen sechseckigen Eiskristalle erkennen. Doch binnen Sekunden schwand die Pracht wieder. Natürlich spürte sie sofort ein Kribbeln in den Fingern, die es gewohnt waren, bei Aussicht auf ein seltenes Foto nach der Kamera zu greifen. Aber sie ließ es. Stattdessen sog sie den würzigen Duft des Bratapfeltees ein, lehnte sich zurück und staunte über die Höhen und Tiefen der vergangenen Monate.

Sie überlegte, wer oder was diese Veränderungen in ihrem Leben in Gang gesetzt hatte. Dabei hielt sie sich vor Augen, dass nicht nur der Unfall ihres Vaters dafür verantwortlich gewesen war, sondern ihr Umdenken an dem Tag begann, an dem sie erstmals das Schaufenster im Fotoladen gestalten durfte. Sie erinnerte sich daran, wie verärgert sie gewesen war, dass ihr Chef ihr Tun ihrer Ansicht nach nicht genug wertschätzte.

Auch fragte sie sich, warum sie ihre Unterforderung und seine Geringschätzung ihm gegenüber damals nicht einfach zur Sprache gebracht hatte. Stattdessen war sie beleidigt in ihr Schneckenhaus gekrochen und in Selbstmitleid zerflossen. Rückblickend konnte sie über ihr Verhalten nur den Kopf schütteln. Ebenso über ihre Gedanken, alles hinschmeißen zu wollen, um irgendwo neu anzufangen. Dass sie für solcherlei Überlegungen Zeit verschwendet hatte, empfand sie heute mehr als unnütz. Sie war auf Eiderstedt geboren und aufgewachsen. Sie war ein richtiges Inselkind und gehörte zu dieser Halbinsel wie die Schafe zum Deich.

17

Als Rieke am sechsten Dezember die Tür zum Fotoladen aufschloss, war ihr Chef bereits da. Für gewöhnlich erschien er nicht vor zehn Uhr vormittags im Laden, und sie fragte sich, was er so zeitig schon zu tun hatte. Sie fand ihn im Büro über eine Liste gebeugt. Es schien, als brüte er über irgendwelchen Zahlen. Als er sie den Raum betreten sah, sprach er sie an: „Moin Friederike. Gut, dass Sie endlich da sind. Wir müssen reden. Vielleicht kochen Sie uns dazu einen starken Kaffee. Den werden wir beide sicherlich brauchen".

Fragend schaute sie ihn an.

„Ich komme gleich zu Ihnen in die Sitzecke. Das dauert hier nicht mehr lange", sagte er und rief ihr, als sie sich zur Teeküche wendete, hinterher, dass sie das „Geschlossen-Schild" in die Tür hängen sollte, da er beabsichtigte, den Laden heute etwas später zu öffnen.

„Jetzt machen Sie mich wirklich neugierig", platzte es aus ihr heraus, was Petersen gar nicht mehr wahrnahm, so konzentriert starrte er auf die vor ihm liegenden Aufzeichnungen.

Wenig später war der Kaffee fertig, eine aromatische Duftnote durchzog das Fotostudio, und Chef und Angestellte saßen sich in der Fünfzigerjahre-Sitzecke gegenüber. Da Petersen nur überlegend dasaß und schwieg, fragte Rieke ihn, ob sie nicht vielleicht wieder die Ladentür aufschließen sollte, aber er winkte ab.

„Für Kundschaft haben wir jetzt keine Zeit, wir haben Wichtigeres zu tun", erklärte er, was Riekes Neugierde weiter steigerte.

Dann ergriff er das Wort und berichtete, dass er sich über seinen Fotoladen Gedanken gemacht habe.

„So geht es schließlich nicht weiter. Es kommen immer weniger Leute in den Laden. Die Einnahmen in den vergangenen Monaten sind drastisch zurückgegangen und …"

„… jetzt wollen Sie, dass ich meinen Hut nehme und gehe, weil Sie schließen wollen", beendete Rieke seinen Satz.

„Nein. Ganz im Gegenteil", sagte er und schaute sie eindringlich an. „Ich muss zugeben, das hatte ich eigentlich vorgehabt. Aber, ganz ehrlich, ich bin erst Ende fünfzig, und ich kann nichts anderes als das, was ich mein Leben lang gemacht habe."

Rieke ahnte nicht, worauf dieses Gespräch hinauslaufen würde. Auf jeden Fall sah es so aus, als hätten sich ihre Rollen nun vertauscht. War es vor einem guten halben Jahr noch sie selbst gewesen, die nicht gewusst hatte, wie es weitergehen sollte, so war es jetzt ihr Chef, der augenscheinlich Hilfe brauchte.

„Ich bin zu dem Schluss gekommen, dass ich mich meinen roten Zahlen nicht kampflos ergeben werde. Letztlich bin ich ja selbst schuld, dass es so weit gekommen ist. Wäre ich schon eher mit der Zeit gegangen und hätte mich nicht auf meinen geerbten Lorbeeren ausgeruht, wäre ich jetzt nicht derart in der Misere."

Erstaunt schaute Rieke ihn an und fragte, was er ihr damit sagen wollte.

„Das heißt, dass ich mich nicht geschlagen geben, sondern weiterkämpfen werde, genau wie Sie es in den letzten Monaten getan haben. Sie haben sich schließlich auch nicht unterkriegen lassen. Ehrlich gesagt, kann ich es mir gar nicht vorstellen, den Laden zu schließen und auszuräumen. Außerdem wüsste ich gar nicht, was ich den lieben langen Tag tun sollte. Um in Saus und Braus zu leben, dazu habe ich nicht genug auf der hohen Kante. Ganz im Gegenteil. Ich muss wirklich sehen, wie ich in Zukunft über die Runden komme. Außer ich verkaufe den Laden. Aber das kann ich nicht. Er ist seit Generationen in Familienbesitz. Das bringe ich nicht übers Herz. Da ergeht es mir jetzt nicht viel anders als Ihnen mit Ihrem Hof."

Riekes Verwunderung über seine Offenheit hätte nicht größer sein können. Ihr Chef wollte sich an ihr ein Beispiel nehmen? An der Angestellten, der er noch vor wenigen Monaten lediglich das Einräumen der Regale und die Passfotografie zutraute?

„Und was kann ich dabei für Sie tun?", wollte sie wissen.

„Das will ich Ihnen gerne erklären. Als wir uns zuletzt unterhielten, waren wir so verblieben, dass Sie hier nur noch solange arbeiten, bis Sie Ihr Café eröffnen."

Rieke nickte zustimmend.

„Jetzt stellte ich mir die Frage, wie viele Tage die Woche Sie wohl beabsichtigen, das Café offen zu halten. Wissen Sie das schon?", woraufhin Rieke antwortete, dass sie darüber tatsächlich noch keine abschließende Entscheidung getroffen hätte, sich aber vorstellte, dass sie eher langsam starten würde.

Dann schwenkte er um und fragte, ob sie immer noch mit dem Gedanken spielte, sich mit einem Fotostudio selbstständig zu machen, was sie bejahte.

„Ich schätze, wenn Sie ehrlich zu sich sind, wissen Sie nicht, ob Sie zwei Selbstständigkeiten auf einmal wuppen können, oder?", womit er den Nagel auf den Kopf traf.

„Sie können Gedanken lesen", sagte Rieke, nahm einen großen Schluck Kaffee und hörte Petersen sagen, dass er ihr gerne ein Angebot machen wollte.

„Wie wäre es, wenn Sie weiterhin bei mir arbeiten? Zwar nicht mehr vier Tage die Woche, sondern nur noch zweieinhalb oder drei. Ich denke, damit wäre Ihnen geholfen und mir auch. Eine Win-win-Situation sozusagen."

„Aber Sie sagten doch gerade, dass der Laden rote Zahlen schreibt. Wie wollen Sie mich dann bezahlen?"

„Das lassen Sie mal meine Sorge sein. Das kriege ich schon irgendwie hin. Natürlich nur wenn …"

„Wenn was?", fiel Rieke ihm ins Wort.

„Wenn Sie mir dabei helfen, das Geschäft von rechts auf links zu drehen, es zukunftsfähig zu machen. Den Jahrhundertstaub rauszufegen, sozusagen", sagte er und musste über seine Wortwahl selbst schmunzeln.

„Sie müssen das ja nicht sofort entscheiden. Denken Sie in aller Ruhe darüber nach und geben mir Bescheid, ob ich auf Sie zählen kann", sagte er, womit sie sich jedoch nicht zufriedengab.

„Moment. Das müssen Sie mir schon etwas genauer erklären, sonst kann ich gar nichts entscheiden."

Petersen ließ sich kein zweites Mal bitten, holte seine Aufzeichnungen hervor und begann damit, ihr sein neues Firmenkonzept vorzustellen, wobei ihm nicht entging, wie entgeistert sie ihn ansah.

Das Fotostudio sollte nur noch an einigen Tagen für Laufkundschaft öffnen. Des Weiteren plante er Außer-Haus-Termine, die seiner Ansicht nach viel gewinnbringender seien, als sich den Allerwertesten im Laden plattzusitzen und auf Kundschaft zu hoffen.

„Mein Reden", warf Rieke ein.

„Ich weiß. Das ist genau das, was Sie in einem unserer Gespräche angedeutet haben", gab er zu.

„Sie wären ausschließlich für die Außentermine zuständig. Ich kümmere mich um den Laden und um eine vernünftige Homepage und einen Web-Shop. Ohne die beiden Sachen geht es ja heutzutage leider nicht mehr."

„Ich dachte, Sie halten nichts von Online-Käufen", staunte Rieke.

„Nützt ja nichts. Entweder ich gehe mit der Zeit, oder ich kann einpacken", sagte er seufzend.

Am liebsten hätte sie ihn umarmt, hielt sich aber zurück. Stattdessen sagte sie, dass sie ein schöneres Geschenk zum Nikolaustag noch nie in ihrem Leben bekommen hätte.

„Ich würde also weiterhin Ihre Angestellte bleiben, nur dass ich einen komplett anderen Aufgabenbereich bekäme?", hielt sie fest.

„Richtig. Mit Ihrer Hilfe würde ich in Zukunft den Schwerpunkt des Studios auf die Auftragsfotografie legen. Unabhängig davon bräuchte ich allerdings erstmal Ihren geschätzten Rat, wie wir diese Räumlichkeiten hier wieder flottkriegen", dabei machte er eine ausladende Armbewegung, die den ganzen Fotoladen einschloss.

„Das sollte kein Problem sein", entgegnete Rieke.

„Heißt das, Sie gehen auf mein Angebot ein?", fragte Petersen mit einem aufgeregten Zittern in der Stimme.

„Das soll es heißen", sagte Rieke abschließend, und Petersen versprach, noch am gleichen Tag einen neuen Vertrag aufzusetzen.

„Könnten Sie vielleicht gleich einen ersten Auftrag annehmen? Ich habe nämlich schon hier und da die Werbetrommel gerührt und einen Auftrag von einem Hochzeitspaar erhalten."

„Echt? Haben Sie Zeitungsanzeigen geschaltet?"

„Nein, ich habe Kontakte spielen lassen. Hätte ich schon längst machen sollen. Aber man lernt ja nie aus. Sieht man ja an Ihnen. Sie mussten sich ja auch in alles Mögliche reinfuchsen. Dann werde ich alter Hase das vielleicht genauso gut schaffen."

„Das Paar heiratet übrigens noch vor Weihnachten. Es ist eine standesamtliche Trauung, die im Trauzimmer vom Museum Landschaft Eiderstedt stattfinden soll. Vielleicht schauen Sie sich die Örtlichkeiten vorher lieber mal an. Außer natürlich, Sie kennen die Museumsräume und wissen, wo sie das Paar ablichten könnten."

Rieke staunte nicht schlecht. Fototermine mit Hochzeitspaaren hatte es bisher immer nur im Studio gegeben. Überhaupt hatte Petersen, seitdem sie ihn kannte, nie in Erwägung gezogen, auch außerhalb seiner Räumlichkeiten zu fotografieren. Desto mehr freute sie sich, dass er nun endlich eine andere Strategie verfolgte.

Als Rieke an diesem Tag den Fotoladen verließ, konnte sie ihr Glück noch immer nicht fassen. Sie würde in Zukunft nicht nur Chefin eines eigenen Cafés sein, sondern sich sogar weiterhin beruflich mit ihrer Fotoleidenschaft beschäftigen. Dass die Kombination dieser beiden Tätigkeiten ihr gerade in der Anfangszeit, wenn sie mit dem Café startete, viel abverlangen würde, wusste sie. Es war ein Wagnis, an dem sie wachsen oder scheitern konnte.

Eigentlich hatte sie vorgehabt, nach der Arbeit auf direktem Weg nach Hause zu fahren, da ihre Mutter sie zum gemeinsamen Backen erwartete. Schon seit mehreren Wochen brachte Gesine ihr die Kunst des Kuchen- und Tortenbackens von

Grund auf bei. Dabei musste sie feststellen, dass das Sprichwort, dass aller Anfang schwer war, bei ihr absolut ins Schwarze traf.

Sie war keine einfache Schülerin und ihre Mutter eine penible Lehrerin. Das äußerte sich schon darin, dass Rieke es mit den Rezeptangaben anfangs nicht so genau nahm. Als Begründung gab sie ihrer Mutter gegenüber an, dass sie schon in der Schule gerne auf- und abgerundet habe. Unter dem Strich sah sie es schließlich ein, dass sie mit dieser ungenauen Arbeitsweise nicht weit kam. Fortan disziplinierte sie sich, was zu ihrer eigenen Verwunderung im Ergebnis zu schmackhaften und vorzeigbaren Tortenkreationen führte, die sich sehen lassen konnten.

Den obligatorischen Backtermin mit ihrer Mutter würde sie jedoch heute sausen lassen. Natürlich nicht ohne ihr vorher Bescheid zu geben. Stattdessen wollte sie sich im Museum umschauen.

Sie ließ ihren Wagen stehen und spazierte los. Tatsächlich war sie bisher immer nur am Museum vorbeigelaufen und noch nie drinnen gewesen. Wobei sie mit solchen Versäumnissen sicherlich nicht allein auf der Welt war. Sie nahm an, dass wohl die meisten Menschen ihre Tagespläne abarbeiteten, ohne nach rechts oder links zu schauen.

Das Museum war ein langgezogener, reetgedeckter Backsteinbau mit grünen Fensterrahmen, einem großen Tor und einer schicken Eingangstür in grün-weißem Zickzackmuster. Rieke betrat den Eingangsbereich des Museums und blieb augenblicklich wie angewurzelt stehen.

Da war sie, die imposante Sandsteinskulptur der Grauen Frau, von der Enno ihr erzählte und die sie sich schon längst angesehen haben wollte. Nun stand sie ihr direkt gegenüber.

Auge in Auge sozusagen. In ihrer Tracht gab sie eine stattliche Figur ab. Letztlich wurde Rieke klar, dass sie sich überhaupt nicht vorstellen konnte, wie diese Frau vor über vierhundert Jahren gelebt haben mochte. Wie sie ihr beschwerliches, anstrengendes Leben gemeistert und es mit den Widrigkeiten des Lebens aufgenommen hatte. Alles in allem lag die Vorstellung, wie Frauen im sechzehnten Jahrhundert ihr Leben bewerkstelligten, außerhalb von Riekes Vorstellungsvermögen. Sie konnte sich zwar vorstellen, wie die Menschen auf der Halbinsel vor einhundert bis zweihundert Jahren lebten, aber darüber hinaus empfand sie es als äußerst schwierig. Dennoch wusste sie eines genau. Das Leben dieser Frau war Lichtjahre von der heutigen Lebensweise entfernt und schon deswegen zollte sie ihr allergrößten Respekt.

Schon nach relativ kurzer Zeit war ihr klar, dass sie für die Erkundung des kompletten Museums mindestens noch einmal an einem anderen Tag wiederkommen musste. Wenn sie alles anschauen wollte, was in den Ausstellungsräumen auf zwei Etagen präsentiert war, brauchte sie entschieden mehr Zeit, als sie heute hatte. Außerdem war sie heute eigentlich nur wegen des Trauzimmers und möglicher Hintergrundmotive für die Hochzeitsfotografie hier. Nur wenn sie damit schnell fertig war, würde sie sich noch in einigen anderen Räumen umsehen.

Sofort nach Betreten des Raumes fühlte sie sich in eine längst vergangene Zeit zurückversetzt. Sie verstand es gut, dass Paare sich zwischen diesem alten, aufpolierten Mobiliar gerne das Jawort gaben. Dabei konnte sie sich ihrer eigenen Gefühle, die ihr unmissverständlich zu verstehen gaben, dass auch sie irgendwann einmal in so einem Raum den Bund der Ehe schließen wollte, nicht erwehren.

Als sie mit der Besichtigung fertig war, schaute sie noch kurz in einige der anderen Räume. Inspiriert von der Grauen Frau, die ihr immer noch im Kopf herumspukte, legte sie in der noch verbleibenden kurzen Öffnungszeit ihr Augenmerk auf die Arbeit der Frauen. Allein die offene Kochstelle, die Sammlung der gusseisernen Bügeleisen und der übergroße Webstuhl vermittelten ihr, dass Hausarbeit früher kein Zuckerschlecken gewesen war, sondern harte beschwerliche Arbeit.

Schon jetzt nahm sie sich vor, mit mehr Zeit im Gepäck wiederzukommen, um einen genaueren Blick auf alles zu werfen. Hier konnte sie sich mit Heimatwissen aufrüsten wie wahrscheinlich an keinem anderen Ort auf der Halbinsel. Was sie jedoch schon in der Kürze der Zeit für Einblicke in die Eiderstedter Geschichte erhielt, war immens.

Kurz bevor das Museum seine Pforten schloss, schaute sie noch in den Museumsgarten. Hier entdeckte sie einen alten Badekarren, der für den kommenden Fototermin ein wunderbares Motiv hergeben würde.

Erst am späten Nachmittag kehrte Rieke von ihrer Tour nach Hause auf den Hof zurück. Obwohl sie von dem langen Tag eigentlich erschöpft hätte sein müssen, fühlte sie sich energiegeladen. Sogar in einigen Boutiquen war sie noch gewesen und hatte sich neu eingekleidet. Das war schon lange fällig gewesen. Sie konnte sich nicht einmal mehr daran erinnern, wann sie sich zuletzt etwas zum Anziehen gekauft hatte. Einmal im Schwung rang sie sich durch und betrat einen Friseurladen, in dem ihr ohne vorherige Terminvereinbarung und ohne Zögern und Fragenstellen die langen Haare abgeschnitten wurden.

Ein neuer Lebensabschnitt erforderte eine neue Frisur, dachte sie sich, als sie sich das Resultat im Spiegel betrachtete.

Sie hatte kurzen Prozess gemacht. Sich tatsächlich nicht nur die Spitzen schneiden lassen, sondern ihre lange Mähne war der Schere komplett zum Opfer gefallen. Auch das hätte sie sich vor kurzem nie vorstellen können. Ihr ganzes Leben lang war sie entweder mit Zopf oder Pferdeschwanz durch die Gegend gelaufen. Eine Kurzhaarfrisur war für sie nie ein Thema gewesen.

In ihrem neuen Look konnte sie sich durchaus sehen lassen. Der Umbruch in ihrem Leben war ihr nun auch äußerlich anzusehen. Dass sie mit ihrem neuen Aussehen nicht nur auf Zustimmung treffen würde, davon ging sie aus. Normalerweise mochten die meisten Menschen keine Veränderungen. Wollten, dass immer alles so blieb, wie es war. Aber das schreckte sie nicht ab. Sie fühlte sich wohler denn je, weil sie endlich ihren Lebensweg gefunden hatte.

18

Das neue Jahr fasste Fuß, und die Möbel für das Café wurden angeliefert. Endspurt war angesagt. Die Räume nahmen nach und nach Form an. Ende Januar begann Rieke, dem Café Charakter und Wohlfühlatmosphäre einzuverleiben, damit Gäste sich hier vom Alltag erholen und neue Energie tanken konnten. Gleichwohl wollte sie mit verschiedenen Deko-artikeln und Wandbildern auf die Geschichte der Halbinsel aufmerksam machen. Als schließlich der allerletzte Handgriff erledigt war, erstrahlte die alte Scheune in nie dagewesenem Glanz.

Der Fußboden war mit der alten Ziegelpflasterung neu ausgelegt worden, was ganz hervorragend aussah. Die neuen Innenwände strahlten in einem cremeweißen Farbton und hoben sich gut vom braunen Holzständerwerk ab. Überhaupt regierten warme Farbtöne im Gastraum. Hellbraune Holztische, moderne Bestuhlung im Shabby Look und ein Beleuchtungskonzept, mit dem möglich war, Lichtakzente im Raum zu setzen. Getreu ihrem Vorsatz, alte und neue Gegenstände wiederzuverwenden, freuten sich auch die alten Scheunenlampen über ein zweites Leben. Rostig wie sie waren, fügten sie sich in das Zusammenspiel von Altem und Neuem ein, wie ein Schifferklavier in ein Symphonieorchester.

„Meinst du nicht, dass die ollen Lampen etwas zu schäbig aussehen?", fragte Gesine, als sie sie erblickte.

„Auf keinen Fall. Das gehört alles zum Konzept. Alt und neu, gestern und heute. Das ist es, was ich mir auf die Fahne geschrieben habe. Und da gehören die alten Lampen ganz klar dazu. Die sind genauso wichtig wie Omas Küchenbüffet, die Eichentruhe, das Spinnrad und die ganzen anderen antiken Dinge. Die Gäste sollen nicht nur Kuchen essen, sondern auch etwas zu sehen kriegen", entgegnete Rieke unbeirrt.

„Wenn du meinst", lenkte Gesine schulterzuckend ein.

„Für uns gehören diese Sachen zum Leben, weil wir sie schon immer kennen. Aber ich will mir gar nicht vorstellen, wie viele Leute so etwas wie ein Spinnrad, ein Waschbrett oder einen Kohlhobel noch nie gesehen haben."

„Also einen Kohlhobel kennt nun wirklich jedes Kleinkind!", mischte sich Riekes Vater ein.

„Hier vielleicht, weil wir nahe am Dithmarscher Kohlanbaugebiet wohnen. Aber anderswo? Da wäre ich mir nicht so sicher. Wer benutzt heute schon noch so einen Hobel. Kommt doch alles aus dem Glas. Außerdem kann man mit diesen Gegenständen wunderbar dekorieren. Was meint ihr, wie schön das Spinnrad erst mit Lichterkette aussehen wird. Und für das Waschbrett habe ich auch schon eine Idee. Das hänge ich an den Eingang und pinne Neuigkeiten dran. Quasi als historische Pinnwand", sagte sie überschwänglich.

Das Ehebett von Oma Jette und Opa Joost war von Lorenz, noch kurz bevor er den Hof verließ, zur Sitzbank umgebaut worden. Rieke selbst hatte Kopf- und Fußende weiß gestrichen und sich unter Anleitung ihrer Mutter mit der zickigen Nähmaschine vertraut gemacht, wobei ein bisher ungeahntes Talent in ihr zum Vorschein kam. Zu ihrem eigenen Erstaunen fand sie heraus, dass ihr das Nähen gar nicht schwerfiel. So verbrachte sie viele Februarabende mit dem Nähen von Polstern und Kissen für Stühle und Bänke. Einer Eingebung folgend, holte sie die Leinenhandtücher ihrer Großeltern aus einer Truhe hervor und nähte sie zu Tischläufern zusammen.

Richtiggehend stolz war sie auf sich. Hätte ihr jemand vor einem Jahr gesagt, dass sie bald Chefin eines Cafés sein und das Backen und Nähen gelernt haben würde, sie hätte diese Person mit allergrößter Wahrscheinlichkeit für verrückt erklärt.

Mit der Auswahl der Fotos für die Vorher-Nachher-Serie, mit der sie zur Eröffnung starten wollte, ließ sie sich Zeit. Innerhalb der zurückliegenden Monate war es ihr gelungen, Fotografien von Eiderstedt aus dem vergangenen Jahrhundert aufzuspüren und identische Fotos aus gleicher Perspektive anzufertigen. Die Entscheidung, welche der Fotos sie aufhängen sollte und welche nicht, fiel ihr dabei nicht leicht. Schlussendlich entschied sie sich für Orte und Plätze mit Wiedererkennungswert, da sie ihre Gäste nicht gleich einem Rätselraten aussetzen wollte. Fotografien, bei denen die Orte schwer für den Betrachter herauszufinden waren, würde sie zu einem späteren Zeitpunkt und mit der entsprechenden Beschilderung aufhängen.

Jetzt endlich kamen auch die Kaffeemühlen zum Zuge, die sie beim Bummel mit ihrer Mutter auf dem Tönninger Flohmarkt erstanden hatte. Dekorativ fanden sie neben alten Kaffee- und Teekannen, Sammeltassen und Goldrandterrinen auf einem Regal Platz, das in lichter Höhe an den Wänden angebracht war.

Die letzten Handgriffe waren erledigt, das Schild mit der Aufschrift „Hofcafé am Deich" hing über der Eingangstür. Rieke strich die Tage bis zur Eröffnung im Kalender ab, und ihre Aufregung stieg mit jedem Tag.

Endlich war es soweit. Die dunkle Jahreszeit war passé, Frühjahrsblüher streckten ihre Köpfe empor, die ersten Zugvögel kehrten auf die Halbinsel zurück, und der Eröffnungstag des Cafés rückte näher.

Innerhalb der vergangenen Wochen hatte Rieke sich unzählige Gedanken gemacht, wie die Eröffnung ablaufen sollte, wer ihr helfend zur Seite stehen konnte, was sie für Kuchen backen würden, ob es eine besondere Kaffeekreation oder eine spezielle Teemischung geben könnte. Auch überlegte sie, ob es geladene Gäste geben sollte oder nicht. Des Weiteren konnte sie es überhaupt nicht einschätzen, wie viele Besucherinnen und Besucher zur Eröffnung überhaupt den Weg zu ihnen fänden. Zeitungsanzeigen, die die Eröffnung ankündigten, hatte sie geschaltet. Ebenso war sie in den sozialen Medien präsent. Letztlich konnte sie nur abwarten, was an dem Tag auf sie zukam.

Zudem fragte sie sich, ob sie eine Begrüßungsansprache halten wollte. Auch darüber musste sie sich noch klarwerden. Sollte sie sich dafür entscheiden, blieb noch die Frage nach den Worten, die sie finden musste.

Wenige Tage vor dem großen Ereignis war sie sich bezüglich der Ansprache immer noch nicht im Klaren. Zwar hatte sie schon mehrfach daran herumgedacht, einiges zu Papier gebracht, doch sie war mit ihren Worten nicht wirklich zufrieden.

Demgegenüber war alles andere perfekt geplant. Gesine würde unter Mithilfe von Martha am Eröffnungstag für die Kuchen und Torten zuständig sein. Allem voran sollte es die Schoko-Bananentorte à la Schweizer Haus geben. Daneben ständen etliche andere Torten und Kuchenkreationen im Angebot. Gesines Teetorte, ein Rhabarbar-Baiser-Kuchen nach einem Familienrezept von Martha. Eine Rote-Grütze-Torte, wie sie die Mutter von Riekes Chef zu backen pflegte. Denn auch er wollte sich mit einem Rezept einbringen. Dabei hoffte er, dass Rieke diese Torte dauerhaft mit ins Angebot nähme, da er sie selbst zu gerne aß. Käsekuchen, Mohrrübenkuchen,

Marmorkuchen, diverse Blechkuchen und einiges mehr sollte es geben.

Rieke und Gesine mixten und rührten, dass sie meinten, Schwielen an den Händen zu bekommen. Sie mischten Teige und stellten zuckerige Tortendekorationen her, dass es Torben eine Freude war, ihnen dabei zuzusehen.

Doch auch er konnte sich über zu wenig Arbeit nicht beschweren. Er fegte den Hof peinlichst genau, schaute in der Remise nach, ob alle Gerätschaften an den für sie vorgesehenen Plätzen hingen, und kümmerte sich um die Tiere.

Rieke würde sich um die Betreuung und Bedienung der Gäste kümmern. Antje und Finn hatten ihr ihre Unterstützung zugesagt.

Tags zuvor dekorierten sie zusammen die Tische, und Finn stellte mit Enno das Gartenmobiliar auf. Die Aufregung vor dem großen Tag war allen anzusehen. Schließlich hatte keiner von ihnen zuvor so hautnah eine Caféeröffnung miterlebt.

Auch Mattis ließ sich blicken. Allerdings nicht, um in irgendeiner Weise bei den letzten Handgriffen zu helfen.

„Ich bin dann mal weg. Wollte mich nur noch von dir verabschieden und alles Gute wünschen", sagte er, wieder einmal ohne sie dabei anzusehen.

„Wie, du bist weg?", fragte sie.

„Ich habe endlich Arbeit als Buchbinder gefunden. Allerdings in Hamburg. Hab schon eine Wohnung. Morgen ziehe ich um", erklärte er.

„Also bist du zur Eröffnung gar nicht mehr hier?"

„Scheint so", sagte er knapp.

Sie überlegte, ob sie ihn jetzt noch auf die Blumensträuße und Gedichte ansprechen sollte, denn das hatte sie bisher immer noch vor sich hergeschoben, und er hatte auch nichts diesbezüglich zu ihr gesagt. Noch mit diesem Gedanken beschäftigt, fragte er aus dem Nichts heraus, was nun aus ihnen beiden werden sollte, wobei er sie erstmals direkt ansah.

„Aus uns?", wiederholte sie und schaute ihn vollkommen entgeistert an.

„Ich nehme an: nichts", wertete er ihren Gesichtsausdruck, streckte ihr die Hand zum Abschied entgegen und flüsterte ihr im beleidigten Ton zu, dass sie die Gedichte behalten könnte, da er noch eine Kopie davon gemacht habe. Dann verließ er den Hof.

„Was war das denn für ein Auftritt?", fragte Antje, die Zuhörerin dieser merkwürdigen Unterhaltung geworden war.

„Ich weiß es ehrlich gesagt auch nicht. Auf jeden Fall sehen wir den so schnell nicht wieder", sagte Rieke belustigt und erleichtert zugleich.

Gerade als sie sich noch ein allerletztes Mal an diesem Abend im Café umsehen wollte, bevor in weniger als vierundzwanzig Stunden die ersten Gäste sich vor der Kuchenvitrine tummeln würden, drang Marthas mahnende Stimme an ihre Ohren: „Na, na, na, so spät noch Kaffee? Das ist gar nicht gut für die Pumpe."

Erschrocken, da sie Martha und Enno nicht hatte kommen hören, drehte sie sich abrupt um, wobei sie die Tasse, die sie gerade aus dem Schrank geholt hatte, mit dem Arm vom Tresen fegte.

„Scherben bringen ja bekanntlich Glück", stöhnte Rieke, kehrte die Einzelteile zusammen und sagte, an Martha gewandt: „Sei unbesorgt, ich trinke abends oft noch eine Tasse Kaffee", womit die alte Dame sich zufriedengab.

„Ist schön geworden", lenkte Enno das Gespräch in eine andere Richtung.

„Was man aus einer alten Scheune alles machen kann, ist wirklich unglaublich. Du weißt gar nicht, wie stolz wir auf dich sind", pflichtete Martha ihm bei.

„Ich finde, du hast das alles ganz vortrefflich gemeistert", lobte Enno Rieke.

„Und ihr habt euren Teil dazu beigetragen. Ohne eure Unterstützung hätte ich das vielleicht gar nicht geschafft", entgegnete sie.

„Wir? Wie das denn? Wir haben doch nichts gemacht!"

„Ihr habt mir gezeigt, dass man immer etwas Neues anfangen kann. Dass es so vieles zu entdecken gibt. Dass man sich Dinge zutrauen muss. Durch euch habe ich angefangen, meine Heimat mit anderen Augen zu sehen. Ach, ich könnte noch so viel mehr aufzählen, was mich dahin gebracht hat, wo ich jetzt bin", endete sie.

„Da haben wir es wieder. Öffnet man die richtige Tür, findet man seinen Platz im Leben. Das ist wohl das Schwierigste an der ganzen Sache, will ich meinen. Vielleicht schaust du demnächst mal im Museum vorbei, wenn du Zeit und Lust hast. Dort soll eine ganz besondere Tür in die Ausstellung kommen. Wann genau das sein wird, weiß ich allerdings nicht. Aber wenn sie dort ist, musst du sie dir unbedingt ansehen. Wir können gern auch zusammen hingehen", schlug Enno ihr vor.

Weder Rieke noch Martha wussten, was eine Tür aus einer Museumsausstellung mit ihr und dem Café zu tun haben sollte.

„Jetzt geht das schon wieder los! Er hat bestimmt wieder eine Geschichte aus der Vergangenheit auf Lager. Kennst ihn ja. Er kann es einfach nicht lassen", entschuldigte Martha ihren Mann.

Doch Rieke wollte hören, was Enno zu sagen hatte. Bisher waren seine Ausführungen schließlich immer Gold wert gewesen und hatten ihr viel Wissenswertes über ihre Heimat und über das Leben erzählt.

Riekes Kopfnicken als Zustimmung wertend, setzte er sich an einen der Tische, und schon nahm sein Redefluss Fahrt auf.

Dabei erfuhren die beiden Frauen, dass vor vielen Jahren in Garding ein Handelshaus stand, dessen Küchentür noch aus der Renaissancezeit gewesen sein soll.

„Also aus dem 15. bis 16. Jahrhundert, falls ihr euch fragt, wann das war", fügte er erklärend hinzu, bevor er fortfuhr.

Weiter führte er aus, dass dieses Haus in den Fünfzigerjahren durch einen Neubau ersetzt worden war. Wobei er seine Empörung über diese Tatsache durch heftiges Kopfschütteln untermauerte, da es seinen Informationen nach unter Denkmalschutz gestanden hatte.

„Aber das ist eine andere Sache. Ich wollte euch ja eigentlich etwas über die Tür erzählen. Sie gelangte glücklicherweise wieder in private Hände. Fristete allerdings ein unbeachtetes Dasein. Eines Tages tauschte die damalige Besitzerin sie gegen eine uralte Sackwaage ein. Und jetzt kommt es …", sagte er und legte eine kurze Erzählpause ein, in der er um ein Glas Wasser bat.

„Und dann?", fragte Rieke ungeduldig nach.

„Dann wurde die Tür restauriert. Die dicke Farbschicht kam runter, und man stellte fest, dass es sich um eine antike Tür handelte, die möglicherweise aus dem einstigen Tönninger Schloss stammte."

„Im Ernst?", fragte Rieke erstaunt.

„Ja. Sie zog mehrfach mit ihrem neuen Besitzer über Land. Erst in einen Haubarg, danach auf einen Hof, letztlich auf eine nordfriesische Insel. Und nun ist sie bald im Museum zu sehen. Zumindest habe ich das gehört", schloss er seinen Bericht.

„Das ist ja alles wirklich ganz wunderbar. Aber was hat das bitteschön mit unserer Rieke und dem Café zu tun? Oder wolltest du nur mal wieder den Geschichtsonkel raushängen lassen?", fragte Martha und sah ihn dabei liebevoll an.

„Das ist ganz einfach. Diese Tür, wenn sie denn wirklich aus dem Tönninger Schloss stammt, muss den Abriss des Schlosses durch den dänischen König vor rund 300 Jahren wie durch ein Wunder überstanden haben, bis ihre wahre Herkunft und Bestimmung wiederentdeckt wurden. So ähnlich ist das auch bei dir, Rieke. Du bist hier auf dem Bauernhof aufgewachsen, mit der Bestimmung, den Hof eines Tages zu übernehmen. Doch du wolltest anderweitig Fuß fassen. Jetzt bist du wieder hier und übernimmst den Hof. Ich sehe da durchaus Parallelen."

„Mit viel Fantasie", warf Martha lachend ein, wovon Enno sich nicht aus dem Konzept bringen ließ.

„Manchmal muss man eben erst andere Wege gehen, um schließlich ans Ziel zu kommen. So ist das im Leben. Der Weg führt nicht immer nur geradeaus", endete er.

Der Eröffnungstag begrüßte sie mit mildem Frühlingswetter. Rieke war unausgeschlafen. Die vergangene Nacht hatte sie überwiegend wach im Bett gelegen und darüber nachgedacht, ob es etwas gab, woran sie nicht gedacht hatte. Doch alles schien perfekt. Ihre Eröffnungsrede hatte sie noch in der Nacht zu Ende geschrieben. Somit gab es nichts, was sie so früh am Morgen noch hätte erledigen müssen. Als sie das Herumliegen nicht mehr aushielt, stand sie auf, tigerte durch die Wohnung, zog sich an, frühstückte und ging mit ihrer Kamera nach draußen.

Noch lag der Hof friedlich vor ihr. Die Vögel zwitscherten und ein leichter Windhauch strich über die Blütenkelche von Narzissen und Osterglocken. Der Hahn stand mit geschwollener Brust und erhobenem Kamm auf der Treppe des Stelzenhauses, während die Hühner scharrend und pickend um ihn herumwuselten.

Als sie an der Weide vorbeiging, reckten die Coburger Füchse, wie die Fuchsschafe mit ihren rostbraunen unbewollten Köpfen genannt wurden, ihre Nasen in ihre Richtung, was sicherlich ein lustiges Foto abgegeben hätte. Doch Rieke spazierte weiter. Sie wollte sich ihre Anspannung rauslaufen. Erst als eine ganze Formation Zugvögel über sie hinwegflog blieb sie stehen und nahm die Kamera zur Hand. Es waren Kraniche, die genau wie Gänse in V-Formation flogen. Das erkannte sie sofort. Als sie sich genug Luft verschafft hatte, trat sie den Heimweg an. Jetzt ging es ihr besser. Andere Frauen machten Yoga, Pilates oder Tai Chi, und sie lief zur Entspannung eben durch die Landschaft. Muss jeder für sich selbst entscheiden, was einem gut tut, ging es ihr durch den Kopf.

Die Kuchen und Torten standen in ihren Vitrinen, Kaffeevollautomat und Wasserkocher warteten auf ihren Einsatz, Rieke, Gesine und Torben auf die Gäste.

„Die Bude ist voll. Hättet ihr damit gerechnet?", platzte es aus Riekes Vater heraus, der gar nicht glauben konnte, wie viele Freunde, Bekannte, Helfer, Helferinnen und Fremde den Weg zu ihnen gefunden hatten.

Maßlos aufgeregt stand Rieke inmitten des gut gefüllten Cafés und klopfte mit einem Kaffeelöffel gegen ein Glas, um sich Gehör zu verschaffen. Als es um sie herum still wurde, nahm sie ihren Text zur Hand, den sie nachts zuvor geschrieben hatte. Doch jetzt, wie sie so dastand und alle Augen auf sie gerichtet waren, brauchte sie ihre Aufzeichnungen nicht mehr. Es trat ein, was sie nie erwartet hätte. Sie begann zu reden und ließ sich von ihrem Herzen leiten.

„Liebe Gäste, Freunde, Bekannte und meine liebe Familie! Ich freue mich, Sie heute alle hier zu sehen und heiße Sie herzlich willkommen im Hofcafé am Deich. Ich habe lange überlegt, was ich zur Eröffnung sagen soll. Habe mir auch einiges aufgeschrieben. Aber eigentlich bedarf es gar nicht vieler Worte. Eigentlich möchte ich nur Danke sagen. Danke an alle, die mir auf dem Weg zur Eröffnung geholfen haben. Martha, Enno, Antje, Finn. Ihr alle wart in den vergangenen Monaten Gold wert. Und auch die Gespräche mit Ihnen, Herr Petersen, möchte ich nicht missen. Doch besonders danken möchte ich heute meinen Eltern", dabei sah sie Gesine und Torben an. „Ich bin stolz, dass wir zusammen das Ruder rumgerissen haben und dass der Hof weiterleben kann, wenn auch nicht so wie früher", dabei schwankte ihre Stimme ein ganz klein wenig, und sie musste vor Rührung über ihre eigenen Worte schlucken.

Sie atmete kurz durch, dann richtete sie ihr Wort nochmals an die Gästeschar.

„Für die Zukunft hoffe ich, dass wir Sie alle oft hier zu Gast haben werden. Wenn Ihnen der Sinn nach leckeren Torten oder Kuchen steht oder Sie die aktuelle Foto- oder Kunstausstellung im Café sehen wollen, kommen Sie einfach vorbei. Es wird immer unterschiedliche Kunst in unseren Räumen zu sehen geben. Sie können also gespannt sein", sagte sie und nickte einer Gruppe Künstlerinnen und Künstlern zu, die sich um Liz und Lydia versammelt hatten.

„Und wenn es Ihnen bei uns gefallen hat, empfehlen Sie unser Hofcafé am Deich gerne an Freunde und Bekannte weiter."

Mit diesen Worten endete ihre kleine Ansprache, Beifall setzte ein und ihre Anspannung fiel von ihr ab.

Gesine verschlugen die Worte ihrer Tochter vor Rührung fast die Sprache, so dass sie in Folge zwischen Tortenheber und dem Abwischen von Freudentränen hin und her wechselte. Auch Torben war sichtlich angetan, doch zeigte er seine Gefühle nicht so offen wie seine Frau.

Der Tag nahm seinen weiteren Verlauf. Rieke kam aus dem Kaffeekochen und Milchaufschäumen kaum heraus und war froh, Antje als Unterstützung an ihrer Seite zu haben. Immer wieder flog ihr Blick durch den Gastraum, und sie schaute, wo ein Tisch abzuräumen, wo abzukassieren oder eine Bestellung aufzunehmen war. Auch behielt sie stets den Eingangsbereich im Auge, um neue Gäste zu begrüßen und sie an einen freien Tisch zu führen. Als sie erneut ihren Blick gen Tür richtete, meinte sie, ihren Augen nicht zu trauen.

„Lorenz", flüsterte sie leise. Ihr Herz begann, wild zu schlagen, und sie fragte sich, woher er wusste, dass sie heute eröffnete.

Schon als sie auf ihn zuging, trafen sich ihre Blicke und verschmolzen ineinander. Es war, als wäre er nie fort gewesen. Als lägen zwischen seinem Weggang und dem heutigen Tag nicht mehrere Monate, sondern nur wenige Stunden. Erst jetzt spürte sie, wie sehr er ihr gefehlt hatte. Dennoch stoppte sie sich sofort, gleich zu viel in sein Kommen hinein zu interpretieren. Möglicherweise war er nur zufällig vorbeigekommen oder verschwand gleich wieder. Doch weder das eine noch das andere sollte sich bewahrheiten, als sie am Abend am Lagerfeuer füreinander Zeit fanden.

„Hast du deine Wanderschaft beendet? Bleibst du länger? Hast du schon ein Zimmer", fragte sie ihn aufgeregt.

„Dreimal ja", sagte er und starrte lächelnd in die lodernden Flammen.

Die Luft flirrte zwischen ihnen, und Rieke schien im Gefühlschaos zu versinken. Die Schmetterlinge in ihrem Bauch flatterten nicht nur, sie fuhren Achterbahn. Dabei konnte sie ihre Augen nicht mehr von ihm abwenden. Als er schließlich seinen Arm um sie legte, sie an sich zog und ihr verriet, dass er ihretwegen nach Husum gezogen sei und dort bliebe, wusste sie, dass sie nun endgültig in ihrem neuen Leben angekommen war.

EPILOG

Riekes Konzept ging auf. Gäste von nah und fern lernten ihr Hofcafé innerhalb kürzester Zeit zu schätzen und zu lieben. Das Torten- und Kuchenangebot punktete nicht nur durch Vielfalt, sondern auch, weil zur Herstellung viele regionale Produkte Verwendung fanden. Der Außen- und Innenbereich des Cafés war zur Wohlfühloase geworden. Getreu dem Motto, dass Stillstand Rückschritt bedeutete, hatte sie es sich zu eigen gemacht, so oft wie möglich den Gastraum umzudekorieren. Schließlich sollten ihre Gäste immer etwas Neues zu entdecken haben.

Hobbybastler und Handarbeitsfans mieteten Regale an, füllten diese mit ihren Arbeiten und konnten der Nachfrage kaum nachkommen. Auch Marthas Kochlöffelschnitzereien waren hier zu finden. Die Fotoausstellungen erfreuten sich zunehmender Beliebtheit. Nachdem schon ihre eigene Fotoserie am Eröffnungstag ein voller Erfolg gewesen war, wechselten die Bilder im vierteljährlichen Rhythmus. Gerade sorgten die Landschaftsaufnahmen und Vogelporträts von Hobbyfotografin Lydia aus Husum für Begeisterung unter den Gästen.

An Ideen mangelte es der frischgebackenen Inhaberin nicht. Es kamen ihr immer wieder neue Einfälle, die sie in die Tat umsetzen wollte. So plante sie als nächstes einen Flohmarkt, der aller Wahrscheinlichkeit viele Interessierte anziehen würde. Als Attraktion sollte die Eiderstedter Künstlerin Liz mit ihrer Treibholzkunst vor Ort sein und unter anderem zeigen, wie sie ihre Frau an der Kettensäge stand.

Gesine war froh. Einerseits, weil sie mit dem Kochen und Backen eine Aufgabe gefunden hatte, die sie ausfüllte, andererseits, weil Torben wieder auf den Beinen war. Wenngleich er nicht mehr so belastbar war, wie vor seinem Unfall. Doch es ging ihm gut, und das war das Wichtigste. Mit Inbrunst kümmerte er sich um die Tiere, die zu Gast auf den Hof kamen. Gerade erst war mit den ungarischen Zackelschafen eine vom Aussterben bedrohte Art auf die Weide und in den Stall eingezogen. Mit ihrem korkenzieherartig gedrehten Gehörn waren sie für Besucherinnen und Besucher und auch für Kunstschaffende eine Augenweide.

Gesine und Torben waren stolz auf ihre Tochter und zugleich froh, dass der Hof nun glücklicherweise doch in der Familie blieb.

Martha und Enno hatten es sich zur Gewohnheit werden lassen, mindestens einmal pro Woche auf ein Stück Torte oder Kuchen im Café vorbeizuschauen. Auf diese Weise kam Rieke beständig an die neuesten Informationen zur Eiderstedter Geschichte, und Enno freute sich, dass er sein Wissen loswurde.

Durchreisende, Tagestouristen, Urlauber, Einheimische, kamen und gingen. Verabschiedeten sich schweren Herzens und versprachen wiederzukommen. Alles in allem war das waghalsige Hofprojekt ein voller Erfolg geworden.

Rieke hatte ihren Platz im Leben gefunden. Sie war froh darüber, diesen und keinen anderen Weg eingeschlagen zu haben. Ihre Tage waren mit Arbeit im und für das Café, mit den Fotoaufträgen für Petersens Fotostudio und mit der Umsetzung neuer Ideen gefüllt. Sie wäre vollends glücklich gewesen, hätte Lorenz nicht erneut das Reisefieber gepackt, um sein Glück doch wieder fern der Halbinsel zu suchen. So fehlte ihr also noch ein beständiger Partner an ihrer Seite.

Doch blickte sie unbeirrt nach vorn in der gewachsenen Überzeugung, dass im Leben alles zur rechten Zeit kommt. Auch die Liebe.

SCHOKO-BANANENTORTE
À LA SCHWEIZER HAUS

TEIG:
4 Eier
200 g Zucker
200 g Mehl
1 Pck. Backpulver
3 EL Kakaopulver
½ Tasse Sonnenblumenöl
½ Tasse Kirschsaft
Fett für die Form

BELAG:
3 Bananen, in Stücke geschnitten
500 ml Schlagsahne
3 EL Schokoladenpulver

GARNITUR:
200 ml Schlagsahne, geschlagen
kleine Birnenstücke
Eierlikör

Teigzutaten miteinander verrühren und in eine gefettete
28-cm-Springform füllen. Im vorgeheizten Backofen bei
180 °C 25 Minuten backen. Boden gut abkühlen lassen.
Bananenstücke auf dem Tortenboden verteilen. Sahne steif
schlagen, Schokoladenpulver unterziehen und auf den
Bananen verstreichen.
Für die Garnitur kleine Sahnetupfer auf den Rand spritzen,
mit Birnenstücken verzieren und die Mitte mit Eierlikör
beträufeln.

aus:
Marion Kiesewetter – Kann denn Süßes Sünde sein?
Boyens Buchverlag

QUELLENHINWEIS

Marion Kiesewetter: Kann denn Süßes Sünde sein?, Boyens
   Buchverlag 2009, Heide

Theodor Storm: Sagen, Märchen und Schwänke aus Schleswig-Holstein, Boyens Buchverlag GmbH & Co. KG, Heide

Projektgruppe Eiderstedter Landfrauen: Eiderstedter Spezia-
   litäten, Die besten LandFrauen-Rezepte, 2015 by Husum
   Druck- und Verlagsgesellschaft mbH u. Co. KG, Husum

Claus Heitmann/Marianne Oppel: Kleine Geschichte von
   St. Peter-Ording, AG Orts-Chronik 1998

Halke Lorenzen: Haubarg Gärten als Kulturgut würdigen
   und erhalten, 2023 by Selbstverlag Halke Lorenzen, Blom-
   berg-Istrup/Westerhever

Halke Lorenzen: „Westerhever-Landart", Eine Hommage an
   ein Kleinod auf Eiderstedt, 2019 Selbstverlag Halke Lorenzen, Blomberg-Istrup/Westerhever

Interessengemeinschaft Baupflege Nordfriesland und Dith-
   marschen e.V.: Der Maueranker, 40. Jahrgang, November
   2021

Thusnelda Kühl: Die Töchter von Friedrichsholm, 2004
   Verlag Thusnelda-Kühl-Gesellschaft e.V., Husum Druck-
   und Verlagsgesellschaft, Husum

Thusnelda Kühl: Um Ellwurth, 1999 Verlag Thusnelda-Kühl-
   Gesellschaft e.V., Husum Druck- und Verlagsgesellschaft,
   Husum

Meinolf Hammerschmidt: Das Apfelbuch Schleswig-Holstein, Wachholtz Verlag 2011, Neumünster

VIELEN DANK

Über viele Seiten hinweg habe ich für Sie, liebe Leserinnen und Leser, Wörter und Sätze aneinandergereiht, Charaktere erfunden, Dialoge ersponnen und mich in der Geschichte Nordfrieslands herumgetrieben. Das hat mir sehr gefallen und mir zudem viele Tassen Kaffee beschert. Doch wie bei jedem meiner Bücher nahm zu allererst eine Idee von mir Besitz.

Aus diesem Grund geht ein großer Dank an die Nutztiermalerin Stefanie Klymant (Atelier Steffi's Art) aus der Walsroder Heidmark, die ich im Zuge einer redaktionellen Berichterstattung besuchen durfte. Inspiriert von ihrem Hofkonzept, ließ mich der Gedanke nicht mehr los, eine Geschichte über eine junge Frau zu entwickeln, die ihren Weg in die Selbstständigkeit sucht und findet. Also an dieser Stelle: „Danke, liebe Steffi, und Chapeau vor deiner künstlerischen Leistung!"

Ein besonderer Dank geht auch an die Museumsleiterin Katja Sinn vom Museum Landschaft Eiderstedt, die mich mit der Grauen Frau bekannt machte und mich mit der Geschichte der antiken Tür ausstattete.

Zu weiteren Themen, die mir im Zuge des Schreibens Fragen aufwarfen, standen mir viele liebe Menschen Rede und Antwort. Somit lieben Dank an den Landschaftsarchitekten Halke Lorenzen vom Büro für Orts- und Landschaftspflege Blomberg-Istrup, Angela Lorenzen vom Bauamt, Amt Eiderstedt, an den Architekten Claus-Peter Schmidt, an Hans-Georg Hostrup von der Richardsen-Bruchwitz-Stiftung, an Till Holsten, Leiter des NABU-Naturzentrums Katinger Watt sowie an den Inhaber des Schweizer Hauses, Slawomir Musiolik.

Ein ebenfalls von Herzen kommender Dank gilt meinem Team des Boyens Buchverlages. Dem Verlagsleiter Bernd Rachuth für seine kritische Sichtweise auf meine Texte und dem stets nach vorn gerichtetem Feedback. Meiner Ansprechpartnerin Sylvia Scholz für die freundliche Unterstützung und ihr offenes Ohr.

Schließlich möchte ich meiner Familie danken. Für das geduldige Zuhören, für das kritische Lesen des Manuskripts und dafür, dass ich immer auf euch zählen kann. Danke!

Weitere unterhaltsame Nordsee-Romane aus dem Boyens Buchverlag

INA SPROTTE

Dahinten
wird's
schon wieder
hell!

Inselroman

BOYENS

ISBN 978-3-8042-1413-2

INA SPROTTE

Hagebutten-komplott

Inselroman

BOYENS

ISBN 978-3-8042-1559-7

JOHANNA RITTER

DAS
HAUS
AUF DER
WARFT

EIN NORDSEE-ROMAN

BOYENS

ISBN 978-3-8042-1549-8